四方风杂文文丛

活着听悼词

瓜田 著

商務印書館

2012年 · 北京

图书在版编目(CIP)数据

活着听悼词/瓜田著. —北京：商务印书馆，2012
（四方风杂文文丛）
ISBN 978-7-100-08832-9

Ⅰ. ①活… Ⅱ. ①瓜… Ⅲ. ①杂文集—中国—当代
Ⅳ. ①I267.1

中国版本图书馆CIP数据核字(2011)第275000号

活着听悼词

瓜田 著

商务印书馆出版
（北京王府井大街36号 邮政编码 100710）
商务印书馆发行
三河市尚艺印装有限公司印刷
ISBN 978-7-100-08832-9

2012年4月第1版 开本 710×1000 1/16
2012年4月北京第1次印刷 印张 22 1/2
定价：38.00元

四面来风　八方云起

——序“四方风杂文文丛”

朱铁志

首先必须说明：这套文丛的主编，本来应该是王春瑜先生。今年五月王先生打来电话，说大名鼎鼎的商务印书馆准备放下身段，选编出版杂文作品。王先生在电话里询问我近年来的创作情况，并说他已担任几种丛书的主编工作，希望我来组织这套杂文丛书，具体怎样操作，全由我来做主。我很清楚这是先生对我的提携。作为明史研究专家和杂文大家，王先生和国内知名的杂文前辈有着广泛的联系，经他手选编出版的杂文选集就有若干种，其中尤以老一辈杂文家的作品居多。这次王先生把机会让给我，显然是希望我利用平时与中青年杂文家联系较多的便利，多关注这个群体的创作，尽可能推出他们的作品。我虽愚钝，还是能够体会到王先生对中青年杂文家的关爱，觉得应该把这份责任承担起来。

文丛名曰“四方风”，拜王先生所赐。“四方风”系考古发现甲骨文残片，骨面有刻辞4段，应为28字，实为24字，刻在一片牛肩胛骨上，字体强健有力，是典型的殷商武丁时期（约公元前1200—前1189年）卜辞，记载了代表东西南北四个方向的神与对应的四位风神，现藏中国国家图书馆。

“四方风”与四时更迭、草木枯荣以及人类的现实生活息息相关，它类似于“四仲中星”：日中星鸟，以殷仲春；日永星火，以正仲夏；宵中星虚，以殷仲秋；日短星昂，以正仲冬。“四方风”与诗歌和音乐有着千丝万缕的联系，《诗经·邶风·凯风》：“凯风自南”，《尔雅·释天》“南方长养万物喜乐，故曰凯风。凯，乐也。”《吕氏春秋》：天地之气合而生风，其风以生十二律：仲冬日短至，则生黄钟。仲夏日长至，则生蕤宾。仲春生夹钟。仲秋生南吕。天地之风气正，则十二律定矣。道家说：“上下四方谓之宇，古往今来谓之宙”。虽然春夏秋冬季节变换，时光流逝，可是不变的是亘古恒久的雄风，千百年来依然在宇宙世间不停地吹拂。

选择这样一个富含文化底蕴的名字作文丛总称，显然寄托了王先生的杂文观念和对中青年杂文家的厚望。王先生是以史学家身份写杂文的。看他的杂文，如《语录考》、《万岁考》、《花果山上的猴门事件》等，随处可见深厚的学养和老到平和的行文风格。他不屑于“杂三股”式的杂文写作，主张杂文应该言之有物、言之有理、言之有文，应该奉行言路宽、文路宽的写作原则。在长期的接触和交往中，我认同王先生的杂文观念，悉心揣摩、学习他的文风，虽不能至，心向往之。在《关于杂文的零思片想》一文中，我作如是说：“真正的杂文家往往不喜欢杂而无文的杂文。在他们心目中，杂文与时评不同，并不是排成楷体字的就是杂文，也不是放在花边里的就是杂文。杂文之‘文’是文明之文、文化之文、文学之文、文雅之文。所谓文明之文，是说杂文所昭示的思想观念也许不是最新的，但它必须是符合人类文明精神的。它拒绝正义幌子下的倒行逆施，反对集体名义下的一己私利，排斥文明假象后的野蛮粗暴。一切陈腐的、恶浊的、反人性、反人道的思想主张和集权意志都与杂文无缘。所谓文化之文，是说杂文必须有学养灌注、学理贯通、学问滋润。朱光潜先生说‘不通一艺莫谈艺’，即不通晓一门具体的艺术最好不要妄谈美学和艺术规律。写杂文也一样，空怀一腔热血是不够的，必须有自己的精神家园和思想依托。那家园和依托，便是深厚扎实的学问基础。文、史、哲、政、经、法，抑或天文地理、花鸟鱼虫，总要通晓一门，略知其他，这是为文的起码条件。所谓文学之文，是说杂文作为文学的一支，必须遵循文学创作的一般规律，讲究形象思维、框架结构、遣词造句、语言节奏，文章总要体现文学的一般特征，读来不仅有思辨的震撼，也有欣赏的愉悦，让人齿颊生香，回味无穷。所谓文雅之文，是指杂文的一种内在气质，它是文明、文化、文学汇聚发酵酿成的醇酒，是综合作用到一定程度的自然结果，是一种下意识的流露，是不经意的表达，好比腹有诗书的谦谦君子，又好像长于名门的大家闺秀，那种只可意会不可言传的文雅，随意浮现在举手投足之间，是长期修炼、自然积淀的结果，火候不到，是学不来的。东施效颦，徒增笑柄而已。”

以这样的观念作杂文选本，我逐渐形成了自己的想法。杂文，在中国具有悠久的文化传统。但现代意义的杂文创作，肇始于五四新文化运动，以鲁迅先生为代表。新中国成立后，以十一届三中全会为分水岭，经历了前后两个三十年的不同阶段。从新中国成立初到十一届三中全会前的三十年，由于“四清”、“反右”、“文革”等一系列政治运动的影响，杂文创作就整体而言比较萧条，只有前后三个阶段短暂的“繁荣”期，出现了《“三家村”札记》、《燕山夜话》等代表性作品，就时间而言，累计不过两年而已。

杂文真正的繁荣是十一届三中全会以后的事，持续时间之长、涌现作者之多、出版文集之众、社会影响之大，都是前所未有的。这当中，有以严秀、牧惠、舒展、秦牧、章明、何满子、老烈、邵燕祥、虞丹、王春瑜等为代表的前辈作家，有以陈四益、李庚辰、李下、王乾荣等为代表的中年作家，有以鄢烈山、李乔、张心阳、杨学武、潘多拉、杨庆春等为代表的青年作家。1989 年《人民日报》“风华杯”杂文征文标志着新时期杂文创作的高峰，表现出前所未有的社会影响和高出一筹的创作实力。

从各个角度反映新时期杂文创作成就的文集很多。就我目力所及，较有代表性的是五种，一是曾彦秀（严秀）、秦牧、陶白主编的《中国新文艺大系杂文集（1976—1982）》，1987 年由中国文联出版公司出版；二是严秀、牧惠主编的《中国当代杂文选粹》，四辑共 40 本，1996 年之前由湖南文艺出版社陆续出版；三是牧惠、朱铁志主编的《中国杂文大观》第四卷，1989 年由百花文艺出版社出版；四是刘成信主编的《中国当代杂文八大家》，1997 年由时代文艺出版社出版；五是朱铁志主编的《中国新文学大系杂文卷（1976—2000）》，2009 年由上海文艺出版社出版。

“四方风”文丛拟在此基础上，集中选编不同题材、不同风格、不同地域具有代表性的中青年杂文家的作品。每辑四本，陆续推出。第一辑拟选编瓜田、安立志、徐怀谦和本人的作品。瓜田长期供职于党中央机关刊，视野宏阔，立意高远，文风幽默诙谐，意蕴深长含蓄；安立志供职基层工会，熟悉工人生活，了解底层冷暖，慧眼独具，见微知著，尝借古典名著，疏解心中块垒；徐怀谦供职人民日报，作为“大地”副刊主编，常与文化名流往来切磋，形成关注文化热点、剖析社会焦点、关切民生难点的题旨风格；不才忝列其中，算是毛遂自荐。热衷杂文经年，涉猎题材不少，本集所选，以关注人生价值为主，意在追问生活的目的和意义。到底斤两如何，还请读者掂量。

以上四位列第一辑，丝毫不代表其创作排位，仅是某种机缘和巧合的结果。虽然各自具有一定的代表性，但无论我本人，还是其他诸公，都有自知之明，抛砖之举，意在引玉，如此而已。

是为序。

2011 年 9 月 20 日

于北京沙滩

目录

台上曝光

思绪晾晒

文化考察

序

——给谁寄瓜田的书？

刘齐

下个月的第五天，或者第十天，中国将要出版一本新书。

这本书的作者是瓜田。

瓜田出书这一天，我，刘齐，朝阳区居民，会认真对待的。我将采取个人史上的重要行动：购买一批瓜田新著，陆续寄给有关人士。

首先，寄给领导机关的……贪官。设想一下，邮包放在办公桌上了，谁肯启封，谁敢启封？心怦怦乱跳者是有的，好在脸上看不出，而且组织上慎重，不会派人挨个摸胸脯。就那么放着？也不能够，兴许根本就不会往领导屋里送，而是在收发室滞留三五天，盖上“查无此人”的红印，退回我本人。

好，省下一本，接着寄，寄给寺庙。这回，收书人就不明说是谁了，主要对象是借佛敛财者。打开来，先拣本专业的看，就这篇，《游客为何常常在寺庙里挨宰》，阿弥陀佛，无上天尊！说咱“宗教界的不法之徒搞勒索活动”也就罢了，还把借口、手段、底牌统统兜出来，谁呀，这么门儿清，不是内鬼吧？闷着，反正没点名，犯不上告他诬陷。况且，吾们有玉皇和菩萨做主，才不跟他打红尘官司呢。

再寄，寄给健忘者，或者假装健忘者。口口声声说日本蒙学生，编教科书不提南京大屠杀。你们呢，编教科书时，也想抖机灵，把舍生取义的抗日壮士齐根删掉。还有人大言不惭：这是为了让孩子懂得“生命的自我保护”，你干脆说向汉奸学习得了。瓜田有分寸，没说你们是在“蓄意配合”，而是说你们……恕不引用，自己看。

书中相关的其他人士，于理也应寄赠。只是该书斑驳陆离，婆娑多姿，涉及的“面儿”太广，人太多，张艺谋、沙叶新、赵本山、周继红、李刚、罗纳尔多、纳米尔多、悍马婆多、官员秀多、相声水多……名单太长，排不过来，若是人人都送一本，谁给报销?

有两类人群，不必寄书。

一类是小偷。全国小偷中，总会有若干人，黑灯瞎火，忽然想起打书店主意，贼不走空，找不到钱匣，顺两本书也是有的。碰巧顺了瓜田新著，回到窝儿里一瞧，哎哟嘿，居然有一篇《贪官与小偷之比较》，夸咱“不装孙子”，“实在比贪官强得多”。爽歪歪，把咱的品位提到省级败类前头了。瓜田前辈，站出来，别紧张，受小的一拜。

还有一类最是特别：他们是喜欢书，喜欢瓜田文章的人。即使收入不高，也会自费购书。不但自己读，可能还向家人推荐，向朋友介绍，让更多的读者接触瓜田。这些读者，南北分布，城乡皆有。他们兴许被荒谬误导过，被权钱蔑视过，或者正在被生活所困扰，被不公正所欺凌。他们一定能品出瓜田反话中的正话，浅显中的深刻，幽默中的庄重，尖刻中的厚朴。他们凝神沉思，会心一笑，一怒，一疼，一激灵，一叹息，这个瓜田啊，瓜兄弟，瓜大叔，写得好，有担当。

读罢瓜田，默视周边，景况不会有多大改善，夏天依然热，冬天依然冷，贪官依然贪，难题依然难。但是，我们的心灵中，魂魄里，总会有一些旧影，在渐渐淡出，又有一些新芽，在悄悄生长。

世相烧烤

你笑时露几颗牙？

近日在《光明日报》上读到一篇题为《露八颗牙微笑》的文章，感到少有的好玩。文章说，深圳的一些医院正在搞什么“规范护士礼仪、树立护士行业新形象的礼仪培训”，培训要求护士们“露8颗牙微笑”。看了这要求，瓜田先生忍俊不禁，马上就露出了几颗牙。接着看了专家的高论，瓜田就又多露了几颗牙，肯定不止8颗啦。专家是怎么说的呢？专家说，“这是向国际化发展的趋势所使”，对病人微笑“露8颗牙”才能“打开笑肌”，从而“与国际接轨”。

我总怀疑这篇文章的作者刘焕鲁先生做了什么手脚，否则怎么会冒出这样的专家，规定只有露出八颗牙微笑才能“与国际接轨”。笑这玩意儿，是一个最个性化的表情。不但不同的民族有不同的笑法，就是同一个民族的各色人等，笑起来也都各具形态，百花齐放。具体到一个特定的人，不同的时间、场合、情绪下，笑起来也是千差万别。我们需要接轨的国际规定，缺乏通融的余地，既不是六颗，也不是10颗，不多不少，必须是8颗，据说这样才能“打开笑肌”。瓜田先生找来一面镜子，咧开大嘴笑了笑，定格后数了数露出来的牙，超标整整一倍：16颗。又重新调整、收拢牙齿的掩蔽物——嘴唇，暴露的洞穴大小以呈现出8颗牙这种“制式微笑”为准，这时牙齿的数目大致达标了，可是嘴唇却有点像蔑视谁的冷笑，简直是皮笑肉不笑，我敢断言，病人看了我的笑，会感到十分的恐怖。

医院的服务，目的在于治病救人。把要死的抢救过来，把生病的治好，目的就算达到了。丢了这个根本任务，经常发生把剪刀或纱布落在肚子里的医疗事故，你就是整天脸上笑得跟花儿似的，还是白扯。根本任务明确，服务又做到认真细致、和颜悦色，就更好。露不露牙，露出几颗牙，无关宏旨。其实，笑并非在哪里都是所向披靡的讨好的社交利器。在一个饱受疼痛折磨的患者床前，同情和忧虑的表情才更便于同病人交流。病人痛苦不堪，医生和护士却是笑容满面，这很有幸灾乐祸的嫌疑。更不要说在殡仪馆里，笑应该是绝对禁止的。

服务规范化是个好事情，但规定要合情合理，而不是荒唐可笑；要从服务者的实际出发，大家都能做到，而不是从理想出发，高不可攀。或者一时热情能做到，不易长期坚持。还要便于操作，而不是像“露8颗牙”这样令人莫名其妙。服务规范化在各个行业中容易出现的通病是两个极端：一端是大而无当的空话；另一端是细致入微到死板僵化。前几年，北京出租汽车的后挡风玻璃上贴过一条标语：“接送一次乘客，奉献一片爱心。”有喜欢较劲的乘客就问司机：“你奉献爱心，还要车钱吗？”弄得司机一脸的尴尬。其实，“奉献”是对先进少数人的道德要求，不宜对每一个普通人都这样要求，即使要求了，实际上也做不到。提出要求做不到，你提出要求的权威性就会大打折扣。对所有司机的普适性要求，应该是“敬业”。打车人用不着你奉献什么，你只要敬业，把该做到的做到位了，就齐了。空洞的口号，华而不实，于事无补。这是前一个极端。后一个极端的例子也不少。前些年有的部门为了改善服务质量，在推广“50句文明用语”和禁止“50句文明忌语”方面，下了很大的工夫。照说，这规范化要求已经很是细致了，但由于过于具体死板，忽视了内在精神境界的提升，效果并不理想。众所周知，中国话是相当丰富多彩的。“忌语”显然不止50句。如果他是一个不文明的人，在“50句忌语”之外找到一句伤害人的话并不十分困难。一个正在向姑娘求爱的小伙子，你不用向他强调什么“文明用语”或者“忌语”，他都知道怎么把姑娘哄乐了。听说，新中国成立初期部队训练时，也急着与当时的苏军《步兵操典》接轨，连战壕的深度也挖得跟苏军一样，结果呢，因为中国士兵的个头儿没能接轨，只好在战壕里垫上几块砖头才能探出头来开枪。近日看《报刊文摘》，得知上海首家中外合作医院又出新招：“病人就诊前，医生先要与病人亲切拥抱，诊疗每位病人不能少于45分钟。”依瓜田先生看来，这规定形式大于内容，作秀大于实效。外国人对“拥抱”这种礼节运用得广泛一些，但也并不是逮谁抱谁，医患之间不论男女，见了面不容分说，立即拥抱，也是闻所未闻。至于中国人，我看实行起来难度更大，不是恋人或者至亲，没病也会抱出病来，心里不舒服呀。到医院为的是治病，“拥抱”也罢，接吻也罢，这些花拳绣腿与治病无关，还是老老实实地看病拿药吧。还有，看一个病人不能少于45分钟。我只不过得了一个感冒，连我自己都知道是怎么回事，你医生看看、听听，肺部没有感染，打点针、吃点药就行，10分钟足矣，干吗非得再耗上半个钟头？两个人再干坐半个点儿，是不是瞎耽误工夫？是不是最大的浪费？人哪，还是来点实实在在的好，虚的搞多了，离谱了，就难免可疑。

“禁烟令”为什么波澜不惊？

5月1日起，中国将在市内公共场所实行全面禁烟。舆论称，此次禁烟令，是中国向“积极控烟国”迈出的具有转折意义的一步。对环境污染和国民健康比较关心的百姓，从5月1日开始就睁大眼睛，想看看中国控烟（控制吸烟的场合）之举有什么新气象出现。然而，一周的时间过去了，环顾左右，翻翻报刊，看看网上，得出的结论是：大失所望。各个应该禁烟的餐馆和网吧，照旧烟雾缭绕。烟民不自觉，不愿意受约束，烟瘾上来，什么场合不场合，想抽就抽。餐饮娱乐场所的老板也不配合，他们说，一旦阻止人家吸烟，生意会受到不小的损失。有响动的地区和部门，有，但不是很多，效果也十分有限。

中国从2006年起，开始履行国际上的《烟草控制框架公约》。媒体说，从那时候开始，中国的控烟之路尴尬重重，徘徊不前。今年1月，中国完成《烟草控制框架公约》的得分是37.3分（百分制），大大地不及格，位置还相当靠后。人们本来寄希望于这次开始实行的室内禁烟，看来又放了一个空炮。

5月1日与“禁烟令”同时实行的，还有一个治理酒驾的行动。我们不妨做一番对比。治理酒驾、醉驾，在各种媒体上都能见到。电视上各地警察拦车查酒驾的镜头，天天在播放。查出来的醉驾司机，立马实行处罚。但在媒体上你能见到禁烟和控烟的镜头吗？比较搞笑的是，对违反了室内公共场所吸烟规定的烟民，没有任何处罚措施。不要说没有检查和处罚的主体，就是有，也会自讨没趣，你奈何不了人家。

重视治理酒驾，忽视控烟，是不是酒比烟的危害更大？不是。酒驾危害众所周知，饮酒导致车毁人亡的事故时常发生。这景象触目惊心，十分显眼，所以印象深刻。吸烟的危害，是“慢工细活”，长时间才能看到结果，没有肢体的伤害，没有流血的惨景，肺叶上长几个瘤子，别人看不到。酒驾致死的人数毕竟还是有限的，而吸烟致死的人数，我国每年就有 100 万！相比之下，酒驾致死人数就不值一提了。

那么为什么厚此薄彼，抓二者的力度相差如此之大呢？答案应该是：抓酒驾没有阻力（连被拘留的酒鬼也只能连连骂自己没出息，不会责备任何人），效果也立竿见影；抓禁烟阻力重重，烟民反对不用说了，收税的部门不乐意，2010 年中国烟草行业纳税达 6000 亿元，占全国税收总额近 10%！烟民抽烟不方便，这个数字就要缩水，这可不是三毛两毛的小事啊。

那么，是不是有了每年 100 万烟民前仆后继的牺牲，烟草业就能净赚多少万两白花花的银子呢？不是的。一项最新的研究表明，烟草制品造成的健康危害以及由此产生的经济损失更大，与利润之间的差值，仅 2010 年就达到 618 亿元。也就是说，吸烟致病致死、吸二手烟致病致死以及引发火灾等所造成的损失，远远地超过了烟草业利税的收入。那么，国家这么多精明强干的管理者不懂得这个常识吗？当然不是。这里的要害是：“收”和“支”是两笔账，两条线。收的税，很显眼，占了税收的十分之一，那是响当当、硬邦邦、白花花的银子，往哪里花，都很干净、体面；烟民和吸二手烟的受害者看病的钱和丧葬费用，还有引发的火灾的善后费用，被大量的烟民分解掉了，这些费用主要是个人承担（也有少部分由公费医疗和保险公司承担）。费用由于分解到了千家万户，数额不再显眼吓人，病人又是分散地、一个一个地、悄悄死掉的，没有地震那样惊心动魄的骇人场面，也看不到恐怖的血污。但是在一个对人民健康负责的政府看来，一个一年害死100万国民的恶魔是不是需要认真对付一下呢？

一家新加坡报纸不留情面地指出，利益冲突是中国禁烟注定失败的关键。负责禁烟、宣传戒烟的部门是工业和信息化部，但主管烟草公司、监管烟草行业的也是这个部门。中国疾病预防控制中心副主任杨功焕也无奈地指出，利益冲突和税收因素是中国控烟无法成功的关键。

外国人太小瞧我们了，说我们“禁烟注定失败”。失败真的“注定”了吗？

为“接吻大赛”支招

年末岁尾，媒体时兴评选一年来的“十大新闻”。不知为什么，大家都不约而同地把2002年大江南北搞得最火爆的一个赛事给遗忘了，这就是“接吻大赛”。神州大地，从南到北，从东到西，海口、南海、深圳、贵阳、南京、武汉、成都、济南、大连……都一一地赛过了，或者正在进行中。赛事的规模当然还不能同世界杯足球赛相比，但由于参赛的技术硬指标不像踢足球要求得那样高，只要长了嘴的男女均可“凑对儿”报名参加，对场地的要求也极为俭省——目前还找不到比接吻更省地方的活动——因而普及程度比较高，很容易形成一个全民性的接吻热潮。看来，这个高潮目前正在形成，媒体却故意冷淡、忽略，令人颇为不快。为推动接吻运动的蓬勃发展，瓜田先生作为局外人愿意出谋献策。

要发展，就要研究解决现存的问题。现在的问题是：一、“接吻大赛”虽然星罗棋布，但都是各自为战，停留于小打小闹，没有形成大的“吻赛”网络，看似热火朝天，可至今连一个接吻俱乐部也没有成立，一个有关的网站也没有设立，大的商业化运作后继乏力。二、“吻赛”虽然说都取得了当地有关方面的批准（不批准是搞不成的），但争取方方面面支持的力度不够，如果能够赢得举办所在地上上下下的通力合作，影响就大了。三、发动群众极不广泛，不少人的心理障碍严重，怕羞，脸皮薄，胆子小。最近海口市搞“吻赛”，据说头一天只有一对男女报名，这怎么行呢？还有，群众的基础体力训练也要跟上。“吻赛”看起来简单，其实七八个小时不吃不喝，没有好的身体素质也是吃不消的。武汉的大赛中，就有五个女性中途昏倒，功败垂成。像这种非战斗减员，就是不应该有的损失。四、没有把媒体搞掂，现在的报纸只是“客观报道”或者猎奇，没有从“冲击亚当、夏娃留下来的羞耻感这一陈腐观念”和“道德革命与创新”的高度去看待这个新生事物。五、比赛的要求各自为政，极不规范，缺乏标准化的规定。六、接吻的老套路多，创新不够。七、孤陋寡闻，缺少国际交流，缺少冲出亚洲走向世界的宏图远谋和雄心壮志。

瓜田先生不揣浅陋，略谈几点建议，供“吻赛”举办者参考。先说需要“接轨”的国际规模。1996 年，美国人搞了一个 1400 人同时在一座大桥上接吻的活动，创了个吉尼斯世界纪录。今年（2002 年）的 2 月 16 日，莫斯科组织了 2226 名男女青年在基辅斯基人行桥上搞了一个接吻活动，把美国人给盖下去了，刷新了吉尼斯世界纪录。你说我们中国是缺桥呢，还是缺人呢？还是不会亲嘴呢？连这么简单的一个世界纪录也没拿下来！

其次，瓜田先生认为漏洞最大的是比赛条件不规范，各行其是，检测标准也失之粗糙。有的赛场按“激情投入”、“动情姿态”、“新颖创意”、“时间长短”四项打分。有的赛场其他不论，只是注重在时间上一较短长。“激情投入”和“动情姿态”都是比较抽象的软指标，无法量化，只能打印象分。“时间评比”才是个能摸得着的尺度，但由于缺乏沟通，国内各地的纪录就差别很大，有的七八个钟头乃至十多个钟头才能拿奖，有的三四个钟头就得了冠军。另外，“时间长短”同“新颖创意”也有互相冲突之处。比如说，某个赛场上，一个小伙子吻着吻着，忽然地就把女伴给抱起来了，这就有了一点新意，不像其他人死板板地站在那里吻。但是他的创意也引出了问题，那就是时间肯定坚持不了太久，多得的那点“创意分”能不能补上损失的“时间分”，谁也说不清，弄不清进退得失，谁敢乱起“创意”？要求不进食、不喝水是对的，这才能保证嘴唇的接触。与此同时，排泄恐怕也很难进行。准确说来，这应该是“接吻+憋尿大赛”才对。十多个钟头之后挺不住了的，多半不是因为体力，是膀胱太小，不争气。为了使赛事更人性化，防止昏倒等事情发生，瓜田先生建议，赛场里可以架设一些静脉点滴的支架，给赛手输一些葡萄糖，下面最好插上导尿管，这样，把赛手们接吻时间纪录推向20个钟头当无问题。

接吻质量是整个赛事中最要紧又最难监测的。既然叫接吻，两个人便应该是一齐用劲，四片嘴唇的肌肉充分调动起来，猛力吸吮，咂嘬有声才符合要求。从网上的有关资料上看，有的比赛赛手偷工减料，敷衍应付，只把四片嘴唇松松垮垮地碰在一起，腮帮子上根本见不到因用力吸吮而产生的两个大坑。像这种水分很大、滥竽充数的赛手也在那里蒙事，很影响赛事的威信。这种人多了，就不是接吻比赛，而是二人站立比赛了。为了比赛的公平合理，每位赛手的口唇周围应该用胶布粘上一些电极，用仪表监测肌肉用力的程度。不过这样一来，比赛的时间又不可能太长了，因为嘴唇的这点肌肉要是真的连续用力吸吮几个钟头，非累残了不可。下了赛场，别说开口说话，恐怕就连面条都嘬不进嘴里去了。虽说定规矩、立标准的难度不小，但咱们既然开了这个头，还想把大赛搞下去，没个章法怎么行？

在接吻方式创意上，步子也迈得太小。这一点甚至还不如台湾。台湾屏东的海洋生物馆组织 11 对爱好潜水的情侣，穿着潜水衣，带着氧气筒，在水下进行接吻大赛。尽管有人说在海中接吻湿湿滑滑的，感觉好像在亲章鱼，但毕竟出奇制胜。下一步如果想创新，就应该从一万米的飞机上跳下来，在空中来一场接吻大赛，当然，每个人的高度表要看准了，以免降落伞张晚了出事故。

瓜田先生以为，把“接吻大赛”搞火的最大障碍，是国人的认识跟不上，观念没刷新。人们一般的共识是：比赛可以分为积极的和消极无聊的两种。积极的比赛，比的是人类的生产和生存的能力的不断提高，譬如各种体育竞赛、生产技能竞赛等，目的是激发人们健康向上的活力和进取心。消极的比赛，比的是消费和享乐的能力，或者是对人的某些器官的虐待和残害的勇气。我们听到或见到的比谁最能喝酒、谁最能吃包子、谁最能憋尿、谁最能烧钱，都是属于这类比赛。接吻比赛就更是等而下之了，这是把人类独有的、最私密的情感交流方式庸俗化、闹剧化、动物化，成为人们观赏、打趣的对象。正如有的人批评的那样，是把人当猴儿耍。“吻赛”的操办者任重道远的事情是：除了那些已经很无聊的商家和参赛者外，如何把其他人全部无聊化、无羞耻化，这样谁都不怕别人笑话，也没有人觉得此事可笑，“吻赛”就畅行无阻了。有了“吻赛”的基础，可以期待，更令人心惊肉跳的大赛，比方说做爱大赛，在街头举行也会提上日程。

悍马，你可算找对婆家了

这几天，有两则“跨国婚恋”的消息，引起了我的兴趣：一、据说不少坦桑尼亚的姑娘心仪华人，急着嫁个中国小伙；二、美国悍马这当年有名的美人，此番要“下嫁”到四川一家民企。消息传来，众人振奋，用上海人的说法，就是：中国人的行情不要太好啦。

前者出于英国《泰晤士报》的报道。据说，由于中国男人感情专一，又具有勤劳、上进等优良品德，很多坦桑尼亚女孩都希望能够嫁给当地华人，而且由于当地男性华人数量有限，竞争还挺激烈。当然，这还仅仅是一种“动向”，一种“趋势”。真正嫁成功的，有，但不多。后者，悍马嫁给四川腾中重工，是动真格的，婚纱都准备妥当，只等着在两国政府“登记”成婚了。

对不明底里的中国人来说，一个蜀中民企的“土老帽”娶了个“洋姑娘”，很为国人争脸面。业内人士则替腾中重工捏了一把汗。因为悍马是全世界高能耗汽车的一个典型，百公里耗油 20 多升。2006 年，悍马仅销 8 万多辆；2008 年，销 3 万多辆，其中，中国人买了 69 辆；今年（2009 年）上半年，在全球只销了 5000 多辆。这样一个逐渐被抛弃的产品，能够因为被中国企业收购，就起死回生吗？

收购方信心十足。他们表示，将投入大量资金，用于节能研究，改变悍马传统的“油老虎”形象，同时还将继续开发轻便、省油且高性能的越野车。有的专家马上指出，人家购买悍马，就是冲着它的纯正美国军车血统，一旦成为“绿色、节能、环保”的中国民企品牌，过去剽悍狂放的形象和气质荡然无存，还会有人问津吗？所以许多人断言，腾中重工不仅救不了悍马，自己也要赔光。但腾中的老板还是很有主见的，他不信邪，坚持跟急于甩掉包袱的美国通用签订了合同。

瓜田以为，这位腾中老板是有眼光、有魄力的。而且，我还敢预言，他只要不听七嘴八舌的议论，不改变悍马的固有特色，肯定会成功，毫无疑问会赚得盆满钵满。这说法有什么根据吗？

有的。根据就是中国的奢侈品市场太大了，富豪的购买力太强了。在世界金融危机一周年之际，当欧洲、美国和日本奢侈品需求普遍萎缩时，中国奢侈品消费却首次超过美国成为世界第二大奢侈品消费国，占全球市场的25%。宝马集团全球销量同比下降19%，但在华销量同比增长26%。中国已是全球豪华汽车购买力最强的国家之一。据世界银行报告称，拥有百万美元以上金融资产的家庭数量仅占中国家庭总量的1‰，却掌握了全国41.4%左右的财富。全球咨询业巨头波士顿咨询公司（BCG）发布的另一组数据表明，在中国，0.4%的家庭占有70%的国民财富；而在日本、澳大利亚等成熟市场，一般是5%的家庭控制国家50%—60%的财富。数据显示：中国的财富集中度超过了西方发达国家！

富豪有钱就要挥霍吗？不一定，得看在哪儿。在中国，挥霍就是一种需要，是“必需的”。中国人能成为大富豪，抛开正当手段的不说，有三种类型比较惹人注目：一是官商勾结搞得比较好的民企，二是官办垄断企业，三是受贿赂的贪官。最傻的人也知道：在中国许多地方，费劲的，不赚钱；赚钱的，不费劲。民营企业家有了靠山，来钱就很容易；而要使这个“容易”有个“可持续发展”，“靠山”就不能白干，要分点肥。这样，贪官也就跟着富起来了。至于官办垄断企业，那是皇帝女儿不愁嫁，想卖多少钱，就卖多少钱，没商量，包赚不亏的。所以这种企业的首脑年薪定个几千万，心安理得，理直气壮，谁也管不着，焉能不富？这三江合流，富豪的钱就海了去了。大家都知道，钱来得容易，花起来也就不心疼，可以敞开了“胡造”。中国的富豪，又多是穷人乍富，有个共同的小毛病，就是烧包烧得厉害，不把财富外化到行头上、坐骑上、房子上，就觉也睡不好，饭也吃不香，可以名之为“炫富式精神便秘”。便秘解决了，行头呀、坐骑呀，搞光鲜了，脖子上再套一条像锁链一样粗的金项链，不光是自己的虚荣心得到满足，更重要的是，信誉就更好，生意就更红火，是良性循环。

这样的主儿，什么凯迪拉克、宾利、保时捷，早就玩腻味了，不是正缺一辆悍马吗？这悍马，就像高档次的牛仔装，穿够了西服，换一套牛仔，显得更加随意和潇洒。日前有报纸披露，西安一个富妞，花400万买了一条藏獒，该狗到了机场，富妞派了30辆奔驰车去迎接。我看了，就觉得太一般，没有创意，要是100辆悍马，你再瞧瞧那是什么阵势！玩车的人，人家玩的就是心跳，就是野性，你把悍马弄成什么“绿色、环保、节能”的类型，那还叫什么悍马？那不成了瘦驴了吗？瘦驴型、哈巴狗型的车，哪儿没有？还轮得上你没造过车的腾中来造吗？你若是真的把悍马改得面目全非，我保你一辆也卖不出去！

腾中老板啊，你不仅要保持悍马的“悍”，还应该强化这个“悍”

字。现在的悍马不是才三吨重左右吗？这怎么行？你怎么也得搞它个五六吨，乃至七八吨重，钢板要能防重机枪、炮弹和火箭弹。现在耗油量才20多升，也差得远，总得耗它个四五十升才够劲。这车，平时富豪摆阔用，战时征到前线打仗，也是藏军车于民，有功于国防的创举。你根本不必担心卖不出去。消费是有梯次的；平均主义是不得人心的；司令骑马，战士也骑马，是行不通的。现在越野车全世界都不好卖，但在中国，风景这边独好，耗油量越高越好卖，越不够卖。你知道山西的煤老板一次买几辆悍马吗？中国的独特国情是别人比不了的。

我建议把车搞得重一些，厚一些，能防弹、防炸，不光是为了国防或者显摆，还有一层考虑，不好意思明说，但也不妨稍微点破：现在贫富差距越来越大，比欧美的还大，保不住有些活得不顺当的仇富分子出来添堵，企图铤而走险、玉石俱焚的人还是不得不防（你富豪自然是“玉”啦，但毫无价值地跟“石”焚了，也太不值）。如果你的车比装甲车还结实，那就保险多了。不管你旗下的煤矿出了人命，你的牛奶害死了小孩，还是你的铅矿使大部分工人得了职业病，“不明真相的群众”闹起来，你的车起码能给你增加几个安全系数。搞暴力的，会受到惩罚，但好汉不吃眼前亏，未雨而绸缪，先保存好自己，才是正经。悍马的新老板，你如果洞察了个中的奥秘，把悍马做强、做大，发大财是毫无悬念的。过几年进入世界500强，也就像探囊取物。

所以，瓜田不由得发出一声感叹：悍马呀，你可算找对婆家啦！中国女人年年都在讨论“干得好不如嫁得好”的说法对不对，当然对呀。你在美国，需要“计划生育”，而且一年比一年紧，眼看着就要强制结扎“绝育”了。而嫁到中国，你敞开生，孩子可能还不够分的。悍马，你的命好哇，摊上了一个这样好的婆家！

“纳米水”呀，浪呀么浪打浪

7月初的一天，瓜田先生挺兴奋，他在北京一家“老字号”的科教文类大报上看到了一篇介绍“纳米水”的文章。文章说，北京大学博雅公司向社会推出了一种叫做“NANO牌纳米燃油添加剂”的产品。这玩意儿很奇妙，只需要在燃油中以1/8000的比例加入该产品，就能够促使燃油燃烧得更加充分，从而实现节约燃油、增强动力、减少污染物排放等效果。这产品通过了国家权威检测单位的检测，2000年就已经投放市场。有的资料显示，车队对比试验表明，“NANO”节油率达到了10%—15%。还有的文章说，节油率是20%—25%。总之，一箱油多跑100公里没问题。报上还有照片，说明是：国内很多石油销售公司和加油站都已经添加了“纳米水”。

这还不值得兴奋吗？世界上有哪个大油田的发现能跟这个发明相比？这么说吧，这个发明如果比作一个油矿，它的年产量永远是全世界石油总产量的一成到两成，这还没说到减少污染物排放的好处。前些年大骗子王洪成的“水变油”没骗住我，因为水变不成油。这回这个“NANO”纳米水，我有点信了。高科技咱不懂，但是往油里兑点儿水，估计问题不大，就像做大米饭，少放点水是干饭，多放点水就成了稀饭，虽说不耐饿，还是能凑合着吃。毛主席他老人家教导我们，忙时吃干，闲时吃稀。现在粮食不缺，干稀随意。但石油不行，国家每年要进口不少石油。有了这纳米水，汽车不着急的时候就可以喝点稀饭了。听说这纳米水加进去，并不是稀饭的效果，比干饭还干饭，那就更好。这实在是中国人的一大福音。

瓜田先生正沉浸在无比的幸福之中，第二天的《北京青年报》“哗啦啦”兜头一盆凉水浇了下来。报上说，北京大学博士生导师、纳米科技中心副主任薛增泉告诉记者，“纳米水”打着北大的旗号，但其研究及产品均与北大无关。北大物理学院的有关负责人也对记者否认了“北大正开发用于柴汽油燃料油的‘纳米水’”的说法。薛增泉教授说：“所谓的纳米水产品，本身在理论概念上就是错误的。真正的纳米水，国外已经研究了十几年，但那是着眼于物质结构研究的理论上的水，指的是少数的水分子，当水分子超过一定的量后，就变成常态的水，其在纳米尺度下的特性也就随之消失了。”薛教授说，他曾看过“纳米水”的制造者做过的一个演示，将普通的水倒到油里，水油不相融，而将“纳米水”倒进油里，水油就相融了，以此证明“纳米水”的神奇。薛教授说：“其实这很好解释，只要把一般的水加上一点膨化物，就能达到这种效果，这在100多年前的科学就已经解决了。”他还指出，燃油添加剂的技术标准目前还是一个空白点，因此，没有任何权威部门关于纳米产品的技术标准，可以证明“纳米水”的科学性。

这一下子傻眼了。是北京那家大报发表了伪科学的骗人文章，还是“纳米水”这个前途无量的新生事物不见容于北大的保守教授？“纳米水”说自己已经通过了多家国家权威检测单位的检测，可北大纳米科技中心的负责人却肯定地说，燃油添加剂的技术标准目前还是一个空白点。连技术标准还没制定，何来权威部门的检测结果？没有权威的检测结果，怎么就批量生产了，国内许多加油站就开始“添加”了？这真是一个无人管理的“自由世界”吗？我们到底是被谁愚弄了？

瓜田先生决定弄个明白。他在网上敲进了“纳米水”三个字，只见波涛汹涌的“纳米水”铺天盖地而来。网上关于“纳米水”的文章，够研究半年的。瓜田先生陷入了进退维谷的境地。他如果潜心把这些资料研究清楚，没有几个月的时间完不成。研究明白了，知道自己上的是谁的当了，这用的工夫、花的代价是不是太大了一点？我这个半吊子的“纳米专家”，能被纳米研究所请去做研究员吗？如果没人要我，我这一肚子半生不熟的纳米知识岂不白白地糟蹋了？

瓜田先生做出了决定：纳米专家是不当了，但这场官司的是非还是要搞清楚。于是我把几十篇主要的资料打印出来，开始认真研读。最先映入眼帘的，是广州的“纳米水”诈骗案。原来，“纳米水”第一波的发明权被广州的几个小骗子抢了先。几年前，广州某公司先下手为强，搞出了中国的第一批“纳米水”，由于文化水准所限，宣传手法也很小儿科。他们先是攻击自来水，说自来水“含有细菌、病毒、微生物、寄生虫……铅、水银、砷、镉等有毒重金属，喝这样的水等于天天吃毒药”，接着再贬低矿泉水、纯净水和蒸馏水。大家没有水喝了，就只好都去喝他们的“纳米水”。这水神得很，能抗疲劳、耐缺氧、抵抗细菌、降火排毒，最奇妙的是，还能“增强女士防匪徒强暴的能力”。不知道是不是因为这种强暴女士的匪徒在广州太多，以至于“纳米水”也进入了维持社会治安的武器范畴。最后查明，这种“纳米水”只不过是普通水里放了一点儿麦饭石。工商部门当然依法勒令该公司停业了。看来，打着北大旗号的博雅公司李正孝的“纳米水”，至早也只能算是第二波的发明了。

一直在反对伪科学战线前沿作战的老科学家何祚庥，毫不客气地指出，李正孝的“纳米水”是“水变油”的翻版。何院士直言：NANO所宣传的性能（HC降低40%—80%，CO降低40%—70%，同时氮氧化合物降低50%—80%，此外，NANO同时节能20%）以目前国内外的科研发展水平来看，不可能，不可信。报上公布的15家检测报告不具权威性，不足以服人。何院士说，目前国际上仅有的两项被认可的纳米技术成果，是美国科学家研制出来的单体分子晶体管和德国研制成功的单电子纳米开关。这两项成果是经过复杂而严格的实验证明了的，而且科研成果尚处在实验室里，要转化为生产力仍需很长时间。对于李正孝的“纳米水”资料上所说的“二元协同纳米界面膜材料”，何院士的看法是：“你得拿出证明，做比较研究，测试方法能不能重复——二次微爆是如何实现的，其结果与大幅降污、节能是什么关系？”“纳米水”的第一个小浪潮，广州的一个工商管理所就对付了，“纳米水”的第二个浪潮就大多了，兴风作浪者的“科技素质”也大大提高了，高科技术语一大堆。如果不是院士一级的人物出马，我们也只有上当受骗的份了。好在科学家们并不把打击伪科学当成耽误科研工作的额外负担，所以我们才能及时听到他们揭穿伪科学的声音。从80年代就潜心于纳米材料研究的南京大学纳米研究中心副主任胡征教授说，纳米技术总有一天会融入寻常百姓家，但绝不会是“忽如一夜春风来”，纳米技术远没有到了可以遍地开花的时候。一些站出来批评“伪纳米”的专家说，目前科技界都在关心纳米科技的产业化问题，但实际上纳米科技最核心、最本质的东西即使在实验室里也还没有出现呢，何谈产业化？

何院士向李正孝叫板，让他拿出自己科研成果的证明来，看来还真的把李博士“将”住了。他恐怕是有点困难。据《科技日报》载文说，连NANO产品原理的说明，也是抄袭美国一家公司的产品广告和内容说明。由于活干得比较粗糙，这个原理说明书不仅在资料内容、段落、语言上都生吞活剥地抄下来，甚至连被抄袭的资料上的原公司的注册商标“F-21”都忘了删除。这家美国公司的代表、中国大陆一级经销商周先生对此表示十分震惊并严重关注，还一再声明，这两个产品之间毫无关系。

对李正孝的“纳米水”，被请去参加评议的权威专家是如何看的呢？清华大学汽车系主任庄人俊教授说：“我很同情他，因为他花了这么多钱做了一大堆不能说明他的产品的报告。”也就是说，李正孝没有就NANO的节油降污效果提出有力的证据。庄人俊没有答应李的邀请，庄说：“如果我参加这个会，只要我一出面，我就必须问你很多你绝对回答不了的问题，因为许多实验还没有做。”中国石化研究院的徐燕声高工，是评议委员会的副主任委员，据记者说，他“显然不愿意说太多”，只是说“李正孝的技术是与美国的‘微爆’理论雷同，在理论上是行得通的，但在实践上还需完善”。实践上还没完善，相关的鉴定还没拿到，大量产品就匆匆上市？这玩意儿如果仅仅是节油不明显，害处还有限，如果汽车设备被水严重锈蚀，或者开到半路突然爆炸起火，出了人命，这后果找谁承担？

事情铺陈到这里，应该说比较清楚了。我们仍然困惑不解的是：近些年来，活跃在社会上的小骗子处置得都十分及时，大骗子就长期处于放任状态，像“水变油”的王洪成，直到造成了难以估量的巨大损失，无法收场了，有关部门才出来收拾残局。如果对大骗子揭穿和打击十分得力，效尤者就不能不计算一下铤而走险的成本了。

作为科学知识有限的普通百姓，我们也只能不断地增强自我保护意识，防止上当受骗。为此，就希望专家学者们经常地搞一些科普活动，给我们启启蒙。这次揭穿李正孝的“纳米水”，何祚庥、黄征、庄人俊、方舟子、湛日景等人的言论和文章就功不可没，我们有必要向这些人表示敬意。我们也希望，有关的专家在参加这类评议会之前，先摸摸自己有没有良心，而不是先摸摸红包信封的厚度。我们还希望，各种媒体增强点儿责任感和使命感，不要不分是非，什么文章都登，误导广大读者。“水变油”和“纳米水”的鼓噪，有些报纸就扮演了不光彩的角色，事后却从来不吸取经验教训，不做点自我批评，不向读者赔礼道歉。此外，作为一个教训，我们以后对“纳米冰箱”、“纳米洗衣机”、“纳米汽车”、“纳米鞋垫”等等等等的“高科技”产品，一律多长一个心眼儿，瞪大眼珠子，怀着高度的警惕性，先观察它一阵子，晚购买、晚享受绝不吃亏。我敢断言，“纳米水”浪打浪，以后还会不断地涌起各种各样的浪潮来。只要我不掏钱，你就是水漫了金山，也淹不着我。具体到汽车的燃油添加剂，我宁可抱着因噎废食的态度，一样也不认！凡是张贴着“纳米水”广告的加油站，我一定绕过去，绝不进去加油。对这些参与作假行骗或者盲目跟着起哄的人，我惹不起还躲不起吗？

怎么对付长城的毁容？

用“刻字”、“题词”来破坏长城的丑陋现象屡禁不止。多年来，媒体已经登载了不少的文章，谴责者有之，献策者有之，只是收效甚微。作为一个“保留选题”，媒体每年集中搞一次或两次宣传，都不会显得多余。这种可悲的状况也许还要继续许多年。

到底都是谁这样乐此不疲地想在长城上或者其他有名的风景点上刻字留念？人还真不少。其中的多数人慑于道德的威力，羞于在众目睽睽之下做此丑事，所以没有下手；还有些玩心太盛，不愿意为此搭太多的工夫。剩下的，就是下定决心要留名的人了，这是一些把“留名”看得比观景更重的人。

人生在世，谁不愿意在世界上留点记号？秦始皇留下了万里长城，隋炀帝留下了京杭大运河，明清的几代皇帝留下了故宫。因为历史上不少“记号”名垂千古了，使得一些人热衷于“做记号”，而且开始不管能不能、该不该“留记号”，都要强行“留下记号”。这嗜好，有点像吸毒，是愈演愈烈的。清代皇帝乾隆，照理说风头出得可以了吧？但他还觉得不够，他还要把过一遍手的传世书画签上字、盖上章，打上乾隆看过的印记。画家黄永厚先生用语比较刻薄，他说，乾隆就像一条走到哪里都喜欢撒一泡尿留下记号的野狗，把那么多的中国名画都给糟蹋了。西方历史上一个家伙实在找不到出名的办法，放一把火烧了一座神庙，终于“名垂青史”。在中国，文人墨客往墙上题点字，有传统，是件很风雅的事情，还留下不少的佳话。有人会问，李白、苏东坡他们都能干，我怎么就不能干？和尚摸得，我怎么就摸不得？我们如果只解释说“这些大诗人是创造文物的，你们是破坏文物的”，怕也一时难以服众。你怎么知道我刻的字日后就不是文物？

想留下记号的人中，普通人最苦恼。皇帝有权有势还有钱，搞点儿工程容易，大作家、大艺术家有才华，用作品就能吸引不少人。当然也有像四川剑阁县的上下各部门，利用手里的权力，大事小情的都立个功德碑，没几年就立了178块。可怜我们大多数芸芸众生，都是才气平平的普通人，既写不出惊世之作，也进不了剑阁县的领导班子，靠多年流血流汗熬个劳模，不要说太辛苦，也很没有把握。如今的劳模，光靠出大力、流大汗也当不上了。最后，简直就剩下这一条道：跑到文物上刻字！这勾当，费时不多，风险不大，又能似是而非地过一下出名的瘾，何乐而不为呢？前些年，有的文物景点曾经想出“妙招”：准备大量纸笔，让有“刻字瘾”的游客把瘾头发泄到纸上去，这就像修厕所，把随地大小便的现象解决一下。事实证明，这主意作用不大，因为没有号准“刻字族”的脉。咱本来是要留名，并不是只想发泄，你弄一张纸来，哪怕是上等的宣纸，写完了卷巴卷巴，也不知道塞到哪个老鼠洞里去了，我岂不是白写了？刻在建筑物上就不一样了，谁来了都能看见。至于看见了是骂我还是赞扬我，那就无所谓了。

为了出名不惜毁坏文物，不计毁誉，恐怕也过于自私了一点，暴露了自身教养和素质上的瑕疵。就一个人而言，这点瑕疵比放火烧神庙那家伙当然强多了，但就这个怀有强烈“刻字欲”的群体来说，因为是“流水作业”，所以对文物的破坏性也相当可怕，其效果同烧神庙相比，已经没有太大差别。

设身处地想想，“刻字族”跑到文物上刻字作案，也殊为不易。许多人是有备而来：他们带来的钎子、凿子能在坚硬的城砖上刻进去半个厘米，甚至更深，带来的油漆能写出很长的句子。施工的时候，提心吊胆，时刻提防被人家发现、处罚。有些“工程”很显然没有几十分钟乃至一两个钟头时间、不累出一身汗，是完不成的。你说容易吗？按常理推断，一个人有这样埋头苦干的精神、持久的干劲，如果引导得当，完全可以干成几件正经事。

素质的提高，不是一朝一夕甚至也不是三年五年就能办到的。就算是多数人素质大进，也还有少数人沉迷于“×× 到此一游”而不返。所以现在一方面在媒体上形成强大的舆论压力，让“刻字族”不断增强羞耻心（让他们认识到，这比随地便溺更恶心），也让其他游客增强监督“刻字族”活动的警惕性，形成保护文物的浓烈氛围，“刻字族”作案的可能会大为减少；另一方面，也是最重要的手段，就是重罚作案者，经济上要罚得他肉疼，再留下来做几天的义工。“留名”的成本高了，他就不敢轻易下手了。重罚是新加坡的办法，似乎有点简单化，其实非常有效。如果这两手都硬起来了，不光是长城，什么文物都能保护好。

向左扳还是向右扳，这是个问题

这句式显然是从《哈姆雷特》里学来的。但这问题的严重程度，远远比不上王子的问题“活”还是“不活”。这到底是个什么玩意儿呢？哈哈，告诉你：水龙头。

经济发展了，生活从宏观到微观，就悄然地日新月异了。水龙头的变迁史就是一个有力的佐证。原来的水龙头，是几十年一贯制的黑乎乎的铁家伙，用水的时候，要动手一圈一圈地把上面的横把旋开，用水少，少旋两圈，需要大水量，就一直拧到头，拧不动为止。如今的水龙头从外貌到用法都有了根本性的改变。那个黑乎乎的铁家伙不见了，代之以银光闪闪的镀铬制品，一圈一圈地拧来拧去的笨拙操作也免了，一个小小的手柄，用多大的水量，轻轻一拨即可，在九十度的角度内，就完成了从关紧到最大水量的操纵。照理说，我们该满足了，该颂扬改革开放带来的新成果了，可新的烦恼还是层出不穷，人总是不知足。

旧式的水龙头虽说拧起来麻烦，但顺时针方向是关紧，逆时针方向是打开，跟拧各种螺丝的章法完全相同，这一点地球人都知道。可如今的新式水龙头就不同了，它的手柄体现了各个厂家强烈的创新意识，有的手柄同水龙头是平行的方向，有的是垂直的方向。你使用的时候多半喜欢开到一半，要一个中等的水量，但一旦洗碗结束要关掉水龙头的时候，问题就出现了，那就是本文的题目，到底是向左扳还是向右扳，令人举棋不定。有时候，你以为是在关水龙头，结果拨反了方向，水流以最大的速度冲下来，再从洗碗池底部弹射开去，溅得你满脸满身的水，甚或还要殃及旁边洗碗的人，如果你是在机关食堂里洗碗的话。我就纳闷，水龙头为什么不能统一方向，让使用者有章法可循呢？手柄方向的不同，能为厂家带来什么利益吗？似乎不会。

类似的，使用者不方便，制造者也得不到什么好处，改动起来也没有任何技术难度可言的情况，我们还可以举出一大串。譬如马路上的井盖。你当然不能污蔑说我们的工人阶级连个井盖也砌不平，因为这种施工的技术含量并不高。但就是这种很简单的事情，却很少有人能彻底做好。你会发现，马路上的井盖能够跟马路一般平的是少数，大部分是在马路上制造一个大坑或者鼓出一个大包。而且这个坑的深度、包的高度似乎也是标准化过的，大体一致。如果你开车有幸经过这样一条马路，你就会均匀地二十米左右咣当一声，二十米左右咣当一声，有点像在运动会上跨越二百米低栏。井盖形成一串串大坑的现象，在新修的马路上已经比较少见了，足见筑路工人“三个代表”重要思想学得好，“三为民”精神吃得透，井盖和马路一般平的技术难关攻得有成绩。现在只希望尽快把马路上以前遗留下来的山丘或者低谷都一一消灭掉。

再譬如，各种衬衫、棉毛衫、羊绒衫上，品牌的商标一律缝在后脖颈的位置，而且这小块织物的纤维是用特殊材料制成的，硬得很，新衣服一穿起来，就让你芒刺在背，脖颈子被磨得火辣辣地难受。缝这东西的目的无非是提醒你脱下来再细看一下那个商标，强化一下对这个名牌的印象。这块硬硬的织物已经令我产生了很大的心理障碍，以至于一旦新衣服到手，我的第一件事便是找出剪刀，小心翼翼地把它除掉。现在风行“人性化”一词，我想，如果厂家能够把这块东西缝在一个不跟皮肤发生接触的地方，也许就更“人性化”了。

有人会问：瓜田先生，你说的不都是一些鸡毛蒜皮的小事吗？这些小事不必太认真，糊弄一下就过去了。对此，我不敢苟同。首先我认为这些事并不算小。一个民族是不是严谨、认真，这些小地方是很能说明问题的。还有，小事折磨人的力量，也不可低估，譬如牙疼，足以把你疼得想上吊。都快出人命了，事还小吗？你不妨试想一下，你穿着一件把你的脖颈子磨得红肿疼痛的衬衫，洗碗时又溅了一身的水，然后开着车在马路的一串串井盖上颠簸，像船行进在波涛汹涌的海上，你的情绪还会好吗？再说了，大事有大人物管着，我们随便插手也不妥当。比方说，我认为伊拉克的事情应该由本国人民自己办，不必美国人代劳，我还认为以色列不能随便杀死亚辛等人，但我说了有用吗？谁听？所以，我只好说说水龙头之类，其实，连水龙头的厂家也不会听我的。这就是所谓“不说白不说，说了也白说，白说也要说”的杂文家的悲剧。

游客的素质

这些年来，国人的兜里有几个钱了，于是，旅游也成了大家最为常见的一种消费。凡是能去的国家，都能看到浩浩荡荡的中国人的旅游团队。前些年，出去的人常常惹一肚子气回来，说人家总是要问：你是日本人吧？韩国人吧？现在人家不问了，一者是中国人团队的气势大大地压倒了前面国家的游客，人家已经司空见惯；二者，也是最重要的，是中国人的旅游队伍有明显的中国特色：大声喧哗，随地吐痰，乱过马路，不懂起码的礼貌……

这绝不是平白无故地糟践国人，只要有出国工作和旅游经历的人，都能列举出不少令同胞们脸红的精彩事例。一位欧洲的中文导游说，有的欧洲国家的旅店宁可支付违约金，也坚持拒绝中国人入住，因为他们发现中国人进了酒店就大声吵闹，令其他客人不堪其扰；很快就能够把房间搞得乱七八糟，一地水渍；喝了房间里需要付费的饮料，却从不结账。据说，马尔代夫有2000多个小岛，度假村遍布，但数以千计的度假村却只有极少的几个愿意同中国的旅行社合作，其他度假村也并不是跟人民币或者美元有仇，但中国人的大嗓门赶走了别的游客，他们的亏就吃大了。比较之后，结论是：宁可不赚这份钱。从报上还看到因为个别人胡闹而使得整个旅游团被赶出去的两个例子。一个是某个中国人在参观法国卢浮宫的时候，非要抱着一座价值连城的雕塑照相，另一个是在德国的斯图加特奔驰汽车博物馆，一位同胞毫不见外，见到一辆高级奔驰，马上就拉开车门坐上去，让人拍照。结果是大家受连累，全部被轰出来了事。

欧美等地的一些旅游点也逐渐了解了中国人的德行，所以有针对性的服务逐渐成形。在教堂这类需要保持肃穆气氛的场所，中国人能够享受到“小灶”的特殊服务，能够看到专门为中国人看的汉字：沉默。在男卫生间的小便池前，也有专门提醒中国人的“请往前站”。

以前，人们在这种情况下，往往会扯上什么国家的形象、民族的尊严之类的大文章，其实用不着。几个外国人在中国打了架，骂了人，他绝没有跟中华民族挑衅的故意，也说不上就丢了他本国人的脸。几个中国游客在外国出了点洋相，也都是个案，不大可能丢光了中国人的脸面。哪个国家都有些素质不高的人，谁也别笑话谁。问题是，外国人认识中国和中国人，往往不是耐心地阅读我们自己编写的图文并茂的小册子，而是看这些从他们眼前经过的成群结队的中国人。这些活生生的人，天天在他们的马路上和宾馆里重复着同样的毛病。你如果坚持对外国人说，这些人都不代表中国，不代表中国人，那些能代表中国人的人太忙，还没来呢，不知外国人信不信。有一点是可以肯定的，要一些欧洲国家旅游点的人把对中国人的印象扭转过来，也不是短时间内能办到的。

事情很令人费解。一个自己宣称是“礼仪之邦”的地方，其实没多少礼仪；一个标榜“文明古国”的国度，文明的火候也差得太多；一个最好“面子”的民族，许多时候言谈举止根本没面子可言。论抓精神文明建设的力度之猛，论宣传队伍之庞大，世界上哪个国家也别想超过我们。世界观改造的工程进行了半个多世纪，党员有党章，市民有文明公约，农民有乡规民约，数以万计的媒体每天都在宣传社会主义乃至共产主义的高尚道德，人们时时有各种文件可以学习。可多年来，效果令人伤心，连随地吐痰都改不了，就更不要说学会排队和让座了。都嚷嚷北京交通堵塞，仔细观察一下，低素质、不文明造成的拥堵，占了很大的比例。下这么大的力量种地，就是不打粮食，也不知道是谁的毛病。我们没看见“衣食足而知礼节”，反倒觉得老毛病没怎么改，又增添了不少新毛病。

还是回到旅游上来吧。我想起毛泽东的一句伟大教导：办学习班是个好办法。是不是在旅游团队出国前先办两天学习班？把吐痰问题、吵闹问题、在马路上不走人行横道的问题、喝可乐不结账的问题、对珍贵的展品动手动脚的问题，都由导游耳提面命一番，大家也都表个决心。这办法虽说陈旧了点儿，但还能管点儿用，总比人家捂着嘴笑话我们是野蛮人、下等人好得多。当然，这也只是头疼医头、脚疼医脚的临上轿现扎耳朵眼儿的办法，应应急的。至于全面的道德教化，担子太重，还是可怜可怜导游这几个小肩膀吧。

人造的"自然景观"还能看吗?

前几年听说，黄山风景区中的著名一景"梦笔生花"中的那棵树原来早已死掉，为了不影响游客照相，景区管理者弄了一棵塑料树立在那里充数。游客们哪里知道这个底细，所以，仍然兴致勃勃地跑去照相。好在现在仿真技术越来越高超，制造一棵比真树还像真树的假树，也不是什么难事。游客们如果没有孙悟空的火眼金睛，休想在山下仰着脖子就辨出真假。造假者们自然也都是好意，他们不希望那些喜欢"照相取证"式的旅游者失望，不管真假，能保住一个景观，让旅客们能照上相，取上证，回去对家里人、对朋友们也有个交代。

但造假者始料不及的是，这消息一传出来，我们登时对黄山的各个景区都产生了怀疑。记不住哪本书里说，有一个什么定律，意思是：一旦你发现了一堆东西里有个坏的，马上对堆里的其他个体都产生了不信任的心理。这定律我没看书之前早就无师自通了。比如说，恕我不敬，面对某个屡屡揪出腐败分子的地方，我们确实常常产生不知道应该信任谁的惶惑。对景观何尝不是如此？有了一棵"名树"是假的，我们脑海中马上疑云遍布：他们仅仅造了"梦笔生花"一棵假树吗？"迎客松"

那棵树是不是假的?“猴子观海”、“犀牛望月”是不是水泥堆的?“百丈瀑”是不是用水泵提上来的水冲出来的?如果游客们都这样想,那旅游怕都变成了“考证”活动,大家一路上讨论的不是景色美不美,而是“哪个景观是真的,哪个景观是假的”,有点像考古或者对古画的真伪鉴别了。这实在是给游客增加了额外的劳累。我就纳闷,黄山人为什么这样不自信?黄山就是黄山,它就是再枯死100棵大树,它也是黄山,照样“五岳归来不看山,黄山归来不看岳”,照样是天下第一。但是,如果你搞的假东西越来越多,那就难说了。你弄一棵假树应付人家,游客们就会有一种被糊弄、被嘲弄的感觉。你以为你是在补救一个景区,其实不然,你是在破坏一片真实的景观,同时也在破坏游客对你的信任。如果塑料树也能成为著名景观,那么不少景区相信各地的工程师们都能仿造出来,国内外的游客还有必要大老远地跑到黄山来看吗?我们都熟悉这样一句老话:假作真时真亦假。假花、假树、假景多了,真假混淆不清,真花、真树、真景就吃了亏,人们见了真花、真树、真景,还会误认为又是假东西在糊弄人,从而失去了欣赏真景的兴致。

报上说,制造假花、假景似乎正在成为“城市美化”的一种“时尚”。凭良心说,环境“造假”的人们都是一片好意。在造假者看来,严冬的北京街头,寒风刺骨,积雪未消,举目四顾,却能看到一丛丛粉色的桃花,一棵棵绿油油的椰子树,一片片红彤彤的枫林,这不是很奇妙吗?

不,一点儿也不奇妙。大自然给我们安排了春夏秋冬四个季节,这是对地处温带的人们的一种厚爱,比起赤道的人和北极圈的人实在是一种偏得。莺歌燕舞、百花争艳的春天是美的,山舞银蛇、原驰蜡象的冬天不也别有风味吗?有多少南方的游客专门乘飞机到哈尔滨去欣赏冬景,而且流连忘返！冬天，就应该像个冬天，夏天，就应该像个夏天。如果冬天让各种水泥油漆搞成的绿树和塑料制成的花朵充斥着北京，夏天一片葱茏的时候，又让石灰和吹塑粉末制造的“冰雪世界”来恶心我们，大家还敢出门逛街吗？

旅游点的那一堆堆锁头

不知道从什么时候起，中国的锁业突然开拓了一个其大无比的新市场，那就是各旅游景点都纷纷时兴起“情人锁”秀。两个相伴而行的男女，也许是夫妻，也许是情人，也许什么都不是，反正两个人高兴了，表了决心了，发了誓言了，要永远不分离了，作为这种决心的物化的象征，就是花钱买上两把锁头，把这两把锁头紧紧地锁在一起，当然还要同时锁到一个风景秀丽的所在，譬如说，黄山天都峰的铁索上，武当山山顶的栏杆上，让老天爷、大自然见证两个人誓死不渝的坚贞爱情。仔细盘算一下，这事划得来。你想，只需破费上几块钱，就能把心上人牢牢地锁住，再也不用担心他（她）离开你，天底下还有比这成本更低的好事吗？

凡事就怕往深里想。一想，就发现这个“情人锁”秀得没道理。首先，两个人应不应该锁在一起？两个独立的个体，都是有尊严的人，有自由意志的人，就算是爱得天昏地暗，一塌糊涂，也还是两个独立的人，从观念上说，都有自己的独立性，两个人应该保有一定的距离，这才有美感，也才舒适。试想一下，两个人的灵与肉像锁头一样时时纠缠在一起，其疲劳令人想起来就感到可怕。就像电影《手机》里费墨讲的一句四川话：“太紧喽，太累喽！”事情到了这个地步，大家就都惦着翻身求解放了。

其次，能不能锁得住？答案很令人泄气：肯定锁不住。别说是两把小锁头，就是换成一吨重的大锁头也是白搭。别说是两把锁头互相锁在一起，就是把两个活人锁在一起也是白搭。婚姻之道，跟其他的道理一样，合则留，不合则去，谁也奈何不得。还没听说两个要分手的夫妻因为曾经在黄山上锁过两把锁头，而硬是离不成婚。如果有好事者在某个风景区给搞“情人锁”秀的恋人们建立起档案来，十年之后搞一次跟踪随访，看看有多少对儿热恋依旧，有多少对儿已经分道扬镳，这未尝不是一个极好的媒体策划。估计“情人不知何处去，锁头依旧笑春风”的情况不会是个别的。有没有两个人别别扭扭地又来到黄山，但一见到那两把锁头仍赫然挂在那里，如今却物是人非，于是两人抱头痛哭，和好如初？不排除这种戏剧性的可能，不过，这已经是电视剧编剧的事情了。

再次，你的锁头早就不在了。说起来，要令你十二分的扫兴，你们两个兴高采烈地把锁头锁在铁链子上，然后把钥匙扔进了深谷中鬼也找不到的地方。可你们忘了，买的没有卖的精，卖锁的人手中的钥匙，能打开他卖出去的所有的锁头。你们走了之后，他们趁着晚上没人，又一个个地把锁头打开，配齐了钥匙，第二天再重新卖给下一批游客。这样，他就不必每天都从山下背许多新锁来卖，节约了成本，增加了效益。如果你很在乎这两把锁头紧密结合的象征意义，那完了，你们的锁头第二天就被打开卖给了另一对恋人，这预示着你们的结局很不美妙。如果日后真的“化玉帛为干戈”，这个卖锁的难辞其咎，你去找他算账好了。

最后，也是瓜田先生最想说的，是“情人锁”秀不仅观念上显得陈旧，在景观上也太难看。你想，风景名胜之地，处处赏心悦目，地上落个塑料袋都觉得是个污染，你却要在铁栏杆上累累赘赘地挂上一大堆铁疙瘩、铜疙瘩，风吹雨淋，这些金属块块锈迹斑斑，不堪入目，这还不是对景观的极大破坏吗？

“速配游戏”之我见

“速配游戏”是电视观众都熟悉的一个电视节目，有的地方叫“非常男女”，有的地方叫“玫瑰之约”，也有叫“相约星期×”的。名称小异，形式则大同：都是男女各一标人马，分坐两边，遥遥相望。后边各有“拉拉队”助阵，负责对各自的男女的包装和推销。俊男靓女们一扫数千年来谈婚论嫁时的扭扭捏捏、朦朦胧胧、羞羞答答、遮遮掩掩，个个开门见山，单刀直入，直抒胸臆，当场指出意中人。男女主持人则是上蹿下跳，左勾右联，竭力成全好事。一个钟点折腾下来，不管是有情人还是无情人，总能“速配”出几对儿，让电视机前跟着瞎起劲儿的人们获得一种似是而非的满足。

由于这节目热闹火爆，观众多，广告油水大，所以虽然颇受诟病，却一直我行我素，盛行不衰。

时代真的不同了。价值取向的多元，使许多事情的是非判断起来十分困难。对人类最重要的一种感情生活——爱情，操作的方式和运作的节奏也有了革命性的变化。前些年读过这样一则小幽默：“甲问：古典小说跟现代小说有什么不同？乙答道：区别十分明显。古典小说你读上200页，小伙子和姑娘连手都没碰一下；现代小说就不同了，你读到第二页，两个人就上床了。”这幽默有点夸张，但对爱情生活节奏的变化概括得并不错。抽象地下结论，说年轻人搞对象是快点好还是慢点合适，毫无意义。一见钟情，认识了一个星期就结婚的，可能就一辈子相亲相爱，白头偕老；处了20年才结婚的，也可能没过几天就散了伙。没人敢给年轻人开出一个“科学的”方子，指导他们到底相处多长时间结婚合适。然而，无论恋爱谈得多么短，都不能在短短的一个或者几个小时内完成，更不能在大庭广众的睽睽目光之下完成，则应该是没有疑问的。

有一位学法律的硕士，把这种“速配游戏”称为“婚姻直销大会”，并担心民间社团群起仿效，到各地巡回演出，酿成“天翻地覆”的后果。一位社会学博士则感慨道：“婚姻这东西越来越神出鬼没、出神入化了。说不定哪天会有人高空走钢丝，从这一头走到那一头，拉上手就算联姻成功了；或者来个高空跳伞什么的，瞄准地上标有编号的那位姑娘，落地时刚抓住就算相准了。”这二位的话虽说有点挖苦，但话糙理不糙，都对把圣洁的爱情生活庸俗化、快餐化、闹剧化的做法提出了异议。

现代化的都市生活，节奏越来越快，功利性越来越强，情感生活也越来越粗糙，这都是事实。但不管怎样变化，人们都必须给自己留有一点隐秘、隐私，这就像不管天多么热，人们在马路上走动都必须穿点衣服一样。爱情生活是人生中味道最复杂的一只橄榄，要品味一生的。它不可能在一个小时内在舞台上成熟，更不宜在亿万观众的眼皮底下进行。硬要这样做的年轻人，至少是对自己的感情生活不太珍视。导演年轻人出演这种闹剧的，用“残忍”二字来概括，亦不为过。当然，这只是像瓜田先生这样古板的老派人的看法。从大量的年轻人争先恐后、乐此不疲、踊跃上镜的情势看，我们的担心不仅多余，而且显得可笑。大家都在那里游戏人生，潇洒走一回。听说，舞台上“速配”后实际成婚的，微乎其微。这就更证明了年轻人表面上是在搞“婚姻直销大会”或者“婚姻竞拍大赛”，其实是在玩一种“速配游戏”，像喜剧小品一类的娱乐节目。在娱乐节目中，人们不求天长地久，只求一个钟点拥有。怪只怪瓜田之流死脑筋，太较真，只要人家没说是“演戏”，就非当作真事看不可。这就难免引出一番胶柱鼓瑟的议论。瓜田还敢断言，当真事看的，绝不止瓜田一人。

“速配游戏”这样的电视节目，报刊上常指责它们互相模仿、彼此克隆，全是些大同小异的模样。人们希望电视台能走出克隆的怪圈，搞一些富有独创性的艺术作品。这用意无疑是好的，只可惜找错了对象。电视节目的大多数，都可归入目前世界上最为行时的大众文化。而大众文化的一个特点，恰恰就是运作快，生产周期短，大批量地产出。如果都去“十年磨一戏”，那么多的电视频道，只好空在那里。对观众来说，再赖的节目也比没有强。这样说似乎是在为电视台的节目水平不高作辩护，不是的。电视业的从业人员受到了社会太多的宠爱，而回报社会的像样的玩意儿实在不多。电视节目的水平也并非一点变化没有，只是进步太慢，长进不大，某个省台搞出几个形式稍微新颖一点儿的节目，就会在国内引起不小的震动。电视界的左支右绌、捉襟见肘之状可见一斑。究其原因，电视业垄断，没有引进竞争机制是个最要命的大缺陷。在这种机制下，电视台的广告收入可以永远傲视群雄，节目可以永远不愁没人看，从领导者到一般工作人员，待遇是一流的，社会的关注也是一流的，他们的感觉之良好，也是一流的。电视节目的质量要想提高，从领导者到主持人、编导演等一干人，必须要有文化、懂艺术，不断地充实自己才行，而文化和艺术，不断的进取精神，恰恰都是电视界的缺货。我们能听说每年拍了几千集或者一万集的电视剧，却很少看见有人组织点像样的艺术研讨会，让电视艺术家交流交流，充实充实，提高提高。如果不费劲就能混得挺好，谁当那个大傻帽儿，去自讨苦吃呢！

游客为何常常在寺庙里挨宰？

在国内旅游，逛庙可能是一个避不开的重点内容。在有些地方，甚至除了寺庙就没有什么可看的了。寺院为什么能成为旅游的热点呢？首先是因为“天下名山僧占多”。那地方原来风景就好看，没有庙宇也会是一个不错的旅游点。其次，光是风景，还是纯自然的东西，如今添了庙宇，就增加了人文的内涵，又多了一层吸引力。由于寺庙通常都建筑在远离红尘的山野之中，僧道们又与世无争，所以历朝历代的战争中，往往因为破坏起来不方便或者没有必要破坏，不少寺庙就得以逃过兵燹之灾。这样，寺庙建筑和里面的陈设，虽然年代久远，却能保存完好，人们能在庙里见到一些古老的壁画或者雕塑，还有其他一些藏品。那么，这里游客多一些就在情理之中了。最后，还有，中国的佛教信徒不少，他们支撑起庙宇的香火，也使庙宇保持着较旺的人气。

游客多，庙里的日子就十分好过。门票是一大笔收入，香火钱更是不能低估，还销售与宗教信仰有关的一系列物件，生意也相当的好。但人的欲壑是不容易填满的，在少数庙宇里，有些人又打起了敲诈勒索的主意。你切不可天真烂漫，以为所有的出家人都看破了红尘，六根清净，视财物如粪土。寺院是一个小社会，自然什么人都会有。瓜田先生这两年先后在江西某道观、天津蓟县某寺院和西藏的一个寺院，就亲历了这种丑恶的勒索行为。

宗教界的不法之徒搞勒索活动，与风高月黑之夜的剪径大盗不同，他们都有一个十分堂皇的宗教招牌。不管是僧是道，他们简直都可以说是所在宗教的偶像派驻人间的大使，同天上的最高领导都保持着“热线”联系，他们说能保佑你，那就是铁定能保佑你。这些“大使”和“参赞”先是一般性地介绍宗教的知识和威力，然后神秘地把游客们领进一个黑乎乎的房间里，进一步阐发宗教的神秘和神力，以及虔诚信徒所能得到的各种好处，从孩子的考学到年轻人的婚姻，再到老年人的健康，一概承包。最后，游客再被一个一个地单独带到一个更小的房间里，把你最希望保佑的那点心事套出来，他大包大揽地承包下来，包你实现梦想，但这个“大使”或者“参赞”是不能白白办理这个“签证”的，你必须拿出你的诚意，做出表示来，这就是必须花重金买他拿出来的几炷香、一个佛像，或者“开过光”的护身符之类的物件。你不掏出钱来，别说不保佑你，就连走出这间黑屋子也休想。这时候，这个“大使”或者“联系人”跟黑社会就没有什么区别了。而这一切，多半都是在导游小姐的热心协助下进行的。

游客为什么这么容易上当呢？这里还真有点中国特色值得分析。中国是一个泛佛教信仰的国度。中国人的宗教情结不是很重，与西方人根本没法比，但你又不能说他什么也不信。中国人有相当的比例可以说是信佛的，但其中可以称为佛信徒的，又不多了。大部分人是处于“信”与“不信”这黑白之间的灰色地带。说“信”吧，并没有把这信仰当作一回事，像西方基督徒那样虔诚；说“不信”吧，遇到点沟沟坎坎，还是想烧上一炷香，请佛爷保佑一下，所谓的“临时抱佛脚”，典型的实用主义态度。日子如果过得顺心，也就不去麻烦佛爷了。作为游客，被带到了庙里，也会顺便拜拜佛，反正闲着也是闲着，跟佛爷们套套近乎，也没有什么坏处。许多国人因为对宗教持这样一种模模糊糊的态度，所以非常容易被庙里的人所左右。庙里人怎么指挥，大家就稀里糊涂地跟着走，这就为庙里的不法分子的勒索活动提供了良好的条件。如果像西方教堂那样，游客和信徒井水不犯河水，即便有不法之徒想在游客中借宗教信仰骗点钱，怕也无处下手，因为没有人听他的。

看起来，为了严防类似的敲诈勒索行为的发生，有必要把游客同信徒严格区分开来。游客到了庙里，就是参观，就是看热闹，我可以对你这个宗教、这些偶像表示尊重，但我有不拜的权利，有不捐香火钱的权利。我又不是信徒，干吗要拜、要捐？我不拜不捐，你出家人也没有不高兴的道理，更不能指责我。西方的教堂也没有强迫各国的游客进去就拜，赶上做弥撒，进去就得一块做弥撒。以后参团的游客为了捍卫自己的利益，必须跟导游讲清楚，自己到底是一般游客还是进香的香客。如果说清楚了是游客不是香客，仍然受到勒索，就要把有关的导游和寺庙告上法庭。这些玷污佛门或道观的不良分子不受到惩治，有关寺院和道观的形象就会被严重败坏，连有关宗教的名声也会受到连累。

游客们，进了“净土”也要提高警惕呀！再说，现在哪里还有净土呢？

一个臭点子　几多尴尬人

前些时候，据说中国人口已经达到了13亿，于是各种传媒纷纷出来抢做文章。实话说，这个文章原本不宜做大，因为“13亿人”并不是中国值得炫耀的一个骄人的成绩，这里想强调的是计划生育的成果，而更多的其实是一种无奈。所以，一家报刊也罢，一家电视台也罢，有这样两行字足矣：“据统计，中国近期人口已经增至13亿，由于中国奉行了计划生育政策，所以少生了三四亿，为世界人口的减压作出了突出贡献。”可有的电视节目就把文章做大了，结果就让作秀者和广大电视观众陷入了一种尴尬。

电视台选了北京的一间产房，物色了一个即将分娩的产妇。如果你真的以为这产妇已经被科学家和统计学家证明，她分娩的那一刻，不多不少，正好是中国的第13亿个人出世的时间，就未免过于迂腐了。有一位杂文作家倒是清楚这件事情的随机性，他埋怨的是，为什么不到偏僻的农村去拍摄一个生孩子的农妇。这批评不甚到位，是因为不明白电视秀的制作。既然要做现实中的电视节目，当然就不宜用张艺谋拍《菊豆》或者《秋菊打官司》的办法，专门寻找古老、土气的地方，而要以赏心悦目、体现出改革开放成果为要旨。再说，摄像师长途跋涉到边远山区，找到一间黑黢黢的房子，机位都不好安排，一个半生不熟的产婆，也不上镜，产妇还很可能是在生第三胎。所以，为方便和好看计，就近在北京做节目，无可厚非。毛病不在拍摄地点的选择，而是根本就不该拍摄。

一个家庭生个孩子是个天大的喜事，在西方为人口锐减而发愁的国家，有人生了孩子，也是全社会的喜事。但这事放在中国，就带有了中国特色，就喜忧参半了。孩子的父母不消说，是兴高采烈了；整个社会对此事的反应表情就比较复杂，有为新生命的诞生而高兴的一面，更多的，是为中国人口压力的进一步增大而忧虑。在这种情况下，我们要“庆贺”中国第13亿人的诞生，就有点没看出火候。我们实在没有“庆贺”人口继续增多的心绪。在这种复杂的心态下，电视节目也注定做不成功。镜头上我们看到，在大家的关注下，一个小孩生下来了，护士们七手八脚地处置完了，小生命被放到了母亲的身旁。这时候电视镜头前的五六个政府官员（大概主要是主管计划生育的官员吧？）一字排开地站在那里，不知所措。一位反应尚属机敏的官员高声喊道：“热烈祝贺中国第13亿个人的诞生！”众人如梦方醒，作鼓掌状。这个仪式遂告完成。作为电视观众，我既为站在那里手足无措的官员难为情，更为高喊“祝贺”的官员难为情，因为我们实在缺乏“祝贺”的理由。“中国第13亿个人出生”电视秀的支撑点，是我们少生了几亿人。这当然是一个了不起的成就，但这个成就是个负数，无法展示。这个庞大到可怕的人群，是个没有出生的群体，没办法用电视手段表现出来。我们能表现的，只能是“孩子还在不断降生着”，所以这个节目只能是怎么看怎么别扭。

瓜田先生推测，节目的创意大概来源于其他电视秀中的反映经济成就的“第多少多少个什么的产生”的庆祝的启示。比方说，某汽车制造厂的第10万辆汽车开下生产线，某市迎来第100万个外国游客，这都是有看点、有庆祝道理的事情。第13亿个中国人的诞生，就一个社会而言，喜庆中有诸多难以言说的苦涩。所以，这类庆祝节目，不做也罢。据说，荣幸地被“电视秀”定为第13亿个中国人的孩子，已成了商家广告战的争夺目标，最后还成了某某产品的代表，这对儿年轻的父母可能因此不大不小地发上一笔，我们总算找到了这次“电视秀”的几个受益者，也总算看到了这出戏的一个喜剧性结尾。

我那可怜的雨刷

我汽车上的雨刷又坏了。

按理说，雨刷这玩意儿用得不是很频繁，不应该动不动就出毛病。因为平时很少用它，而北京的雨水又少，雨刷的磨损率不应该很高。而实际上，我的这条可怜的橡皮，有半截常常磨损得离开了挡风玻璃，或者干脆就断裂开来，下雨时挥动起来，只能扫去一部分雨水，对另一部分雨水，它已经无能为力了。

雨刷的不均匀磨损，同它的本职工作毫无关系，也不是厂家的问题，这完全是外来的“横祸”。北京交通的拥堵，是地球人都知道的。但地球人不知道的是，这种拥堵造就了不少的“就业机会”。在等绿灯的十字路口和经常拥堵的地段，经常潜伏着一批批往汽车雨刷上塞广告的打工仔。只要你的汽车在十字路口或者拥堵路段一慢下来，立马就会有一帮子手持印刷品的打工仔拥将上来，忙不迭地把一张张叠好的广告塞入每辆汽车的雨刷下面、车门把手缝里。你到某个单位办事，到某个商店购物出来时，就会发现，汽车的雨刷上、门把手上又都塞满了广告。

实话说，换一个新的雨刷，用不了多少钱，但无缘无故地被人随意摆布，谁想来插一下就可以来插一下的遭遇，却使人的心理受到严重的伤害，这同在光天化日之下、大庭广众之中，被别人捆绑起来强奸的感觉完全一样，一样的羞辱，一样的无助。你没有机会也没有必要前去论理：停车时间短暂，不允许你下车制止这种强暴行为；欺侮你的只是一个为了生计而受雇于人的打工仔，对他这辛苦的饭辙，只能予以同情，似不宜疾言厉色地加以谴责，更何况该谴责的人又不是他。

我们且不说这种强行派发广告的做法加剧了拥堵，又极易酿成车祸，单说对司机心理上的野蛮强暴，就令人肝气难平。是谁赋予你这种想把广告插进哪里就插进哪里的权利呢？

不独此也，类似的野蛮强暴，每天应接不暇。打开电子邮箱，首先要做的，是删除几十个、上百个垃圾信件。你的手机几分钟就会响几声，不看看，担心误了正事，看了又多半是上当，因为十有八九是各种广告，从机票打折到代办各种上网文凭，从卖假发票到办假车牌照，从推销窃听器到卖迷魂药、帮人报仇，应有尽有。是谁把私人的电子邮箱泄漏出去，使我们的邮箱每日麻烦不断？是谁把我们的手机号码泄漏出去，迫使我们每天煞有介事地去阅读那些强塞给我们的毫不相干的推销广告？我们千千万万的人，每天就这样被无数次地强暴着，却可怜无助，为什么就没有人出来制止一下呢？是散发广告的公司老板难以查清吗？是侵入我们邮箱和电话的强暴者难以找到吗？还是我们的社会至今还没有人负责治理这些丑恶现象？我想疼了脑仁儿，到了也没琢磨出来，到底是谁的失职或者渎职，使我们失去了应有的安静和安全。

今天报上说，网上有人公开叫卖《北京全球通手机用户名单》，要价 8500 元。这就难怪我们的手机整日不得安宁。据说，有关部门对电子网络管理得很有成绩了，那么，像打入每个人的电子邮箱这样明目张胆地侵犯公民个人隐私的行为是不是也该管一管？手机号码到底是移动公司泄漏的，还是黑客偷窃的，查清楚、追究一下法律责任，真的就那么难吗？

别再闹腾什么“状元秀”了

一年一度的高考大战，随着高校录取工作的展开，逐渐趋于平静。作为这场大战的尾声，各地出演的“状元秀”、“谢师宴”之类的余兴节目还在填充着各种媒体的新闻栏目。而其中的“状元秀”，尤显得缺乏理性的支撑，无论是从事情本身的合理性上看，还是出于对考生的心理健康考虑，都应该及时刹车，不宜年年闹腾下去了。

“状元”在科举时代无疑是个极其风光的字眼。“大比”三年才举行一次，若遇上不太平，还可能无限期推迟。状元呢，每次也只有一个，不像现在，到处都是状元。现在的高考，每年一次，每次都能涌现出许许多多的“状元”。每个省市有自己的状元，各地县也有自己的状元。不仅在地域上力求普及，在分类上也不断细化，譬如有文科状元和理科状元。这样一来，状元就打头碰脸，熙熙攘攘，多如过江之鲫了。推举状元的方便之处在于，在标准上没有明确的硬指标。一个县，即使考得再臭，其中的第一名仍然可以被称为“状元”，反正矬子里拔将军就是了。

其实，新旧状元重要的差别，还不在量上的稀少或者泛滥，而是在身份上大不相同。历史上的科举考试，是朝廷选拔官吏的手段，状元同其他进士一样，一旦金榜题名，便进了国家人事部门的管理体制，可以马上接受朝廷任命，成为国家的正式官吏。而我们如今的这些“状元”则不然，他们只不过具备了被某所高等院校录取的可能性。即便是数日之后被北大或者清华录取，也只不过取得了在高校继续深造的“入场券”，还不可能马上为社会服务，更不要说为社会作出什么了不起的贡献了。这就像某人得到一张高级戏园子的戏票，座位很靠前。但他进了戏园子之后，是不是好好看戏，能不能学会这出戏，出了戏园子自己能不能把这台戏唱下来，或者编出新戏，全是没准儿的事，更不要说成为人们争相追捧的名角了。那么，对这样一个仅仅考了好分数的考生，冠以“状元”之名，报纸电视上大吹大擂，登出的照片比劳模的还要抢眼，妥当不妥当？有的地方更是匪夷所思，竟然搞起了披红挂花骑马游街之类的闹剧来。这些做法，对涉世不深的年轻人不能不是一种热乎乎的“戕害”。

考生考得了高分，自然是谁都高兴的大好事。这说明学生的学没白上，学校没白教，家长没白操心。高校也有了可供选择录取的好苗子。然而，“状元”们就算是进了北大、清华，就一定成才吗？不一定。北大、清华每年都进去不少“状元”，每年也都出来不少毕业的“状元”。毕业后能做出值得“骑马游街”的成绩的人还是不多，多数人能在普通岗位上胜任愉快已经不错。从《中国青年报》上读到的范梅忠谈个人经历的文章和陕西的陆步轩（此人恰恰是本县的高考状元）最后闹到上街卖肉的地步的报道看，光是毕业后迅速适应社会环境和工作环境，使自己的才干得以施展，就不容易，更不要说作出什么杰出贡献了。

“中了状元”，考入了著名高校，值不值得高兴或者自豪？当然值得。这张入场券并不是轻易就能拿到手的。但凡事都有一个限度，一旦狂傲得离了谱，忘乎所以，错以为这张戏票就是诺贝尔获奖证书，那就有点儿走火入魔了。瓜田先生以为，青年学子进入了这个误区，社会和媒体的起哄负有不可推卸的责任。几年前，我的校友兼同事朱铁志先生曾给北大的学弟学妹们写了一封情辞恳切的公开信，奉劝大家正确评估自己的位置和分量，不要过于狂傲，贻笑大方。这原本是好意，不料言者谆谆，闻者藐藐。据说网上的帖子声讨者居多，支持者稀少。那么多的聪明孩子，却听不懂别人这样珍贵的劝告，说明媒体不负责任的炒作坑人不浅。

如果北京的市民们每年都能从报纸上见到几个高考“状元”的大照片，并牢牢记住他们的名字，而对像黄昆这样作出杰出贡献的科学家却一无所知，那一定是媒体和社会管理部门的理念在什么地方出了毛病，需要反思，需要检修。

今年（2005年）的“状元秀”炒得差不多了，本可以不说了。瓜田至今还在这里喋喋不休，是想建议媒体，明年是不是就不要再重复这些无聊且有害的把戏了？大家还是抱着一颗平常心看待年轻学子的成长吧。

如果上学就像唱卡拉OK

如今的中小学生，越来越幸福了，书也越来越好念了，甚至你念不念也不大要紧了，因为学校为了保护你的自尊心，已经不大想过问你学得怎么样了。报纸上屡屡报道学校减少乃至取消考试、考了也不公布名次之类的“教改喜讯”。学生的压力正在趋向于零。还有更绝的，南方某大城市已经立法：张榜公布学生的名次已经是犯法的事了。最近还听说，有的中学正在搞取消班主任的改革。这一个又一个深化改革的重大举措，令瓜田先生的眼镜跌碎了好几副。

减少乃至取消考试，据说是为了减轻学生的压力。我想不出来，中小学生没有压力的学习会是个什么样子。七八岁乃至十几岁的孩子，叫他有多么明确的高尚学习动机和动力，不太合乎情理。瓜田先生做过十几年的学生，深知考试是督促和激励学生用功的一个重要手段。如果没有考试，稀里糊涂地学上十几年，真不知能学到什么东西。另外，老师离开了考试，如何掌握学生的状态和教学的效果？学校的考试既是考学生，更是考老师。没有考试，师生轻松，皆大欢喜，只是到头来毫无收获的苦果，孩子能承受得起吗？家长能承受得起吗？最后是，社会能承受得起吗？

公布学生的名次就会伤害学生的自尊心——据说这已经成了一种共识。我不知道小孩子的自尊心何时变得如此的柔嫩、脆弱，以至于考试的名次靠后一点，就要自杀。让每个学生都不知道自己在班级里的实际“位置”，都自我感觉超级良好地混日子，这到底是爱孩子还是坑孩子？还有，孩子们的自尊心被“保护”得如此之好，他们走上社会以后怎么办？现在哪里用人都要考试，淘汰率很高，你把美滋滋赶来应聘的人都残酷地淘汰了，根本没有与中小学的保护自尊心政策接轨、配套，这是不是像宋丹丹所说的那样，“太伤自尊”了？为了孩子们的自尊，各机关、企事业应该来者不拒，一概录用。干得再糟糕也不能开除，因为牵涉到人的自尊。

中小学的运动会不知道还能不能举办了。跑百米也罢，扔铅球也罢，那都是在大庭广众之中、光天化日之下就看出名次的，眼睁睁地看着你得了第一，我跑了个“老末”，我的自尊心怎么办？瓜田先生有一个比较妥善的办法，那就是运动会秘密举行，运动员单个地测试，最后把成绩统计整理出来，在严格保密的条件下，悄悄地通知参赛者。绝不能把冠亚军的成绩欣喜若狂地公布出来，这对没有取得名次的运动员的自尊心会是个不小的打击。

更为搞笑的是，南方某地竟然把“禁止张榜公布学生名次”弄上了地方法规，理由是“目前大多数中小学普遍采取的张榜公布学生成绩排名制度对许多学生造成伤害”。其实，因排各种名次饱受伤害的岂止是学生？大人的自尊心就不需要保护了吗？全国评十大杰出人物，我们许多人年年不能入围。评英雄模范，每次也总是极少数人充当。最叫人伤心的，是全世界的富豪排名榜，我们多数人连个边儿也摸不着！所以，日后各种有输赢的事情，排名次的事情，尽可能地不要去搞，免得大家闹心，嘴上起泡。

前头说的这个“地方法规”，当地人是如何反应呢？《新民晚报》的抽样调查显示，绝大多数人支持学校的做法，反对这个立法。一位小学校长说：“将学生成绩名次公布与否提升到立法的高度，这是不妥当的。因为对一个学生来说，若是没有压力也就无所谓动力。”这就是一个内行发出的比较严肃的声音。立法者说，他们这是听取了“未成年人”意见的结果。他们可能忘了，未成年人之所以在法律上受到不同的待遇，就是因为他们的认知能力和判断能力还靠不住，对他们的意见不能全都当真。不信你不妨走进一个教室问问，今天是上一天课，还是踢一天球？同意踢球的比同意上课的要多。

继取消考试、取消排名次之后，教改的浪潮已经“深化”到取消班主任，由学生“自己教育自己”了。学校恐怕就彻底办成了卡拉 OK 歌厅，大家谁都可以进来吼一嗓子，谁都能赢得热烈的掌声，谁都觉得自己是个出色的歌唱家。你好我好大家好。只是不知道，这样一来，谁还敢把孩子送进学校里去？

一个拙劣的玩笑

2007年3月22日的《北京青年报》头版，刊登了一幅醒目的图片，图片上有一架飞机，旁边站着几名警察，正在严肃认真地检查一个乘客的行李。那位胖胖的乘客毫无幽默感地傻立一旁，不知所措。消息的题目是：《登机后男子谎称携炸弹经排查未发现可疑爆炸物警方正在进一步审理》。

消息说，3月21日下午4点半钟，深圳航空公司由北京前往深圳的一个航班在登机过程中，一名旅客向机组人员声称自己行李中有炸弹，机组人员迅速将其带离，并对航班进行搜查，结果未发现可疑爆炸物。飞机因此晚点3个半小时。目前，首都机场公安分局正在对该嫌疑人做进一步审理。

旅客用无聊的“诈弹”使航班误点的新闻，其实一点也不新鲜了，国外的加上国内的，光我从报上见到的，就不下四五起之多。事后人们得知，这些施放“诈弹”的乘客，都没有什么恶意，只是想开一个玩笑。而由于缺乏对开玩笑的要领、“操作规程”和注意事项的起码了解，所以玩笑演化成为后果严重的恶作剧，不仅社会影响恶劣，还造成数目不菲的经济损失。相比之下，开玩笑的人被罚一点款子，被拘留一阵子，就不算什么了，因为这远远补偿不了他给社会造成的损失。

开玩笑还有什么“要领”、“操作规程”和注意事项？当然有。开玩笑是人际交往时的一个手段。开玩笑的本质特征，是对交流的对方的一种善意的“攻击”。这种攻击有惊无险，貌似有点“敌意”，实则是友好的表示。开玩笑往往又是互动的，就是说，有攻有守，被开玩笑的人也会反击，在“进攻”和“反击”中，双方的才智得到展示，同时得到对方的欣赏，这个过程体现出开玩笑的人之间的亲近关系，也使双方在“斗智”游戏中得到一种高级的精神享受，总之，开玩笑的结果，一定要达到皆大欢喜的目的。

开玩笑必须得到对方的理解和合作。你的“进攻”得到了预期的反馈才会有趣，得到了理解、响应，才能赢得预期的效果。所以一般情况下，开玩笑的双方应该是彼此熟稔的，关系比较亲近。这样，一方开玩笑，另一方才不会误会为真的“攻击”，才会迅速投入玩笑游戏的“反攻”之中，一场玩笑战正式开打。如果彼此不熟悉，就容易发生误会。陌生人之间不是不能开玩笑，这需要开玩笑的高手，能够收放自如，见什么人该说什么，不该说什么，心里比较明确，不至于踩上地雷，让大家都下不来台。央视的崔永元就是个中的高手，他常常跟请来的各种客人开玩笑，而且当着全国观众的面开玩笑，由于开合有度，善意明显，似乎没有出现惹得参与者不快的情况发生。当然，严格说来，他与嘉宾之间也不能算是很陌生的人，起码大家对他都很熟悉，不会心存太大的戒心。

开玩笑的双方最好是实力比较均衡，地位比较平等，气氛比较融洽。一个弱势者向强势者叫阵，如果不是艺高人胆大，结局就可能比较悲惨；一个强势者，对弱势者开玩笑，或者一大帮子人对一个人开玩笑，就有仗势欺人之嫌。一对多或者多对一的玩笑操作，可能效果强烈，但风险也是更大一些，没有金刚钻，也不敢揽这个瓷器活儿。

开玩笑是有一些禁忌的。譬如说，场合和玩笑的题目上，是有禁区的：肃穆或者悲痛的场合不宜开玩笑，很大的事情，严肃正经的事情，尤其是事关人命安危的反恐之类的事情上，更是开不得玩笑。再譬如说，开玩笑的对象的习俗、观念、好恶和心态也不能不充分考虑到。玩笑对象的生理缺陷、对方崇敬的事物、对方极为严肃认真的事物、对方不愿谈及的事物等，都不宜作为玩笑的题目。

坐飞机用“诈弹”跟空姐开玩笑，直接触犯了开玩笑的好几条重要禁忌。你跟空姐素昧平生，开什么玩笑？你用什么来证明你是善意的？谁知道你到底是不是真的带了炸弹？你知不知道在全世界到处反恐的今天，大家最烦的就是在飞机上制造真假恐怖事件？开玩笑一般都有点创意，你来我往，唇枪舌剑，虽然貌似激烈，其实都是闹着玩。你在飞机上玩“诈弹”毫无创意可言，因为搞这一套被关起来、被罚款的已经有不少人了，作为模仿者也已经十分拙劣。你耽误了大家最宝贵的时间，给航空公司造成巨大的经济损失，谁也没有从中得到什么快乐，包括被处罚的你自己。

飞碟被冷落是件好事

从报上见到一个题目：《UFO吸引力骤降》，文章说的是英国《观察家报》的一篇报道，说创刊快25年的《不明飞行物》杂志日前悄悄地关门了。"杂志关门的理由很现实：现在已经没有那么多的人关心不明飞行物了。"这使我想起前些年甘肃创办的一本叫做《飞碟探索》的刊物，也一直火了多年，可现在早已无声无息。理由恐怕跟英国的《不明飞行物》关张一样，那就是人们对飞碟没有太多的热情了。这是一件令人高兴的好事，它说明人们的科学素养在提高，毫无科学依据的传闻和想象逐渐被挤出了理性的视野。

飞碟困扰人类的历史，可能远不止几百年，但最热闹的时期显然是20世纪的后半截。在一段时间里，外星人似乎格外关注地球，不是这里出现了飞碟，就是那里发现了外星人，说得有鼻子有眼，像真的一样。事后一调查，烟消云散，啥也没有。前些年，北京郊区也时不时地有人报告出现飞碟的消息，甚至还照下照片来。事后得知，那大多是飞机留下的痕迹。人们如果整天被这些无聊的传闻愚弄着，折磨着，肯定是一件很令人恼火的事情，久而生厌，对飞碟的传闻降下温来，是符合逻辑的。深层的原因，还应该是科学知识的普及在发挥作用。

科学家已经指出，产生类似人类这种生命的环境，起码需要一个像太阳系这样的恒星系统。我们所在的太阳系，除了地球，其他行星上没有人类的存在，似乎没有异议。最近，探测火星的飞行器收获甚丰，但连水的痕迹都是若隐若现的，更不要说生命的存在了。连最有希望的火星尚且如此，别的行星就更没有指望了。其他的恒星系统呢？就算是有人存在，来到地球的可能性几乎是零。因为距离地球最近的恒星系统，也在 4.3 光年之外。就算那里有高级生命存在，他们乘上每秒 100 公里的高速宇宙飞船，也要飞行 1.28 万年才能到达地球。就我们所知的高级生命的寿命和宇宙飞船的燃料供应能力而言，这种飞行显然无法实现。验之于现实，在地球人的可信的记载中，也没有外星人的身影。既然如此，人类再在这件事情上陷入更多的时间和精力就是愚蠢之举，成天喋喋不休地、煞有介事地吵闹这个劳什子的杂志，就显得滑稽可笑，及早关张才是聪明的做法。据《观察家报》说，英国创办时间最长的飞碟类杂志《飞碟评论》（1955 年创刊）至今还在发行，不知还能支撑多长时间。

不能否认，地球也罢，大宇宙也罢，还存在着很多的奥秘需要探索和研究，人类对未知领域的认识的拓展，将同人类的历史相终始，永远不会完结。但已经被证伪的东西必须尽早抛弃，也是科学认识的题中应有之义。只有这样，人类才能腾出时间和精力，在正确的方向上前进。不过，此事说起来容易，做起来有难度。譬如鬼神，没有任何人能证明它们的存在，但你想让任何人都不信鬼神，又谈何容易！

连培养孩子的方法也得引进啦？

我一直以为，咱也就是高科技有些落后，所以搞搞对外开放，把外国人的高科技拿过来，也就齐活了。前天读了一篇文章，又想了想周围的现实，感慨良多。其中最大的感慨便是：我们落后的不仅仅是高科技，不仅仅是什么什么，什么什么，我们就连培养孩子也不在行，很有必要从美国引进一些理念和方法。瓜田先生这说法是不是有点耸人听闻，有点长人家的志气，灭自已的威风？非也。如若不信，请看看下面的例子。

按照一项国际学生培训计划，几名中学生跑到美国，在美国家庭里生活了一年。美国“临时家长”的一年调教，使满身毛病的中国“小皇帝”判若两人：不再网瘾缠身，不再好吃懒做，不再我行我素，而变得彬彬有礼，有了责任心，热心于公益事业。一个叫龙龙的孩子，在国内功课十分优秀，但生活自理能力太差，不要说帮大人干活了，衣服也得别人给穿，饭也要别人给盛。一次母亲发高烧，他连一杯水都没有端给母亲。从美国回来后，龙龙立马让家里人刮目相看：他给妈妈洗脚，背着爸爸上医院，还到爷爷的墓前祭拜。

这美国人到底用了什么法术，竟然把中国孩子这么严重的“罗锅”

给直过来了?一位叫帕克的普通美国人的理念和做法,让我们看到了这个"法术"的全部秘密。帕克与中国孩子有了一些接触之后,很快就摸到了中国孩子的特点,从孩子身上的毛病中看到了中国父母的失误所在。帕克对中国孩子把脉把得很准。他说,中国孩子有不少优点是美国孩子应该学习的,例如聪明好学,理解能力强,基础知识扎实,但是他们共同的缺点是动手能力差,缺乏团队精神,心理承受能力弱,不会尊重他人,不知道感恩。帕克抓到了孩子们的要害,也抓到了父母的要害。他说,美国的父母一般不溺爱孩子,知道什么时候对孩子说"不",而中国父母对孩子百依百顺,"似乎是用一种赎罪的心态来为孩子效劳",不会对孩子说"不"。帕克不愧是研究教育学的,他在同有限的几个中国孩子接触之后就找到了问题的症结。帕克对娇生惯养的后果有一个耸人听闻的见解。他说:"娇生惯养很容易造成人格缺陷。一个人有人格缺陷是个人问题,但如果很多人都有人格缺陷,那就成了社会问题。最为可怕的问题是,这种人格缺陷如果再'代代相传',将来的中国社会简直难以想象。"

那么,美国人是怎么避免这个"人格缺陷"的呢?办法简单得你都难以相信,那就是,决不对孩子的毛病让步,该说"不"时必须说"不"。帕克出生于一个学者家庭,从小就接受父母严格的教育。他是家里唯一的男孩,还有三个姐妹,但父母从来不溺爱他。他孩提时经历的一件事情足以让他牢记一辈子。一次全家去野营。父母为了培养孩子相互照应的团队精神和动手能力,要求孩子们为大家准备食品、用品、饮用水和药品等。每个孩子负责一类,按人头准备好,缺一份,自己就没有用的了。帕克由于粗心,负责准备的饮用水少了一份,于是,他就被活活地渴了一整天。他渴得几乎晕倒,大人也不给水喝。从此,帕克彻底改变了丢三落四的习惯，养成了办事认真严谨的作风。父母事后向他解释的道理是：一、这有益于培养孩子为他人着想的品质，让他们明白只有首先“我为人人”，然后才能“人人为我”的道理；二、让孩子知道，每个人都要为他的失误付出代价，并学会从失误中吸取经验教训；三、帮助培养孩子谨慎认真的作风；四、父母说话要算话，否则今后就没有了威信。

我的眼睛凝视着帕克被渴了整整一天的小例子，久久没有移开。这种“残忍”的做法，有几个中国父母能做到？别人我不知道，反正我恐怕做不到。那么，我们的孩子比人家美国人的孩子毛病多，也就没有什么奇怪的了。这跟国家的穷富、科技发不发达没什么关系。跟什么有关系？国民素质。我们的素质还不足以使自己成为称职的父母。我们知道，带兵打仗的将军需要“严格”、“严厉”的管理手段，不知道教育孩子同样离不开“严格”、“严厉”。当然，“严厉”或者“残忍”也应该有一个“度”。我曾经从一本书上看到，某西方国家的一个父亲，把孩子放在一个高台子上，然后让孩子走过来，表示要接住他。孩子扑过来之后，父亲突然闪身躲开了，孩子重重地摔在地上。父亲说，他是要孩子懂得，世界上任何人都不可靠，不能轻信。这做法，我估计就是主张严厉的帕克，恐怕也不会赞成。

帕克对中国孩子也采取了严厉的手段。中国孩子龙龙对帕克布置的倒垃圾的任务置若罔闻，于是被取消了吃晚饭的权利。由于中国家长密切配合，大家决不让步，午夜时分，龙龙终于投降，倒了垃圾，吃上了烤鸡腿。这出悲喜剧很值得中国的父母们深长思之。

我们可能还记得十几年前孙云晓写的中日孩子夏令营的较量。那次较量，中国孩子惨败而归，以至让人们发出这样的感叹：如果中日之间再有战事，以眼下孩子们心理上、体能上的差距而论，谁胜谁败尚难预料。十几年过去了，中国孩子们的成长状况是改善了还是恶化了呢？谁家里都有孩子，谁生活圈子周围都有孩子，都不难做出自己的结论。记者于大波先生看来是个很慎重的人，他在文章的结尾特别强调，文中中美两个家庭教育方法的比较，涉及的只是两个“点”，不能代表“面”，更不能就此得出结论，说美国家庭教育优于中国。这两个家庭所反映的两个民族在儿童教育上的强烈反差，到底是特殊的个案，还是具有相当普遍的代表性，哪个读者心里都不糊涂。

有的朋友会说，不就是严格要求孩子吗，连《三字经》上都有，谁不知道啊，还要崇洋媚外，学美国？五千年的中国，成功的教育理念多了去了，汗牛充栋，美国才几年啊！是的，中国岁数是很大，老年斑也长得多，血管也难免有些硬化，气血运行起来也要费点劲。要不然，那么些好的教育思想，怎么就愣是深入不了人心呢？面对那么多“小皇帝”，怎么就愣是没辙呢？

为了证明这几个中国孩子不是因为运气太好，遇到了深谙教育学的美国人帕克，才得到如许的收获，请读者原谅我的啰嗦，把美国早在1918年就定下的中学教育七个目标抄在下面：第一，健康；第二，通晓公民的权利与义务；第三，能有价值地利用休假时间（不妄为、不虚度）；第四，成为有效的家庭成员（不是无作为的，可有可无的）；第五，掌握基本学习过程（重在学会方法、养成学习习惯而不在知识）；第六，具有合乎道德的品质；第七，受到职业训练。这几条目标的规定，在中国人看来，太小儿科，太琐细，太微观，一点也不像中国的各种教育方针那样宏大、高远、抽象、富于理想。然而，正是这些具体、务实、可操作性强的规定，造就了美国人健康、务实、能密切融入家庭和社会的好品质。相比之下，我们的方针和各种规定，高则高矣，只是与孩子们的切身需求和社会要求若即若离，或者干脆就看不见摸不着，所以发生不了太大的关系。我倒是希望有识之士能以这个话题为由头，把中西教育理念和方法作一点深入的比较和研究，把研究成果以通俗易懂的形式介绍给中国的年轻父母。见先进就学嘛，没有什么丢人的。

戏演过头了就容易露馅

前些日子的报纸上，一东一西的两家民办外语类学校，拿两件小事有滋有味地炒了好一阵子，使自己的知名度有大幅度的飙升。但依瓜田先生看来，恐怕炒作的效果很有限，戏演过头了，还很容易露馅，这就得不偿失了。

西边的一家，是打发两个律师利用报纸的半个版的面积，不换气儿地连续做广告，愤怒声讨某报的记者，说这记者竟然怀疑甚至否定有一家公司的老板用年薪40万元的待遇“预聘”该校的一位大三女生。花这么大的本钱做这么多的广告，这家学校想必是受了天大的委屈，想征得广大公众的同情。可弄清了事情的来龙去脉，倒令人忍俊不禁，觉得他们实在是小题大做，有点把戏演过头了的感觉。这家学校经过多年的努力，取得了一些成绩，有了一点影响，据说学生质量也不错。但怕就怕自我感觉过于良好，对肯定自己成绩的话过于当真，以致成了可笑的包袱。他们常请些用人单位来参观，组织些学生登台作秀露一手，收集一些表扬和赞许，这都能得到人们的理解。问题是对客人们的鼓励，把握一个“精神”、“意思”也就可以了，不能句句较真。听说有一位老板，看完学生的表演，情绪来了，当即表示，要以年薪40万元的价格预聘一位大三的女生到他那里工作。这话也只能姑妄言之，姑妄听之，认真不得。说得不客气点儿，这位老板只不过见了这学生一面，听学生讲了讲话，恐怕连最起码的面试也没做，就以名校教授的价码把她预聘了，这绝不能认为是严肃而负责任的。一家企业聘用人才，目的是为了盈利而不是赔钱。我们不大容易想象，一个初出茅庐的翻译，每年能给公司创造出40万元以上的效益来。头一年很难发生这种奇迹，过几年行不行？照已有的常识推断，怕也够呛。那我们聘这个人所为何来？不好解释。如果这位老板所在的这家公司，是一家管理制度十分健全的公司，董事会和股东们恐怕不会对老板的率尔决策置若罔闻，听之任之。所以，这位老板当场拍着胸脯能不能最后做主，也还是个问号。好在这位大三女生离毕业也只有一年多的时间，这台戏最后如何收场，我们都看得见，到底谁尴尬，谁难受，也就水落石出了。瓜田先生认为，这家外语类的学校不宜拿这个学生的“高价预聘”做这么大的文章，现在这样做不好，将来就算是出于种种的复杂原因，50万元聘出去了，也不值得大张旗鼓地宣扬，因为没有代表性，说明不了什么。肯定不能说明，此校每个毕业生出去都能闹个几十万。更不能说明，北大、清华的毕业生只不过每月拿个一两千块，从而看出这家学校已经跃居全国首位。既然如此，这家学校有什么必要对这位记者不依不饶，气急败坏地声讨不休呢？在高考前夕的这番热炒，明眼人都能看出这是此校吸引考生的苦心。但炒作的效果是得分还是丢分，是增光还是露怯，还很难说。细心的人会想到，你这样看中这个小花絮，足见能够拿出来宣传的东西不是太多。

东边的这家学校，没有西边那家炒得热闹，但也吸引了不少眼球。先是花100万年薪聘了一位海归派来当校长，未几，忽闻校长海外的文凭有假，旋即把这位屁股还没坐热的校长给辞了。看来，这家学校花大价钱聘的不是一位称职的校长，而是一本真文凭。就这么点事，还没办明白，到了儿也不知道这张文凭是真是假。一听说校长的文凭可疑，也不问这人干得如何，立马轰走。更具有戏剧性的是，这位校长开了个小玩笑，又出来证明，自己的文凭是真的，叫人大跌眼镜。这出戏不知道怎么往下唱了。按照正常的逻辑，这家学校应该作“知错必改”状，既然真相大白，校长的文凭平了反，昭了雪，就应该恭迎回校才是。这样，戏就好看了，大团圆的结尾。

东边这家学校的毛病同样失之浮躁，过于看重宣传炒作，忽视扎实的工作。花100万年薪聘校长，是个卖点，对考生和家长都有点儿吸引力。其实，聘个称职的好校长，也许根本不必花这么多的钱；花这么多的钱，也并不能保证聘来个称职的好校长。看来，学校对花出去100万很热心，对校长称不称职，并不太感兴趣，最好的证明就是，他们连校长的文凭是真是假都没闹清楚就下了聘书，遑论其他的考察！

高考完事了，这两家外语类学校的炒作也告一段落，到底有多少效果，也很值得怀疑。留给我们这些看西洋景的人的思考是什么呢？一个学校想赢得社会的肯定，还是靠你的“产品”也就是毕业生的质量说话，其他的旁门左道，不折腾也罢！

如果你成了狗的爷爷

如果社区里的一位青年朋友，带着她的爱犬在散步时碰到了你，在向你问好的同时，也向她的狗介绍说：“这是老爷爷，快问好！”不知你这位忽然成了“狗爷爷”的人作何感想。这不是假设，这种“狗爷爷”、“猫爷爷”我就不止一次地当过，不少人也当过。我不知道当过的人喜不喜欢当，反正我不喜欢当。但在狗主人看来，还是很礼貌的，对你还是满抬举的。你如果不识抬举，说不定狗主人还会很生气。

狗主人如果仅仅是把自己的宠物当人看，把你当成“狗爷爷”，大不了只是令人有一点儿不愉快，损失还不大，可如果狗主人果真以为自己的狗成了精，能像人一样开汽车，那就十分可怕了。从报纸上看到，这不是“如果”，呼和浩特市的一位李女士，就是让她的狗开上了汽车，把路上正在行驶的一辆车撞坏了。报载，一个吉利车主正在驾车，只见从便道上冲下来一辆捷达车，一下子把吉利车顶在墙上，车的前保险杠被撞碎，机盖卷起，车尾凹陷。吉利车主清清楚楚地看到，肇事车的驾驶者是一条狗！据狗主人李女士说，她的狗实在是太聪明了，不加以培训就埋没了这“狗才”，这才想出了教狗开车的主意，可惜，狗不做脸，把戏演砸了。否则，狗开车准能开一代风气。你试想一下，各地的马路上是小狗开着车到处跑，那是个什么样的惊人景象！仅此一景，就能把来中国的游客拉上去好几倍！

我不想充当那种遭人讨厌的老古董，张嘴就是什么“玩物丧志”呀，“我国还有几千万人温饱问题还没有解决”呀，“金钱、时间和精力可以找到更有意义的消费方式”呀，等等等等。我想说的只是：不管你多么沉迷于宠物，多么愿意同你的宠物打成一片，你都不能忘了，你仍然还是一个有理性的人。而别人，因为同宠物没有像你那样深厚的感情，所以不会容忍你一厢情愿地让你任命为狗的“爷爷”或者“叔叔”，也不会容忍你的狗到处便溺、狂吠甚至咬人。

没有人怀疑，狗是人类的忠实朋友。也很少有人不喜欢狗。有的人曾指出，中国人对狗印象不好，还举出中国的成语里，狗都不是好东西，譬如“走狗”啦，“狗嘴里吐不出象牙”啦，“狗仗人势”啦，“鼠窃狗偷”啦，“狗急跳墙”啦，“狗彘不食”啦，“狗血喷头”啦，都不是什么好词。其实这话说得并不正确。这些词确实不是好词，但你想想看，这些词从来都不是用在狗身上，都是用来形容人的，和狗没有什么关系。就是说，人们对狗本身的认识和感情，跟这些惯用的词语没有什么联系。从多少万年以前，狗就成为人的可靠助手了。但从实际上打猎和看家护院的助手演化到今天为人类消愁解闷、排除寂寞、确证自己存在的重要意义的玩具、宠物，时间并不能算很长。把狗当成宠物，并没有什么不可以，但全国各城市养狗养到如此狂热，犬只猛增到这个程度，违规犬这么多，狗对环境的污染这么严重，狗咬伤咬死的人这么多，都远远地超出了人们能够忍受的程度，甚至令人产生了“今世何世”的迷惘。

让狗开车，还只是一个稀罕的例子。但在公共汽车上给狗买票、让狗占据一个座位的事，在公共浴池里人狗共浴的事，给狗修筑豪华坟墓的事，威逼误伤了自己的狗的人给狗下跪赔礼的事，都时有所闻。至于把小区变成了屎尿遍地的狗圈的事，大人小孩每天走路凄凄惶惶，提心吊胆，时时担心犬只的吼叫和伤害，就成为常见的事了。这还是人过的日子吗？这些问题当然不能责怪狗，狗不是人，它们不光不可能学会开车，也不可能懂得人类社会必须遵守的许多规矩。但是，人必须懂得，人不能因为爱狗而把自己异化得过于离谱。不管在哪一个国家，哪一个制度下，“狗道”都不能高于“人道”。现在对全国失控的养狗风的声讨，表达了大多数人对狗们欺人太甚的现象的强烈不满，希望狗主们好自为之，为不养狗的人们着想，约束好自己的狗，为建立和谐社区、和谐社会作点贡献。一个狗粪充斥、狗吠扰民、狗伤人的事频频发生的社会，还谈什么和谐？

“养狗城”里好风光

“狗患”这两个字虽说打了引号，其实已经进入了常用词范围。一天，瓜田先生在网上键入“狗患”二字，“刷刷刷”，屏幕上立马出现了一大堆关于狗患的题目：《立法滞后狗患成灾，广西柳州步行街几成狗市》、《广东珠海狗患日益严重，三年来万余人被狗咬伤》、《七旬老太被狗吓病，“狗患”扰民何时休》、《北京狗患呈蔓延态势，今年发生几万起狗咬人事件》等，琳琅满目。《北京晨报》的一篇消息称，北京注册养狗数 13 万只，这还不到犬只总数的 20%。以此推算，北京的“狗口”至少有 65 万。狗多，事故就层出不穷。一年中北京有几万人被咬，出门散步者人人自危；狗粪对居住环境造成严重污染；狗与人争绿地、争饭馆、争电梯、争游乐场地的现象也屡见不鲜。人被狗欺负到这个份儿上，也该想想辙了。

说是“狗患”，其实不确。狗知道什么？狗如果不咬人，不随地拉屎撒尿，内急知道找厕所，见了人能彬彬有礼地打招呼，那还是狗吗？所以，治理“狗患”的要义是管好养狗者。怎么管呢？你劝狗主不要“玩物丧志”？这词儿太陈旧，说明你老土，不懂时尚。你说许多地方人还没吃饱，应该把钱省下来，捐献给老少边穷地区？这要求高了一点儿，如何支配手里的钱，实在是每个人自己的权利。喜欢花钱养狗，别人无权干涉。更何况，不少人养狗并没有耽误向灾区奉献爱心。那么，问题的症结就只剩下一点，那就是养狗可以，但不能以你的爱好妨碍了别人的生活，损害了大家的利益。

俗话说，物以类聚，人以群分。瓜田先生受在公共场合给吸烟者设立“吸烟室”的启发，想出了一个锦囊妙计：建立若干个“养狗特区”，也可以叫做“养狗城”，请狗主们集中起来居住。这样做好处很多：首先，“养狗城”能真正成为狗的乐园，使狗儿们能健康愉快地成长。现在的狗，大多很孤独，除了每天被带出去散一两次步，整日在家里关禁闭，很难见到自己的同类。时间一长，难免会出现忧郁症。这就很不“狗道”了。在“养狗城”里，成百上千条狗集中在一起，俨然一个狗的王国，狗儿们遍地是朋友，交流起来，恋爱起来，都非常方便，感情得到了及时的沟通和宣泄。对“狗口”的增加，品种的改良，也极为有利。其次，“养狗城”也是狗主们的天堂。狗主们通常只养一只狗，多说也不过养几只狗，而住进了“养狗城”，花一条狗的钱，却能欣赏到千百条狗。你想想，满眼是狗，高的，矮的，长的，短的，胖的，瘦的，有毛的，没毛的，直毛的，卷毛的，黑的，白的，花的，黄的，目不暇接，美不胜收，这对一个爱狗的人来说，是一种多大的享受！不独此也，狗主们都是邻居，大家在一起能最大限度地普及狗的知识，切磋养狗的经验，那快乐岂是散居在不养狗的住户中间所能比得了的？再次，“养狗城”中，邻里和睦，友情融融，极有益于开展社会主义精神文明的建设。狗主们在不养狗的邻居中间通常比较孤立，犬吠的骚扰，犬粪尿对环境的污染，咬人事件的屡屡出现，使狗主们很受了一些白眼。这回好了，大家都是狗主，一律平等。共同的爱好，使彼此都有共同语言，出了事也能互谅互让。抱狗上电梯，没有人瞪眼珠子了，因为人手一只。电梯上的几泡骚狗尿，也没有人追究是谁家狗尿的，说不定就是自家的狗干的。老刘即便被老张的狗咬了，也不会过于计较，焉知明天我的狗不咬人家一口？彼此彼此，就扯平了。狗主们会互相搀扶着，笑嘻嘻地去打狂犬疫苗，还会边走边骂道：“你个狗日的，你的黑贝在我的腿上咬了6个眼儿！你等着，我明天弄一条藏獒来，非给你啃出12个窟窿不可。”闯祸的狗主哈哈一笑，一切烟消云散。在一般的居民区，不养狗的人总要抱怨：好端端的一个小区硬是让狗给搞得像个牲口圈一样，到处是粪便。这回就没有人抱怨了，污染环境我有份，你也有份。豁嘴子吃肉——肥（谁）也别说肥（谁）。你想，这样邻里关系能不好吗？第四，“养狗城”便于有关部门对养狗事业的管理和对狗产业的开发，有效地拉动内需。狗主们住得集中了，就方便了狗的登记注册以及养狗费用的征缴。狗医院、狗商店、狗食品店、狗游乐场、狗杂耍，还有狗市，集中在“养狗城”开办，很容易产生规模效益。由于狗咬伤每天主要发生在“养狗城”，狗咬外伤医院的开设和狂犬疫苗的投放，都能做到有的放矢，好钢能使在刀刃上。在一般居民区，大人小孩都害怕狗出来散步，所以狗主只有起早贪黑地出来遛狗，好像见不得人似的。在“养狗城”的围墙之内，就不必过于计较遛狗的时间，管理不妨宽松一些。甚至不一定规定什么遛狗时间。反正家家有狗，谁也不嫌谁，想什么时候遛，就什么时候遛。你说，还有比这更好的养狗条件吗？最后，“养狗城”还能成为当地的一道亮丽景观，开辟一条财路。几幢楼房，一道围墙，几百个住户养了几百条乃至上千条狗，那该是个多么壮观的场面呀！一般的城市，只有个把的动物园，去一趟又不太方便。如果每个居民点或者小区附近有一个

“养狗城”，那就方便多了。有许多人属于“叶公好狗”，不愿意养狗，但不妨远远地欣赏一番。为了满足这些人的需要，“养狗城”的围墙上可以修筑一条安全甬道，供人们买票参观。所得收入，用于降低养狗业的成本，或为养狗业的可持续发展提供后劲，可谓一举数得，一石数鸟。

综上所述，“养狗城”的建设有百利而无一弊，再找几个专家论证一下，就可以搞试点了。希望各市有关部门郑重研究瓜田先生的创意，组织实施试点工作，尽快铺开。几年之后，此创意如果果然帮助某些城市成功地解决了“狗患”问题，获得了著名的世界“人居奖”，可千万别忘了瓜田先生的功劳呀！

炫富声声伤我心

近几年，媒体很愿意替中国富豪们炫富。近一段时间，又热闹非凡，高潮迭起。中国人在海外并购的消息，时有耳闻，抢购欧美房地产的富人更是多如过江之鲫。至于在世界著名商店抢购奢侈品的中国游客，就更是不含糊，走到哪里，哪里就一片欢呼声。当地商店紧急找些华语导购人员，却怎么也不够用。据说中国人买东西就像商店白给一样，一把一把地往购物车里装，连挑都不挑。手表要最贵的，珠宝要最好的。自己要用，亲朋要送，小蜜和政界的朋友更是不能忽略，所以必须成批地买，才够分。在英国，出现了“北京镑”的说法。“北京镑”这个新词语一出来，把中国人乐得合不拢嘴：如今中国人牛大发啦！听见没有，“北京镑”啊！在文物、字画的拍卖场上，中国人也是独领风骚，什么都要买，什么贵买什么，牌子一直举到底，志在必得。古代书画家的几个字，几块石头，几棵树，都闹到几亿元的价位，那牛劲，很像当年泡沫年代的日本富人。例子不用多举，结论没有争议：中国人烧包烧的，地球都有点儿装不下了。

普通中国人一开始也抿着嘴乐。可跟媒体起完了哄，冷静下来一想：不对呀，这里有咱们穷哥们儿什么事啊？人家那些富豪牛，有钱，走遍世界，买遍欧美；你呢，住在蜗居里头，整日心惊肉跳地看着房价、菜价噌噌地往上蹿，连买日用品也要精打细算，生怕超支。媒体宣传富豪在外国摆阔，你跟着瞎起什么劲？富豪有钱跟你有什么关系？

报纸上说，中国富豪中，千万富翁每年要消费190万元，亿万富翁每年消费250万元。穷人怎么算计都替他愁得慌，这些钱怎么才能花得出去哟！其实人家不犯愁。换一辆豪华轿车要多少钱？一二百万能够吗？每月要打高尔夫球数次，高级会所消遣数次，跟政界吃饭拼感情若干次，等等等等。咱草根参加个婚礼，掏个二三百的，就觉得大出血了，占了退休金的几分之一。人家富翁几百块能拿出手吗？所以每年只花个几百万，还是很俭省的。我这样猜测富翁的生活方式，难免落得个"当年陕北老农"之讥。据说，40年代的陕北老农，对蒋介石的腐败很气愤，说蒋介石天天吃羊肉泡馍，他的院子里放着十几缸香油，想抿一口，就抿一口。在陕北老农的心目中，最好的日子就是自家院子里有十几缸香油，天天吃羊肉泡馍。如今想来，让老蒋天天吃泡馍，喝香油，也怪可怜人的。我很可能跟这陕北老农一样，妄自猜测人家的高档生活。对不起，让富翁们见笑了。

东北人管"见别人家日子好过就嫉妒"叫做"见不得人家的粥碗里绷皮"。"绷皮"是因为粥稠，上面一凉，就凝了厚厚一层皮，用筷子能夹起来。这就是好日子了。咱不是见不得"人家的粥碗里绷皮"的人。人家有钱，想怎么花就怎么花，咱没资格说三道四。但咱有时候也很没出息，动不动就想搞搞穷富对比，对贫富严重两极分化，似乎越来越偏离了社会主义的宗旨，有点茫然，有点痛苦。电视上总在说，要让老百姓尝到改革开放的实惠。如果看"北京镑"之类的新闻，那实惠大了去了，可那都是少数人的实惠，是百万富翁、千万富翁、亿万富翁受益，对大量房奴、车奴和欲当房奴、车奴而不可得的人，不要说到西方旅游、抢购奢侈品，就连每天菜价的波动都牵动着血压计的水银柱。看着富翁们的疯狂购物，百姓心里能平衡吗？媒体喋喋不休地老宣传富翁们的冲天牛气，是不是有点较劲，有点搓火？搓火搓出了火苗子，贫富之间能“和谐”吗？

媒体这么搞，负面效果太多。领导同志看了，会觉得全国人民都富得流油了，改革开放大功告成了，又该多收点什么税了；日本人看了，会觉得中国威胁越来越严重了，要加紧跟美国和韩国的军事联盟，看住中国；美国人看了，会觉得中国不能不防了，军备还得加强，那几艘航母都放在西太平洋吧，过几天就演习演习，吓唬吓唬；欧洲人看了，会觉得中国人救市掏的钱太少，还应该更大方一点儿；联合国看了，会觉得中国的会费收得不成比例，下次开会说什么也得涨点儿。富士康那些想跳楼的员工呢？他们会觉得，人比人得死，货比货得扔。咱还活个什么劲儿？还是往楼下扔吧，一了百了。

瓜田以为，全世界哪里都有穷有富，但差距不宜悬殊，中国现在就有点儿离谱了。富人如何消费，谁也管不着，但不要宣扬，不要刺激穷人的神经。现在穷人火气已经很大。火一旦点起来，就不得了。

最后想说的一点，本来不想说出来：有一个众所周知的常识是，钱来得容易，花着就不心疼。在社会风气不正、党内反腐不力、官商勾结牟利已成为常态的今天，人们对一些富翁海量消费的钱是如何赚来的，是很有些合理推导和想象的。你笼统地批判“仇富心态”如何地不对，努力端正大家对富翁的态度，恐怕是扬汤止沸，白费劲。

台上曝光

“常客喜好清单”的背后

今年（2005年）4月14日的《新华每日电讯》上报道了一则趣闻，不可不读。文章说，沈阳一家四星级酒店的后厨提示板上，张贴着一张“中餐厅常客个人喜好清单”，其中包括“沈阳市副市长某某”、“某区委书记某某”，以及国税局局长某某等人的名字，并表明每个人喜喝啤酒、喜吃菜名以及经常用餐的包房，结账折扣等详细情况。据记者说，这张手写的清单是他采访时的一个意外发现。

一般地说，这张清单说明这家四星级酒店的服务是到位的，也是极具个性化的。人们进了饭店，为的就是满足口腹之欲。如果有人像你肚子里的蛔虫一样，把你的那点儿个人喜好摸了个底儿掉，不用你张嘴，就把你最得意的那一口儿给端了上来，你能不开心吗？对这里的大厨乃至老板能不另眼相看吗？瓜田先生草根习性难改，最爱吃的是黄瓜小葱蘸酱，酱最好是鸡蛋肉丁炸的。如果一日进了饭馆，还没等点菜，老板就笑吟吟地把这道菜端了出来，瓜田先生尽管手头不宽绰，可由于碰到了知己，心情愉快，也会多给个十块八块的。这就叫投其所好。据说，这家酒店的常客清单上的人，不超过十位，这显然太少了一点，至少应该几十位，乃至数百位，提示板肯定装不下，要装到电脑里。有关客人一到，电脑打开，鼠标一点，他习惯就餐的包间，习惯的菜谱，习惯的酒水，习惯要点醋、要几瓣蒜之类，一目了然，立马就能办齐。这么一搞，保准吃客盈门，财源广进。虽说价位高一些（自助餐早118元，午168元，晚198元，“他助餐”价格就更贵了），但消费者是多元的，有钱人不少，比这价格更贵的也有人来吃，只要是花自家的钱，正常合理的消费，开饭店的和前来吃饭的，谁也管不着。前些年我们一些地方酷爱召开现场会，像这种个性化服务的好典型，完全可以搞个现场会，把好经验推广到各个级别的星级酒店里去。

可是，且慢。上面说的这家酒店还开不了现场会，经验也不宜推广。原因还不是因为存档的常客太少，不足十人，而是因为这功夫冲的主要还是当地的重要官员。官员大多是公款消费，这恐怕不会有什么人提出异议。靠公务员那几千块钱的工资，就算不养家糊口，也没有资格当四星级酒店的“常客”。酒店把这些官员伺候乐了，他们就可以多来几次，还可以呼朋引类，把友人的饭局、下属们的饭局都安排过来，在哪儿吃都是吃，反正花的是公家的钱。“常客喜好清单”上的人数虽少，但含金量颇高。效益是有保证的，如果再让当地这些领导们在征税、卫生检疫等方面说几句话，通融通融，那效益就更可观了。

如此说来，这家酒店的“常客喜好清单”的做法，就涉嫌溜须拍马，变相行贿，是一种助长腐败的丑陋行为，不仅不能肯定和宣传，还要予以批评。开酒店不是办慈善事业，是要赚钱的。赚钱就要有成本的投入。如果能够摸到官员们的脾气秉性、习惯喜好，服务的时候能够搔到痒处，效益就得到了充分的保证，这显然是一本万利的勾当。这算不算“不公平竞争”？恐怕得算。

把官员喂饱了、喂乐了，以此获利升官的，历史上的例子太多太多，恐怕不用太费劲就能编出一本厚厚的大书来。人们比较熟悉的是明朝的“煨蹄总宪”周应秋的故事。周应秋在明万历年间是工部侍郎。为了往上爬，他千方百计去拍魏忠贤的马屁。但魏忠贤也不是轻易能够着的，于是便拍他的侄子魏良卿。听说魏良卿喜欢吃煨猪蹄，周便命家人精心研究，迅速提高煨猪蹄的技艺，终于把魏良卿吃乐了。靠着猪蹄的力量，周应秋当上了吏部尚书，时人称之为“煨蹄总宪”。人一旦入了拍马这一窍，往往容易走火入魔，对拍马对象观察之细微，反应之周到、敏捷，常能造成令人啼笑皆非的效果。宋朝时宰相王安石到一家大户人家做客。厨师端上来一盘馒头，王安石信手拿了一个，还没等吃，别人便同他聊起天来。他边听人家说话，边在手里玩弄这个馒头，一会儿工夫便把馒头捏得扁扁的了。这家主人通过观察得出两个结论：一、宰相爱吃馒头，二、宰相爱吃捏扁的馒头。第二天主人便命人给宰相府上送了一大箱子馒头，足有一百多个，而且全都事先捏扁了。不管王安石如何处置这堆馒头，他对主人的良苦用心都不能不有所感动。至于事后是否产生了一位“馒头侍郎”，就不得而知了。

商家对官员在吃喝上“个性化服务”，跟小官向大官行贿，性质和程度上差别还是不小的，它更间接，更巧妙，更隐蔽，许多做法也不易追究。但也正因如此，危险也更不易察觉。官员们如果其乐陶陶地进入人家的彀中，不思自拔，迟早会因贪图这点儿小便宜而吃个大亏。

“洋挂职”与“土感慨”

国门打开以后，到西方考察学习的人越来越多了。一走一过的居多。近些年，有些地方开始以“洋挂职”的形式，通过在美国政府里当几个月的官的办法来学习人家“公共管理”经验，看起来，学得越来越扎实、深入了。

原来想不通，觉得“洋挂职”给人家打工还要缴纳不少钱，实在有点冤大头，但从媒体上看到“洋挂职”归来的某官员写的体会，觉得收获不小，钱没白花。这位官员对那里政府“层级少、机构简、运作灵”颇有感慨。他举了一个例子。某日，一位中学校长写报告给市长，说两名学生的血液中含铅超标，建议市政府派人调查。市长立即派了这位“洋挂职”的市长助理和卫生局长等人到现场调查。卫生局长一到现场，就亲自操作仪器，取小样，询问所吃食品，抽取各个角度的空气进行化验，一会儿进厨房，一会儿钻床底，终于搞清楚：原来是房主用了不合格的油漆所致。局长要求房主在本周内将住在这里的两家人迁至安全住所，半年后卫生局来人再次检测，达标后才允许搬回来。这事就这样不到半天的工夫解决了。

这事办得连瓜田先生也觉得稀罕。瓜田在脑瓜里把这事挪到中国来，设想一下可能出现的种种情景。首先，中学校长越过市教育局给市长打报告，就不大妥当。这个报告应该打给市教育局。准确点说，可能是区教育局，因为中国的层次复杂，市下边肯定有区。这区教育局（或者市教育局）的局长们传阅了报告，做了批示，才能研究下一步是否向市里打报告。报告打到市里，像两个学生的血液里含铅超标这样的小事，能不能进入市长的视野，也还是个疑问。我们只能假定市长见到了报告，做了批示，这批示转到了卫生局。卫生局传阅一圈之后，能不能派人去看，也是个疑问。我们只能假定派了人，但这点事能不能劳动局局长的大驾亲自到学校去，也颇可怀疑。但我们还得假定局长去了，否则无法同美国的这个“个案”继续比较下去。我们不用假定的是，这位局长到了学校肯定不会“一会儿进厨房，一会儿钻床底”就是了。就像中国的市长不会像美国的市长那样，在万圣节那天，跟其他官员一样，戴着面具、穿着戏装，笑嘻嘻地走在狂欢的市民的人流里。局长应该是在校长的会客室里喝茶，抽烟，吃点水果。检测的事由业务人员去干。说不定学校里还会挂出“热烈欢迎市卫生局领导光临指导”之类的大横幅来。这事情还远远地不算完。你想，跟卫生局长同时来学校的，还有一个“不远万里来到中国”的“国际主义友人”，也就是一个外国人充当的市长助理。校长对待这一行人的热情必得加倍才行。我们假定这次检测工作效率很高，几个小时就搞完了，那中午这顿“便宴”是少不了的。中学的领导班子全体出动，陪市里的领导和卫生局的领导吃好喝好，宾主频频干杯。一般地说，下午两点钟之前不大可能结束。这顿饭不吃，卫生局长没面子，校长也不好交代。事后，卫生局长多半还要令部下写出一篇《市卫生局长深入基层狠抓中小学生的健康》的通讯来，登在本市的报纸上。从校长给教育局打报告，到卫生局长到学校检测环境，这一圈走下来，十天半月就算不慢了，也许一个月也办不成。这就是两个国家“公共管理”上的明显差别。

这位中国官员介绍说：“美国人眼中的国家，最突出的，一是为之纳税，二是享受它和社会提供的各种保障和福利。也就是说，离开公众眼前和长远利益、整体利益，再没有国家、政府单独的利益。”所以那位美国市长把政府定位为“服务业”。中国官员们在“为人民服务”的理念的认识上要比任何国家的官员都系统、深刻，你随便拉来一个官员，都能讲出一大套道理来，但说归说，做归做，官员们的作风的转变并不怎么明显。看起来，政府的效率如何，并不在于官员会不会说漂亮话，而在于有没有制约官员们的机制，在于老百姓有没有自己选择官员的权利。这个权利不到位，我们就是把所有的干部都派出去搞一次“洋挂职”，学完了还是“你是你，我是我”，毫不相干。

前些天，美国人又在选举总统。中国又派了33名官员前去“观摩”。观摩者难免又发出了不少的感慨。最后，记者问其中一位官员：“您看这次观摩对回去开展工作能产生哪些影响？”官员反问道：“你认为会产生影响吗？”

瓜田先生是贫苦人出身，最心疼的就是花钱。一听这话，心里巴凉巴凉的。完了，这百八十万的“观摩”开销又白花了。而且，听那口气，从家里出来就很清楚，没打算“有什么影响”，那你不是拿老百姓的钱取乐儿去了吗？

当官与说实话

大家都知道说实话很难，其实当官的说实话更难。当官的职务所系，不便随便讲话，以免造成不良影响；他们官位上去了，往往架子也就端起来了。仕途上的临渊履薄，难免令人习惯于故作神秘，故作高深莫测之态，这样，从他们口中就更难听到有用的实话了。细想想也有道理，他容易吗？他如果随时随地把他知道的东西都告诉你，他这个官当得还有什么劲？更重要的是，他这么干，还有人敢把重要的事情告诉他吗？还敢叫他继续把官当下去吗？

其实，不说真话，不一定非说假话不可。中国人脑瓜子聪明，我不告诉你真话，但也不必用假话骗你，我可以用废话跟你敷衍，气氛不一定冷下来，废话就像汽车，在马路上实实在在地开了一圈又一圈，但没有目的地，只不过是转转圈子，费点油。

所谓废话，大多也都是真话，有些真话无须保密，可以实话实说。譬如说，今天的雪下得真大，好几年没下过这样的雪啦，汽油价格再这样继续上涨，汽车就不好卖啦，公车改革，势在必行，不过真的动手，阻力很大，既得利益集团不干，就实行不下去，等等，都不必遮遮掩掩，因为与自己的职务和负责的领域关系不大。当然，气象局长也可以议论议论大雪，这大雪虽然与他的工作领域有关，但不管是好事还是坏事，毕竟不是他安排下来的，因此完全可以超脱地议论几句。至于上一场雪为什么气象局没有预报出来，这就不能议论了，这壶不开，这里有了责任的问题。

一般地说，城府深一点的，当官更合适一些，因为他不露声色，思维周密，处理问题更严谨。但也有没有城府的。这种个案太少，因此其率真坦率给人留下的印象就深一些。

一位在某大报工作的朋友老B，曾经给我讲了一个这家报纸的副职老A即将提为正职时的镜头。按照惯例，充任这家报纸一把手的人，应该拿出至少一篇大块文章在报纸上亮亮相。大概是组织上一个“才艺展示”的部署吧？不巧，老A属于管理型人才，在文墨上不是很麻利。但惯例是不宜免掉的，于是在秘书和下级朋友的帮助下，居然也煌煌然搞出整整一个版的文章。老B见老A在看这一整版的清样，便逗他说：“哎呀，老A，真是鸿篇巨制啊！”老A抬起头苦笑说：“我说老B，你就不要挖苦我啦。我这就有点不要脸啦，你就让我不要脸一回吧！”听了这话，老B就有点后悔，真不该取笑这种可爱的老实人。老A可爱，就在于他没有质问说“怎么，你就门缝看人把我看扁了，我就写不出一篇大文章啊”，也没有挤对别人说“你是不是看我上去了，眼红啊”之类，而是坦坦荡荡地承认了自己的窘境，还乞求别人的谅解。我当时听了这故事，一点也不认为他有多么“不要脸”，反倒觉得这是一个可以信赖的人。这人我不认识，数年后听说积劳成疾，死在岗位上，我想起来就觉得可惜。当然，当官也能把自己累死，这也足以证明，他真的不是当官的料。他确实是走错了房间。

几年前，曾在东北海滨城市参加过一个会。会上有幸同某大媒体的一位朋友坐在一起。因为都是写杂文的，也就无话不谈了。我见他谢顶严重，便建议说："老C，我看你干脆向我学习算了，剃得光光的，人家反而不知道你到底有多少头发！"老C正色道："不合适啊。你看，我这不是还有点'奔头'嘛！弄得怪模怪样的，不招人待见哪！"一句话就把我整没电了。我知道他干得不错，行情看涨，进班子也就是早晚的事。他担心搞得形象怪异，影响仕途，是有道理的。但这话由他自己说出来，还是让我吃了一惊，随后心里一热。其实，他完全可以找出其他一百个理由，阐述不能"剃秃瓢"的道理，避开他心里最在意的那个情结，谈话可以继续，也不伤和气。然而他没有，他直通通地把他的顾虑说出来了。我听了，并没有讥笑他是个官迷，为了升官，连头发都不敢随意处置。我甚至有点感动，他对我这个并不很熟稔的朋友，也能这样推心置腹。想升官可笑吗？不可笑。当官的没有谁不想往上升，只要来路正，不贪渎，不送礼，靠政绩升上去，是大大的好事，值得鼓励的。都说"干一行爱一行"，但这话多半是冲着谁也不愿意干的扫垃圾、通下水道之类的工人说的，对当官的一般不用这话来鼓励，因为爱这一行的人实在是太多了，不用动员就爱得不行。其实，爱当官也不是什么毛病，只要能力够（不少人能力不够也在那里硬撑着），不做坏事，不行贿受贿，当官、升官，都是值得庆贺的事情。话虽这么说，可实际上没有人愿意承认自己想升官。所以，有人当着你的面，承认自己还有点"奔头"，想往上继续"串动串动"，这人心胸就很坦白了，可以作为朋友相处了。当然，我希望他只是跟我这样没有利害冲突、接触也不多的文友以诚相见，而不宜在自己的工作圈子里跟谁都大敞心扉，那不但会惹些麻烦，人们还会笑话他缺心眼儿。事实证明，他里里外外处理得都很得体，近日听到消息，他又进步了。

儿子的跋扈和爸爸的狼狈

河北保定爆出的“李刚门”，随着肇事司机“李刚儿”李启铭被判刑收监而告一段落。照例说，一切就该“尘埃落定”了，可偏偏落不定，网上反而又掀起一波抗议的热潮。在这股热潮中，主流意见是判刑6年“量刑太轻”。法院说，李启铭没有杀人故意，对死者家属又做了46万元的赔偿，“认罪态度”又好，所以从轻发落。但网民并不服气。

但在我看来，这个结果已经好得不能再好了。不是瓜田吹牛，事情的运作结果，皆在老汉的预料之中，甚至比预料的还要乐观许多。为什么这么说呢？把话说穿了吧，那就是强势者太强，而弱势者又太弱了。强势者气太盛，弱势者又太不争气（他们顾不上争气或者根本争不上什么气）。这个铁的法则在全国各个类似的案子中，屡试不爽。印象最深的，是杭州的胡斌在闹市的马路上飙车，胡斌的爸爸掏出100多万块钱，把事情摆平了。苦主接受了赔偿，在量刑上就不便再张嘴说什么了。网友会说：“咱不要他的臭钱，咱立志气，伸张正义，惩治邪恶！”这义愤高薄云天，但对苦主的艰难生活毫无裨益。他已经失去了儿子，也就是说失去了改变生活的主要希望。你就是把肇事者枪毙了，对他有什么实际意义呢？100 多万块钱，反倒是他能得到的最具体的帮助，这就是他养大儿子最后的一点补偿。他不能继续再说下去：我儿子日后可能是著名科学家，能得诺贝尔奖的。这话没人听。人死了，没有人能证明他日后的事。所以处在苦主的位置，一般人都会做出要钱的选择。

“李刚门”的情况大致相同。受伤的女孩得到 9 万块的补偿，表示啥也不追究了。被撞死的女孩的家属，虽说还坚持不同意按交通肇事判刑，但因为收了钱，说话的声音也不宜太响亮。他们放弃赔偿，坚持重判如何？不妥。他们太艰难，太需要钱了；还有，不要钱，可能啥也得不到，还不如要点钱。他们的选择也是理智的、清醒的。

我上面说的“铁则”，从理论上说是硬邦邦的，从实践上说，也是屡试不爽的，那么李刚儿子的心里，从始到终都是很有底的，他很清楚他胡作非为有仰仗，他爸爸会为他埋单，在强势者面前，什么障碍排除不了？神马都是浮云。

在李启铭的嘴里，“我爸爸是李刚”这个句子，肯定是一个口头禅。每天的使用频率不会很低。这口头禅也很管用，很给力。在朋友圈里，能赢得敬佩和追捧；在对手那里，能震慑住绝大多数没有背景的小角色、小流氓；大角色也得掂量掂量：那不是等闲之辈，是公安局的头头！在肇事之后祭起爸爸这个法宝之所以一时失灵，实在是事情弄得太大了，连他爸爸收拾起来也很费事。但李刚毕竟是李刚，他不负子望，“止损”的能力和效率也是可圈可点的。他用最快的速度把央视请来了，让全世界人民看到他那两分多钟的哭戏。全国范围内，儿子闯祸的情况多矣，请问，还有谁能搬动央视？那是央视啊，是党中央的喉舌呀！是一个闯祸者的家长道歉的地方吗？如果这种事情都通过央视道歉，央视为此专门开通八个频道恐怕也不够用。还有，你知道央视的广告一秒钟多少钱吗？两分多钟的“哭鼻子秀”，如果付广告费，一千万怕是不够。所以，不管是李刚人脉太广、太粗，调动央视也易如反掌，还是李刚有势、有钱，掏一千万毫不困难，抑或嘴巧、嘴甜，能让央视充分认识到，他出面道歉对平息民愤、缓解全国紧张的干群关系意义重大，总之，李刚的本事之大，是不容怀疑的。如果在不久的将来，你听说李刚的儿子“因病保外就医”或者“因为表现突出而很快减刑出狱”，也不要奇怪，你总不能不许囚犯生病、不允许囚犯表现好吧？

胡斌和李启铭的案子判得是否合理，自有法律专家们去研讨。我们普通百姓从中得出的结论是，强势者我们是惹不起的，以后务必要多加小心。这种事陆续还会出现的，因为财富和权势急剧膨胀的感觉，是需要“外化”或曰“对象化”来不断验证的，这才有快感。这个“对象化”的行为，就是要在欺负弱者时体现出强悍、牛逼，取得一种强者的满足感，总是“衣锦夜行”，太无趣了，也是一种痛苦。富豪的烧包和恶吏的豪横，又缺乏必要的约束机制。作为普通百姓，只能处处小心，在遇到富豪和恶吏以及他们的子女炫耀势力和财富的时候，尽可能躲得远一点。躲不开被撞倒了，那你就只好自认倒霉。其实富二代和官二代，多数家长还是很低调的，不愿意露富、露势。他们对孩子坏了大人的事，把大人弄到聚光灯下，也很恼火。赔上几十万、几百万的钱，那是小意思，这甚至还没有一次送礼行贿用的钱多。叫人不爽的是，这种事把孩子和大人都曝光了，让百姓们把原来不大清晰的事情弄得越来越清晰：人与人之间的差别，比动物界的狮子和兔子之间的距离还要远。丛林虽然险恶，总不至于突然冒出来一辆宝马车把你撞死呀。

官员整容为哪般？

从报上得知，整容业行情越来越看好。多少世代以来，“挨千刀的”一直是个骂人用语（可能是诅咒人受“凌迟”之刑吧？），而今天，对于经常出入整形医院的人们来说，“挨千刀”可能已成为一种荣耀，是地位和身份的象征了。媒体上见得最多的，是韩国女艺人，她们最爱整这玩意儿。哪里想到，如今在中国也蔚成风气，甚至是一种时尚了。在中国，整容先从个别女艺人开始，随后蔓延到较多的女艺人，再到一些阔太太，最后是一些官员。整容业在官员队伍里找到了一个大市场，这里客源充足，客户手头又阔绰，不差钱。据北京一家大型医院的整容专家介绍，他们每月100例手术中，有近30%是男性，其中不少是官员。“不少”是多少？保守点，按三分之一算，那就是10个。这只是一家医院哪。鉴于这些重要官员在总人口中的比例并不大，所以男性官员整容的数目还是不可小觑。

人需不需要整容？能不能整容？按孔子的观点，当然不行：身体发肤受之父母，不能毁伤。不要说“挨千刀”，若不是治病需要，一刀也不行。而今，时代不同了，孔老夫子的论调早就过气了。整容纯属私人的事情，我想弄个单眼皮就弄个单眼皮，我想弄个双眼皮就弄个双眼皮，爹妈都管不了，何况孔圣人！这说的是权利。再说需要。据说，韩国的影视女明星整容的较多，甚至有人说这明星队伍就没有人没整过容。不知道这说法有几分真实性，反正在我的印象中，她们整容的新闻好像比演戏的新闻还多。也是，女艺人对模样的要求比较苛刻，对容颜的衰老比较敏感，为了能拍到戏，能抓到好角，只好适应一些肤浅的导演和观众的需要，在自己的脸上（还有其他重要部位）下家伙了。我用了“肤浅”一词，不是成心想恶心谁，而是想说，成熟的导演和观众都不在乎脸蛋如何，他们关心的是这人戏演得如何。总之，女艺人的整容，没有多少反对的意见，支持的有，同情的也许更多。男艺人呢？没有怎么听说他们整容的消息，想必有也不太多吧。我想，不管男女，艺人老想在脸上搞装修，总是一种缺少自信的表现。肚子里面没有货，才在外面瞎折腾。一个接戏还接不过来的演技派艺人，用得着整容吗？唐国强用整容吗？陈宝国用整容吗？孙红雷用整容吗？孙红雷要是把他那对小眼睛弄大了，他的粉丝肯定会一哄而散。听说，港台有些演员整了容，确实找他们演戏的多了。但我以为影响该不会太大，有戏演的，肯定有戏演，没有戏演的，还是没有戏演。道理太简单了，导演需要的是会演戏的演员，不是一个美丽的傻瓜。会演戏的，人家不大在乎他（她）的长相，不会演戏的，脸上装修搞得再好，还是不会演戏。我还有另一个担心：脸上频频动刀，神经跟面部肌肉之间失去了联系或者联系错了，这戏还怎么演？我的猜测不幸言中。某演员为了除皱，有注射肉毒素的习惯，但是注射这玩意儿，好看是好看了，但肌肉麻痹了，面部表情不听指挥了。拍他时，不能拍近景，因为他脸上的表情总是不到位，气得导演发誓再也不找整过容的演员。

官员，尤其是主要领导干部，能不能整容呢？这就需要讨论一下了。领导干部跟艺人有若干相似之处（这里没有褒谁贬谁的意思，革命工作嘛，没有高低贵贱之别，我们只是从两个行当上寻找一些相似之点）。这二者都有哪些相似之处呢？一、他们都是公众人物，经常要抛头露面。虽说一个是在新闻和时政节目里出镜，一个是在娱乐节目和广告节目里出镜，但收视率都不低，搞得好，都能拥有一大群粉丝。从视觉审美的方面考虑，大家把门面拾掇得漂亮可人有益于观瞻。二、他们都极其在乎自己形象的完美。一个女艺人出镜之前，化妆会花上不少的时间，衣服会试穿若干套。如果是出演影视，她们中的一些人会拒绝剃光头发的尼姑戏，也会拒绝隆起大肚子的孕妇戏。就连有些男艺人也会一本正经地拒绝演坏蛋。据说，都是怕损害了个人的形象。官员也很注意形象，哪个国家的重要官员出访，都有理发师之类的人跟着。三、他们都会作秀。艺人不用说，他们的职业就是表演，不会作秀，靠什么吃饭？说官员也都善于作秀，会得罪人，官员会抗议，非官员也会反对。但我要说，官员会作秀没有什么难为情的，没有什么砢碜的，一点秀也不会作的，官能当好吗？美国总统的竞选者，如果不懂得作秀，肯定没人投票。有人会问，难道我们的官员也要作秀吗？也要做的。最简单的，接见外宾时，会在两个人握手的时候，摆个POSE，让摄影记者们照一阵子相。稍复杂点的，到了外国的英雄墓前，面带悲戚之色，整理一下花圈上的缎带，然后，沉痛地鞠躬如仪。这是不是作秀？最考验水平的，是贪官被逮起来审问的时候。这时候的贪官，不仅作秀精彩，戏路子也各有千秋：有作“死猪不怕开水烫”状的，有作痛哭流涕“痛不欲生”状的，也有自扇嘴巴作“悔不当初”状的，表演天赋的家底都掏出来了。但贪官是“一个指头”的问题，不具有代表性，可以不提。官员和艺人可能还有许多相似之处，篇幅所限，不再一一论列。

尽管上述二者相同之处不少，但有一点根本不同，是不应该忽略的。那就是，人们对二者总体要求不同。对艺人要求的是演技，对官员要求的是政绩。艺人的职业就是作秀，也就是说搞表演。官员，当然是主要官员，他们的作秀，只是工作中的一点儿小点缀，作完了秀，还有许多正经事情要干。艺人的秀作好了，就是好演员，可以获奖，可以晋级；官员不行，官员没有领导才干，只会作秀，就不应该让他再干下去了。治下的百姓对你会不会作秀，不太在意，他们关心的是，你是不是把你该管的地盘管理好了，百姓是不是受益了。而你是不是双眼皮、三角眼，有没有眼袋，你谢没谢顶，脸上有没有鱼尾纹、眉间纹、抬头纹，他们不大在乎。你花费巨资把一张50多岁的脸搞成30岁甚至20岁的样子，美则美矣，百姓并不买账，认为你太轻浮，太不着调，太不可靠，甚至会把你当成搞笑的艺人看待。据说，整容的官员也深谙此理，他们上了手术台还在谆谆嘱咐医生，不能搞大发了，稍微动动，稍显年轻就好，别让大家看出来动过手脚。花了那么多的钱整容，要求却是不要让别人看出来，你说这钱花得冤不冤？

官员能不能整容，在西方意见恐怕也不会一致。在意大利可能没人计较（好像贝卢斯科尼就经常搞点整容之类的噱头，据说，他浑身上下整过70多次，纯天然的地方已经不多了），在德国就很可能酿成一个事件。还记得施罗德当政的时候，他可能只是把发白的鬓角染了一下，就惹起了轩然大波。反对者指称，你既然能在头发上“做假”，就很难保证在政府工作上不做假。他的理发师还要出面证明，总理并没有染头发云云。施罗德如果不是染染鬓角，而是拉双眼皮或者撑开皱纹，在脸上大兴土木，他很可能就此落选。

就整容而论，官员和艺人还有点小小的区别：艺人多半是在担心自己日渐苍老时的一种“抢救”措施；官员是行情越来越好的时候要锦上添花，才去整容。没见谁刚刚被“双规”，抓不抓还不一定的时候，跑去整容。如果真是这时候去整容，那就是要改头换面，办假身份证，潜逃海外，必须赶紧抓起来。

官员也罢，艺人也罢，百姓也罢，一个对自己很自信的人，一个很庄重的人，是用不着整容的。人的模样，也是贵在天然。岁数大了一点，在脸上也留下了沧桑，这正是时光留下的印记，也是你逐渐成熟的标志。与大自然抗衡，人通常是要以失败告终的。世界上的伟人，有美的，也有丑的，他们是以自己的杰出成就赢得了世人的崇敬。丑的，也并没有因为相貌而使自己明珠投暗。更没有一个是因为整容搞得好，才青史留名的。我想举一个例子。前外交部长李肇星，模样不能用“英俊”来描述，但他是这些年最受欢迎的一任外长，他不是靠整容，靠的是杰出的才智和能力。再举两个极端的例子。一个是黑老包。戏剧界好像成心搞一个反差，把清官包拯搞成一个大黑脸。老百姓对这张黑脸喜欢得不得了。另一个是汪精卫。这个美男子的小模样，对他的汉奸罪行的减轻毫无作用。焦裕禄和孔繁森肯定顾不上整容，也想不到整容。一个官员开始在整容上用心思、下工夫，虽说还是最风光的时候，但说穿了，这也是有点精神堕落、黔驴技穷的征候。内囊空了，才在外面绣花，这规律对谁都适用。但有些人并不这样想。50多岁的人啦，脸上有点老相，拾掇一下，上面一看，行，挺年轻嘛，再多干几年！说不定还能再往上串动串动。对那“一个指头”搞腐败的，整容还有点不好意思说穿的理由。根据被揪出来的贪官95%以上有情妇的可靠数据，把自己弄年轻一点，降低跟年轻女人在面貌上的巨大反差，也是对人家情妇的一种尊重，虽然人家不是冲你的模样来的，你就是比猪八戒还难看，也不缺追随者。想当年，广西的成克杰就在60多岁的时候，为取悦于情妇，拉了双眼皮。

官员如果越来越多的人跑整容院，绝非国之幸事、民之幸事。这表明，这些官员正在逐渐“艺人化”。艺人关心自己的扮相、自己的容貌，是正常的，往高里说，人家也是对观众负责任。官员不琢磨政绩，而沉迷于扮相和演技，这就不是对百姓负责任了。这就是一个可悲的社会现象，甚至也是一种新的腐败形式。

对待官员整容，整容专家是积极支持的。被称为“中国整形第一刀”的陈焕然先生说：“近两年，官员们越来越多地走近百姓，对外交流也更频繁，通过整容获得自信、年轻、积极向上的形象，不仅是为官员个人，也代表一个城市和国家的形象，我觉得无可厚非。”岂止是“无可厚非”，有这样重要的作用，连“浅非”也不应该呀，任何人都应该举双手赞成。整容有利于接近群众，有利于与外国人交往，有利于美化所在地区或者国家的形象，整容能使一个人年轻、自信、积极向上，这样的好东西，只有少数官员偷偷摸摸地搞，实在是太保守了。看起来，第一，整容要普及。群众就免了，他本身就是群众，不用再接近自己了，他又没有外交任务，也代表不了一个地区或者国家。官员则应该百分之百地普遍整容，整不整容，反映了一个干部是否自信，是否积极向上，是否心里想着群众，是否要负责任地展示中国人的风采，是否要为本地、本国争光的大是大非问题。不整容的，不能再提拔重用！第二，硬件要落实。整容已然成为干部队伍思想建设的一项重要措施，各级党校要尽快筹建整容处（为了同医院的整容科相区别，可以称为“干部形象研发中心”）。每期学员必须完成形象重塑任务。各党政机关也可以根据自己的条件，因地制宜地筹建“整容处”，把该整的容都整一整。第三，花销要公家出。既然是干部队伍建设的需要，整容费用自掏腰包就不合适了。尽管官员们整容大多花的不是自己的钱，是企业界朋友友情赞助的（自己的工资不吃不喝也只能整上一次），还是省下为好。这属于公事，是工作需要，要列入政府的预算。偷偷摸摸就更不对，大家一定要理直气壮地认识到：我们每一位重要干部的脸，都不是自己的脸，而是党的脸，人民的脸。这些脸年轻、自信、积极向上，表现的是党的自信，人民的年轻，国家的积极向上！第四，每两年要搞一次官员整容选秀活动。对整得好的容，要奖励，要重用，要提拔，引导大家通过整容，在极短的时间内，把自己变得更年轻、更自信、更加积极向上。我原来一直怀疑陈先生是为自己拉客户找理由，殊不知他考虑的是人民的需要、国家的形象！可以预见，中国不久就会出现巨大的整容托拉斯，从中央到各省市县，都会出现干部专享的整容中心，最愁人的拉动内需问题，会有一个新的突破。

老百姓认识的提高可能要慢一些。报上说，2008 年 11 月，中国某著名军事政治论坛曾发起一次大辩论："官员整容你能接受吗？"据说，75% 的参与者投了赞成票，还有 25% 的人认为，还是少做些"形象工程"、"表面文章"，更要防范利用"整容"进行腐败！看来，这些落后群众的转变还有一个过程。对他们的思想政治工作，不要性急，要引导他们看到整容的重要意义。邀请一些整容后领导工作迅速上了新台阶的同志现身说法，这是最有说服力的。另外，也要防止群众中的平均主义心理作怪。领导干部整容是工作的需要，为本地、为国家争光的需要，不能全民都整。井冈山的时候，就有战士想跟司令一样，也骑马，这怎么行！

韩国人，你冒什么傻气？

近些时候，连续听到一帮子韩国人在那里瞎嚷嚷，一味阻拦中国人到韩国去学习先进经验，这真叫我百思不得其解。我们到哪里去学习，关他们什么屁事？他们这不是干涉我们的内政吗？

近年来，我们中国的官员们——当然主要是跟农村有点关系的官员啦——正在掀起一个轰轰烈烈地学习韩国“新村运动”的热潮。说起来，我们搞农村工作的干部可怜哪，人家搞城市管理的，可以到柏林、拉斯维加斯、日内瓦取经，搞环保的，可以去夏威夷、新西兰、阿姆斯特丹看看，唯独搞农业的，原来只能去去大寨，后来又添了个南斯拉夫，可能我们去的人实在是太多了，南斯拉夫的官员都说：中国人就是好学习，现在连我们的奶牛都认识中国人了。这不是讽刺我们吗？我们不去了！现在总算是又找个学习的地方，还是个旅游景点不太多的韩国，也算是聊胜于无吧。可就这么一点机会，也要被几个韩国人扼杀了。

韩国有个前总理，叫做李寿成，此人现任韩国“新村运动”中央会会长。你说，全世界哪有不希望别人来学习自己经验的人？嗨，这回算是叫您碰上了。面对中国风起云涌的学习热潮或者叫韩流，李寿成兜头就是一桶冷水：“中国不必到韩国来学习‘新村运动’。”理由是，中国的新农村建设已经准备好了，农村发展的社会环境已经成熟，不必再学韩国。韩国“新村运动”的起点当初还没有中国现在的经济基础和社会环境这么好。这个组织的事业局局长宋重根为了阻止中国人，甚至不惜自曝家丑：“我们在工作中也出现过偏差，例如在一些地方就曾出现过为追求视觉效果而热衷搞有形事业的情况，偏离了新村运动的精神。”他还提醒中国人“要找准合作伙伴，不要上了商业炒作的当”，还批评韩国某些旅行社打着“考察新村运动”的旗号招揽生意，醉翁之意只在钱。好像中国人都是傻瓜，他不揭穿别人就不知道似的。韩国人善始善终，非把中国人的韩流搅黄了不可。韩国不让去，还不肯罢休，如果你坚持要出去参观学习，还要给你找个地方出来。韩国“新村运动”专家李铉说，你们中国河北省太行山区的柴厂村，做得就很好，我去过多次，可以去看，不必舍近求远到韩国。韩流一下子还真就变成了寒流。

我就纳了闷了，我们中国人到韩国取经，或者游览，从坐飞机到住旅店，从购物到吃饭，花的是自己的钱，你们操哪门子的心？再说，肥水都流入了韩国田，钱都送到韩国去了，你们怎么还能往外推呢？你们怎么不想一想，这是多大的一笔生意！你知道中国有多少乡镇长、村委会主任吗？要是全都到韩国学习一次，你们能赚多少钱？我看连现代汽车都不用生产了，只要多成立几个“新村运动音像资料展示部”、“新村经验培训部”、“新村成果示范部”、“新村生活方式体验部”、“新村全国开花考察部”（这才是重中之重），韩国人坐在家里数钱就行了。这样大的一个财源，你们活活地就给堵死了，你们脑子里真是进了水！

再说，你们较什么真呢？真以为我们到韩国是虔诚地学习“新村运动”的经验啦？这不过是我们公费旅游容易得到批准的一个幌子而已。

即便是学习，韩国值得我们学习的经验也不少。你们韩国这些年搞得不错，各方面都有好的经验可学嘛。几个汽车制造厂也要去看一看，吃了鸡蛋，也要看看母鸡的模样嘛。我们中国农村搞得好的典型是不少，南方的华西村就妇孺皆知。可咱们不能闭关锁国、故步自封啊，光学自己的不是太保守了吗？我们可不是那种妄自尊大的民族，我们有的留学生就是到美国学习汉语的。陆续还会有到德国学习京剧的，到法国学习太极拳的。爱学习嘛！有什么办法。这回可倒好，釜底抽薪，哪儿也别想去了。我想就此向韩国有关部门提个抗议，也跟联合国打个招呼，不知道联合国管不管这事？现在好在只有韩国一家散布这种不利于我们学习考察的言论，如果欧美各国都这么干，我们可真的一点出路也没有了。

从胡锦涛的歉疚说起

9月份的一张《报刊文摘》上，刊登了总书记胡锦涛在江西考察的感人情景。来到一户下岗职工家里，总书记说："我们一下飞机就来看望你们。你们生活有困难，作为总书记，我感到很歉疚；在社区的帮助下，你们的困难得到了初步解决，我又感到很欣慰。"面对总书记的关心，这对中年夫妇激动得一次次哽咽。这段文字，瓜田先生一连读了好几遍，最后剪了下来。

此前已经读到好几条官员和警察道歉的消息了。记得有黑龙江省委领导为用人不当的事向全省人民道歉，有南京市代市长为城区大面积停水向市民道歉。北京市公安局推出的"规范、文明执法30项措施"中的第30条，便是"对执法过错的道歉"。党和政府官员向人民道歉，甚至连总书记也向困难群众表示了内心的歉疚，这应该说是一种同人民群众进一步缩短了距离的可喜新气象。

党和政府官员对群众的道歉，表明政府正在逐步地认识到自身的应有位置，力图表现出与人民群众平等的姿态。本来，我们党的宗旨就是为人民服务，我们一直在倡导和实践着"三个代表"。但这并不意味着对

"人民"二字谁都买账。官员和人民平起平坐，彼此都可能有不大习惯的地方。几千年来，官贵民贱深入人心。百姓总觉得比官府矮半截，所以直到今天还动不动就跪下来告状，以便矮化自己。官员也是一样，需要把自己弄得高贵起来，如果找不到被供起来的感觉，有的官员浑身不舒服，就更不要说为群众办什么实事了。从新中国成立起，各级政府的牌子上都有"人民"二字，就像人民进了"人民医院"没有钱也治不了病一样，"人民银行"里的"人民币"也不是人民都可以随便进去领取的。人们的民主意识，也需要人民和官员共同精心培养，而不是把"人民"二字写到政府的牌子上就大功告成了。官员能向群众道歉，说明二者是坐在一个平台上对话了，这意义非同小可。封建社会的官吏，能向百姓道歉吗？当然不能。皇帝能承认自己的错误吗？也不能。别看有的皇帝把国家弄个乱七八糟、一塌糊涂，有时候也装模作样地下一个"罪己诏"，其实都是自欺欺人的玩意儿。时过境迁，他把装孙子的窝囊气撒出来，老百姓遭的罪更可怕。这些把戏我们见得多了，所以对民主进程中的任何一点小小的进步，我们都不能不怀着欣喜的心情大加鼓吹，加圈加点。

政府和人民平等交流的局面，已经令人们感到满意了。其实，这距离现代民主政治的观念，还比较遥远。官员和百姓之间，在人格的意义上，应该平起平坐，完全平等。在政府和人民之间，在公仆和主人之间，还不是一个平起平坐的关系，是一个服务者和服务对象的关系。试想一下，理发师也像前来理发的人一样，大模大样地坐在沙发椅上，这个发能理好吗？正确地说，人民是政府权力的来源和负责的对象。政府是哪里来的？是人民选举政府首长并组成政府，委托他们为人民服务。政府工作人员从这些服务中得到荣誉和薪金的回报。荣誉是人民对官员优良表现的评价，薪金是人民从口袋里掏出来的税金。这就是政府和人民的关系的真谛。你被人民选上去了，当然要为人民服务，你失职了，不得力了，当然要道道歉，解释解释，做个好好干的保证。干砸了，你就知趣地下台。从这个角度来说，官员事情办得不好，向人民道歉，是应该的，不值得大惊小怪。我们今天煞有介事地当作新闻来炒作，说明我们民主方面缺课太多。

过去也罢，今天也罢，以后也罢，没有不犯错误的政府，也没有不犯错误的官员。如果再有人来吹“一贯正确”的牛皮，你一定要提高警惕。老百姓是宽宏大量的，他们从来也没有苛刻地要求政府和官员不犯错误。出了问题官员道了歉，说明了情况，很容易得到群众的谅解，这也有利于进一步发动群众共同战胜困难。这种对话和交流，又能进一步密切政府和人民的关系。胡锦涛总书记的一席话，不是把下岗工人的眼泪都感动出来了吗?

政府和官员动不动就向群众道歉，会不会损害政府和官员的形象、降低政府和官员的威信？肯定不会。多年来，不少地方从来不懂道歉为何物，政府的工作搞糟了，或者闯了祸，死不认错，习惯做法就是瞒和骗，能骗多久算多久，甚至用制造英雄来掩饰灾难。政府和官员的威信因此提高了吗？更何况，如今资讯发达，瞒和骗的难度越来越大了。与其把人民当作傻瓜搞瞒和骗，还不如老老实实承认错误更明智。

最后，瓜田先生想回到文章的开头。胡锦涛总书记的道歉，是为全党作出的一个表率，并不是他这位总书记做错了什么。下岗工人的再就业问题，几千万农民的脱贫问题，还有许许多多的问题，这是多年以来形成的，不可能一下子就彻底解决。多年来的问题，让刚上任几个月的总书记和国家主席承担责任，也不合道理。但作为党和国家的领袖，他能这样严格要求自己，这就很令人敬佩。总书记已经表示了歉疚，让我们各级干部也都学会尊重人民，学会道歉，这样我们可能就会少干些错事、蠢事，可能会赢得人民更多的支持。

“温家宝敲茶杯”不是“花絮”

从近日的一张《报刊文摘》上，读到一篇大约有两个火柴盒大小的文摘。文中摘编了《中国财经报》编辑的感言，其中说到温家宝总理在东三省视察时的一个“花絮”。“花絮”说，温家宝在哈尔滨出席一个座谈会，听取当地企业负责人的汇报。刚一入座，他就声明，每人发言不准超过10分钟，包括他自己在内。只能用2分钟谈情况，3分钟谈问题，5分钟谈打算。谁超了时，他就敲杯子提示。他还说：“这样能锻炼大家说短话。另外，都不要念稿子。”据说，总理对以往会议中常见的陋习的这种“制裁”措施，引来了与会者的掌声和笑声。

这消息虽小，却令人耳目一新，所以瓜田先生觉得，这岂止是一个“花絮”，这杯子的响声，不啻一声清脆的春雷，也许是带来清洗会风和工作作风的春雨呢。这个“规定”如果真的推行开来，普及下去，对全国会风的转变乃至工作作风的转变，都将产生不可估量的意义。

有人会说，不就是把发言的时间压缩一下吗？非也。表面上看，是通过限时来节省与会者的时间，提高工作效率。其深层，则有大意存焉。

首先，每个人占的时间少了，发言的人就多了，就能够更充分反映情况，更好地集思广益。以往的一些会议，主要领导的发言喜欢唱“信天游”，秘书起草的稿子本来就很长，领导者自己还要随时加以发挥，这样就占去会议的大部分时间。剩下一点有限的时间，与会的下属们还要习惯性地、不失时机地颂扬这个讲话是何等的重要，有多少重大的突破，如何地与时俱进或者振聋发聩。直到会议结束，大家还在领导讲话的海洋里游泳，寻找值得称赞的东西。有时候，领导的讲话也许水分不多，内容丰赡，但难免贪大求全，面面俱到。会议的讨论也就只能东一镐头，西一榔头，什么都谈，最后等于什么也没谈，直到会议结束，大家脑袋里还是一锅糨糊，事情仍然停留在报告本身，什么对策也没有拿出来，什么问题也没有解决。如果每个人只能讲10分钟，谁也不敢跑题，这就能够保证会议紧紧围绕主题进行，大家都“捞干的”，没有水分，议出来的结论肯定也是“干货”，简洁明快，管用可行。

其次，限时的招数将有助于会议的精简。每个人发言时间短，会议就可以开得短。短会本身就是一种精简。每个会议都能解决问题，就不需要整天泡在会议里。这对领导者腾出时间和精力深入实际或者思考些重大问题，都是有益的。

最后，也许是最重要的，限时发言的要求将成为一种对干部能力的最真实的考核，它能考出发言者对本职工作熟悉的程度，考出发言者对问题的分析、归纳、概括、抽象的能力，还能看出发言者的语言表达能力。对平时不了解下情，不掌握本单位、本地区情况的懒汉，这10分钟他将“度时如年”，因为他根本说不出什么像样的内容来。对没有才干的庸才，这10分钟的信口开河，会使自己原形毕露。对离开秘书起草的讲话稿就不能讲话的人，这10分钟他也只能结结巴巴，困窘万分，如坐针毡。秘书在会议室外面急得一身大汗也无济于事。而对于那些了解情况，熟悉政策，对存在的问题有深入的研究和思考、对解决问题有成熟的见解的人，这时就会从容不迫，游刃有余，自然也就可能脱颖而出。

总之，发言限时10分钟，是个很较劲的要求。为了适应这个要命的要求，不少领导者就必须深入实际，了解情况，研究问题，解决困难，光是在写字台前批文件、作指示、打电话，作出感人的忙碌状，是一点儿用处也没有了。没有真才实学，没有雄才大略，没有脚踏实地的作风，没有较好的口才，这10分钟就很难顺利熬过去。不管人家敲没敲杯子，你都会惨得一塌糊涂。几个会议下来，人们对你到底能干点什么，已经心中有数了。

什么事情都不能过于绝对。不同的会议，有不同的开法，最后以解决问题为目的。会议需要你讲一个小时，你心安理得地讲下去就是了。但"10分钟"精神在这里同样适用，你必须让听会的人认为这一小时花得很值，而不是让他们跑到外面喝水、找卫生间、打手机。

国家总理开始敲杯子了。省委书记和省长们是不是也要敲敲？地市级的领导们、县级领导们，是不是也要敲敲？如果全国的各种会议上都响起了杯子的叮当声，那可真的就是春雷响彻祖国大地，全国的会风就会有根本性的转变。你想不被敲吗？你就得丢掉秘书这个拐棍，亲自调查研究，亲自读书看报，亲自起草点文件、文章了。再过上一段时间，敲杯子的声音可能稀疏起来，乃至听不到了。那是大家都适应了限时发言要求。这个适应的背后，是工作作风的大转变，是干部能力的大提高。当然，也不要排除另一种可能：大家又故态复萌，重新回到疲疲沓沓的开长会的状态。

写到这里，瓜田先生发现自己有些自作多情。其实，最大的可能是：只有温家宝在那里十分寂寞地敲了几下杯子，由于曲高和寡，没有什么人热烈响应，上上下下就像根本没有发生过这件事一样。时过境迁，温式杯韵，遂成绝响。

警车说，它要和气地请您靠边

近日从媒体上得知，湖北有关方面作了规定，警车以后上街抢道的时候，不能再声色俱厉地大喊“让一让！”或者“靠边！靠边！”，而要改为客客气气的说法，譬如加上“请”字之类。

见了这消息挺高兴，毕竟是警风自觉转变的一个不小的举措。北京前些年也常能听到这种凶巴巴的命人立即躲开的吼声。这种车用扩音器无疑是特制的，穿透力极强，几公里内的聋子也能被吓一跳。我在离街不远的一幢大楼里办公，尽管没有让路的必要，也还是能经常感受到这种警车的无比威力。近两年好像很少听到了。当时在路上或者在办公室里被吓得心惊肉跳的时候，对这种车乃至管理这种车的人，没什么好印象。曾经想打个电话投诉，不知打给谁，也不知管用不管用，遂作罢。

马路上享有特权的车有若干种，譬如消防车、救护车，再就是警车。这些车都有被关照的理由。但是，正像公仆的权力不能滥用一样，这些特殊车辆特权一旦膨胀到不受限制，也会为社会所厌恶。消防车救火，没人不配合；可救火回来，用不用再摇警报器叫大家让开？显然不用，实际上也很少有消防员这么干。救护车也一样，抢救危重病人，当然应该打开警报器，情况不大紧急，就没有必要把满马路的人弄得惊慌失措。警车毫无疑问也有某些十万火急的任务，这时候动用一下那个威力无比的麦克风，本也无可厚非。若只在万不得已的时候才使用，喊话的频率又比较小，声音透着和气，老百姓也会予以理解和支持。如果你一上路就惦记着耀武扬威地嚷嚷，过过瘾，而且每次都感觉是全世界最重要的角色，这形象就一定不招人喜欢。因为你骗不了人家，说你的事全都十万火急，没人信的。窃以为，需要喊话要人们躲开的任务少之又少，甚至取消喊话也不是不可以的。仔细观察，我们不难发现，喊话之类的过当之举，往往是任务执行者人为地夸大了事情的重要性，毫无道理地惊扰了成千上万的行人。北京近几年这种喊话警车少了许多，似乎也没听说因此而耽误了什么重要公务。

前些时候听李敖在凤凰台说，北京高规格地接待了他。他坐的车上了马路，交通警察把三条马路都空出来，让给他的车队。高规格是可以的，但把大量行驶中的公众车辆停下来，给一个本国的作家让路，戏就有点演过了头。尤其是李敖口口声声说他不是外人，是自己人，是“归队的老同志”，那么这种影响百姓正常活动的待遇，让李敖这样一个对特权深恶痛绝的作家享受起来，怕也会感到芒刺在背。几年前读报纸，见到一位中国记者在北欧的见闻，很有趣味。记者跟着一支国王的车队，浩浩荡荡从王宫出发。路上车队突然停下来不动了。一问，原来是给人行横道的行人让路。国王也要让路？这令中国的记者大开眼界。当然，瓜田先生也跟着长了见识。文化背景差异太大了。在中国，不要说皇帝，稍有点身份的官员出行，都要在队伍前头打出“肃静”、“回避”的大牌子来，还有人敲锣喊话，命令让路。我们的警车喜欢喊话的基因，由来久矣。

现在媒体上最热门的名词是“人本主义”和“人性化”。这些词儿都不错，但用错了地方，也会产生滑稽的效果，这对正经的人本主义和人性化的普及也没有好处。比方说，某个党政部门出台了一项便民措施，记者就会一拥而上，报道出来，溢美之词中多有“人本主义”、“人性化”云云，这就不甚得体。其实，以前的措施也并不是“狗本主义”或者“狼性化”，只不过当初考虑不周，只照顾了少数人（主要是公仆）的利益，忽略了群众（也就是主人啦）的利益。你总不能因为人家搞了点特殊，就说人家不是人吧？不过，在警车喊话要和气这个规定上，我倒是要使用一次“人性化”这个词，因为在警车凶巴巴地吼叫的一瞬间，“吼方”和“被吼方”肯定都没有把对方当成人。这两个方面的意象不同，尽管有的偏向于食肉，有的偏向于吃草，但在失却人的尊严上，二者并没有什么区别。

说“镜子”

山东的《明镜》杂志向我约稿，让我开个专栏。我就想，干脆以《说“镜子”》做个开篇。

先说“镜”。“镜”字出现得要稍晚一些，究其源，可能是从“鉴”字演化出来的一个分支吧。在甲骨文中，“鉴”字写作“监”。“监”字的繁体字是“監”，下面是一个“皿”，左上是一个“臣”，右上是一个“人”，合起来的意思，是一个人瞪大了眼睛，正在冲着瓦盆里的水照镜子。战国以后，青铜器出现了，用青铜做的镜子开始流行，当时的文字工作者也很讲究“与时俱进”的，很快便在“监”字里把代表瓦盆的“皿”去掉，换上了“金”。也有喜欢搞折中的，“监”字保留不动，左边再另加一个“金”字，这就是“鑑”了。总之，金属代替了泥瓦盆，这可不能小瞧，划时代呀。您想，一位小姐出门旅行，带个铜镜子多么方便，多么摩登！反过来，要是头上顶一个大瓦盆跑来跑去，需要照镜子的时候，还得四处找水，您说惨不惨？

“鉴”和“镜”的重大贡献还不是给小姐化妆美容，这两个字的出现频率高，主要是因为人们总是在它们的引申义和比喻义上使用。譬如说“明镜”啦，“殷鉴”啦，就是。说书唱戏，古时清官审案子，背后总要挂一块“明镜高悬”的大匾额，用以张扬官吏判案公正严明的形象。“明镜”和“公正严明”有什么关系呢？原来这里有个典故。《西京杂记》中说，秦始皇有一面大镜子，这镜子宽四尺，高五尺九。人有什么病，一照便知，不知道当时为什么没有申请X光专利。不独此也，这玩意儿比X光还厉害，女子有邪心也能照出来。据说，秦始皇经常把宫女们拉出来照照，照出邪心的就杀掉。这就明白了，原来断案官员背后高悬的“明镜”，就是秦始皇这块大镜子的复制品。挂了这大匾额，意思是说，你们老实一点，本官就是秦始皇的那面大镜子，是非善恶，看得准准的！

秦始皇的大镜子当然是蒙人的，但封建官吏力图做得像想象中的大镜子的那种努力，却不应一概否定。我们现在把“明镜”的说法沿袭下来，也无非是抽象地借用了人们长期以来寄托在它身上的“惩恶扬善、伸张正义”的理想追求。这就是纪检、监察部门办的杂志以《明镜》名之的原因。

《诗经·大雅·荡》中有“殷鉴不远，在夏后之世”的话。“殷鉴”自然是指殷商失败的教训。殷人失败的教训和镜子有什么关系？原来，中国人照镜子主要的不是出于自恋、自我欣赏，而是要“调查研究”脸洗没洗净（毛泽东语），大概还有看帽子和衣服穿戴得有没有毛病。而前朝的历史教训，也同样可以当作像镜子一样的参照物，提醒自己，检查自己，看看自己是不是出了同样的问题。唐朝时候，魏征去世，唐太宗李世民哭得很伤心，他说：“以铜为鉴，可正衣冠；以古为鉴，可知兴替；以人为鉴，可明得失。朕尝保此三鉴，内防己过。今魏征逝，一鉴亡矣。”李世民的“三鉴”论，可以说把“鉴”字的意义发挥到了极致。

李世民镜子照得好，照出了一个“贞观之治”的盛世，至今还为人们称道。可惜封建皇帝毕竟都是家天下的独裁者，阶级本性决定他们不可能好好照镜子，所以历朝历代虽然镜子不少，但仍然没能阻挡他们腐败堕落，跟前面的镜子一样，被别人推翻的下场。于是，中国历史上就堆满了各式各样的镜子。当然，直至今天，人们还是在为后代制造形形色色的镜子。

如此看来，照镜子的学问大矣哉！反动统治阶级，受到自身的利益局限，不可能认真地照镜子，因此难以避免覆灭的命运。我们共产党人就不同了，我们是用“三个代表”重要思想武装起来的人，代表的是全国人民的根本利益，这个宗旨要求我们必须经常照好镜子。应该说，我们党的大多数干部都养成了照镜子的好习惯，经常开展批评和自我批评，防微杜渐，不断改造自己。但也不能不看到，还是有一些人忘记了党的宗旨，堕落成为狗屎堆，成为别人的镜子。譬如说刘青山、成克杰、胡长清、慕绥新、马向东，就是这样的反面典型。这些反面典型的一个共同特点，就是从来不喜欢照镜子，或者使用些走了样的镜子。别人的镜子，他不屑一顾，认为与己无关。自己的镜子又都变了形，由可爱的部下偷偷换成了哈哈镜。这些哈哈镜投其所好，按需生产，你想看健美、苗条，他给你配凹面镜，你想看丰腴、富态，他给你配凸面镜。一个人一旦被这些人包围得铁桶一般，又怎么可能正确地认识自己和改造自己呢？这结果，就难免被历史淘汰出局。当一个人在看守所里用洗脸水十分认真地照清自己的尊容的时候，总是对自己以前不照镜子追悔莫及。但这时候说什么都晚了，充其量只能是又给别人提供了一面镜子。而我们最不缺的就是这种镜子。

让我们都自觉养成照镜子的好习惯吧，《明镜》就在我们手边。

好心不一定能办好事

日前看电视，得知巫山县城因三峡工程建设迁到新址。县领导表示，要把新址上原来留给县委县政府的一块比较平坦的地方让给老百姓建民宅，意思是不与民争利。电视台在新闻里报道这件事，无疑也是对这个做法表示了肯定。

凡事禁不住细捉摸。巫山县领导的这个决策，有必要进行新一轮的论证。这个决策表面上看，是替老百姓着想的，全县的老百姓听到这个决定的第一个感想，会是对县领导的高境界表示极力赞赏。但如果继续认真想下去，大家就会发现，县政府的决定可能方便了几百户人的生活，却使全县人民到县委、县政府办事感到不便利。是几百户人的生活重要，还是全县人民的工作、生活重要？这个理，谁都不难弄清楚。那么，为什么县委县政府的领导者舍本逐末、轻重倒置呢？比较平坦的地方，即使不留给县委、县政府机关，也应该建学校或医院，总之要留给公益性的建筑，而绝不应该建民宅。瓜田以为，是决策者的全局意识和服务意识比较淡漠，他们没有清醒地意识到，自己工作的岗位是全县人民的服务站，而不是干部疗养院。你自己舍弃了方便，似乎是高风亮节，其实影响的是整个机关的工作效率，大家来办事都不方便，影响的是全县的工作。这个算盘没打明白，就像一个领导者自己坚持步行下乡，表面看来作风简朴可敬，可实际上浪费了大量的时间，耽误了不少大事情，得不偿失，马上会让人想到是给人家看的。

看起来，动机好并不一定就能做出好的决策，科学合理的决策需要有高瞻远瞩的视野、全局的观念和缜密的论证。

引咎辞职：这四个字认识吗？

数年前，韩国某市的一座桥坍塌了，这个市的市长马上在电视上向市民道歉，并立即引咎辞职。当时听了这条新闻，很觉新鲜，因为这座桥并非这一任市长指挥建造的，工程质量的毛病到底出在哪个环节，一时都还不很清楚，即便是追查责任，一级一级从下往上查，离市长还远着哪。然而，这位市长还是辞职了，他觉得他失职，十分对不住市民们，没有脸再干下去了。这种事如果出在中国，市长会不会辞职呢？不会。中国比这严重的事故多了去了，今天大客车掉到江里去了，淹死若干，明天鞭炮厂起火了，烧死若干，后天小煤窑瓦斯又爆炸了，炸死若干。当地的负责官员想的是如何把事故瞒下来，实在瞒不住，再想办法淡化，向上报得轻一点儿，尽可能地把自己的责任推得干净一点儿。有没有人想过“引咎辞职”？似乎没有，因为如果有，肯定是一件新鲜事，新鲜事大家的印象会很深，不至于被淡忘。唉，国情也是有些不同，中国的市长们如果都像韩国那市长一样，脸皮也那么薄，真不知一个市一年要换多少任市长。

近日读徐小平《黄金是怎样炼成的》一书，见到一个“引咎辞职”的例子更叫人吃惊。90 年代初，加拿大的一位省长要把自己的一幢房子卖掉，一个台湾人来买，这是一笔1500万加元的大买卖。省长要卖自己的房子没毛病，但他不该在自己的办公室里接待这个买主，因为他作为省长坐在办公室里谈私人生意，目的是为了影响交易结果，这种做法就是对职务和公众信任的亵渎。消息传出，省长被迫辞职。介绍这笔生意的温哥华最大的房产经纪人也受到连累，名誉扫地，执照可能也被吊销了。你不能不承认，就游戏规则而言，人家的就是高明一些，健全一些，现代一些，总之，很值得我们借鉴。这个例子如果在中国，这位省长用不用“引咎辞职”？笑话，如果这点事儿也值得辞职，我们的省长、市长、县长不知道还能剩下几个囫囵个儿的，也不知道还有没有人感兴趣干这劳什子了。

现在，干部的管理条例中也有“引咎辞职”一说，但我们还很少看到有人照办。细究其原因，也无非是官员个人的素质和干部管理制度两个方面都有值得加强的地方。从官员个人来说，虽说百分之九十九点九的干部都是优秀的人民公仆，毕竟还有少数不争气、不做脸的百分之零点几的人存在，报纸上、电视上经常揪出腐败官吏就是明证。这些人大多素质比较差，脸皮比较厚，就是说没有个人的尊严感。工作干得多么糟糕，或者干了多少坏事，都不会觉得羞耻。对老百姓，自然也就丝毫谈不上有什么责任感。因为他很清楚，他当不当官，能不能继续当下去，能不能升上去，老百姓基本上不起什么作用，关键还是在上头。所以他在监狱里谈感受的时候，会痛哭流涕地说，他由于放松了思想改造，贪图享受，断送了自己的前程，给党和国家造成了损失，等等等等。但你很少能听到他说，他对不起选民，对不起老百姓。你想，既然他以为他的官是上头给的，与老百姓无涉，一旦犯了错误，他当然考虑不到如何向老百姓交代之类的啰嗦事，更不会做“引咎辞职”这种傻事，他要等，等上头的意思。上头叫他当下去，你老百姓群情激昂翻了天也不怕，上头不打算叫他当了，那就易地为官或者撤职了事，哪里有上演“引咎辞职”的空间和时间？还有一点也并不是不重要：他花了血本，甚至借了高利贷，才弄到如今的位置，他要赶紧把投资收回来，把借的钱还掉，还要“利润最大化”，趁机多捞一把，好再往上爬。如果犯了点儿错误你就叫他“引咎辞职”，投资怎么回收？那不是亏大发了吗？

官员个人方面问题，反映出干部管理制度实施方面的某些不足。各级干部的任用，群众的考评也做了，任命前的公示也搞了，一切都照办如仪，但群众对用谁不用谁、差干部坏干部如何处置等问题到底有多大的发言权，群众的意见对台上的官员有多大约束力和震慑力，大家心里都明镜似的，不说也罢。而这个问题不解决，侈谈干部队伍从根本上改变作风云云，不还是拿老百姓寻开心吗？

拿破仑有一句话，至今看仍然是精彩的、深刻的。他说，在不道德的事情中最不道德的，就是一个人从事他力不胜任的工作。拿破仑指的当然不是修鞋匠或者清洁工。一双鞋补坏了或者一条街没有扫干净，损失都十分有限，而一个市长如果由于工作不力搞坏了全市的经济，或者导致一场瘟疫蔓延开来，情况就是另一回事了。如此说来，干部管理的好坏，即便在道德层面上也是负有沉重的责任的，因为一个坏蛋赖在官位上不走，继续为非作歹，责任毕竟不能让他自己来负。

瓜田先生津津乐道“引咎辞职”，并非让我们的各级干部动不动就向上递个辞呈作作秀，以示自己的潇洒。瓜田先生的意思是，如果每一个干部都读懂了“引咎辞职”的涵义，都把为老百姓服务作为唯一的宗旨，时时刻刻想的是老百姓满意不满意，而不是上司满意不满意，我们的干部队伍的面貌才会发生根本性的变化，我们的国家、我们的民族才能焕发出新的生机！

官员的热脸和“皇马”的冷屁股

从报上读到一条有趣的消息：“皇马”刚到中国，受到了极其热情的接待，然而，出人意料的是，某些官员的热脸却贴到了人家的冷屁股上。

先得说说事情的具体背景：“皇马”的球星们飞到云南的前几天，大姚县刚刚发生强烈地震。初步统计结果是“死伤500多人，倒塌房屋9000多间，专家估计直接经济损失在10亿元以上”。党和国家领导人密切关注，中央财政迅速启动了救济程序，兄弟省市开始了“爱心捐赠”。就在全国都在为云南大姚县灾民的伤情和吃住揪心的时候，当地的一伙官员却正在喜气洋洋地大搞迎宾宴招待“皇马”。据说，先是省领导的会见，然后是每人600元标准的接风盛宴，接着是市领导出面授予球星们“荣誉市民”的授证仪式，每位球星一套“金钥匙加竹简”的奇特组合，还有一系列的免费游览观光安排……中国人热情好客是出了名的，但事情都有个轻重缓急，在自己家里死了人，要治丧，要救灾，火烧眉毛的节骨眼儿上，却有心思去细致入微地讨好一个前来中国赚钱的外国足球队，总令人感觉有点儿没心没肺。

令人意外的是，“皇马”们对此并不买账。领导们早早来了屈尊等

“皇马”，“皇马”们来了却连一点儿受宠若惊的意思也没有。来了盛宴不吃，免费的游览狂欢不去，“荣誉市民”的金钥匙倒是拿了，据说也是漫不经心的，根本没当一回事。

是“皇马”想故意给谁难堪吗？不是。原来，人家大老远的是来踢球赚钱的，一刻也没忘自己最重要的事情是训练和比赛。在云南集训 7 天，要赚 70 万欧元，北京、东京、香港和曼谷 4 场比赛的出场费是 800 万欧元，未来 3 年“皇马”要在亚洲市场上开发出 4000 万欧元的收入来。球没踢好，钱没赚够，你就是给他吃龙肝凤胆，他也没有胃口。所以，他们根本没有心思陪你玩。这就是十分简单的硬道理。

“皇马”的球星们多半都战绩辉煌，是许多年轻人的偶像。他们虽然没有人天天给做思想政治工作，也没有把踢球和全世界人民的根本利益挂起钩来，却一向自律很严，对工作一丝不苟，精益求精，力争把每一场球踢得漂漂亮亮。这里的诀窍在哪里呢？诀窍在他们对足球的热爱、对球迷的尊重和对饭碗的珍惜。他们每一个球员都很清楚，球踢好了，球迷乐了，身价立马就涨上去了；球踢坏了，球迷恼了，行市就下去了，饭碗就砸了。是几千万美元的身价要紧，还是中国人 600 块钱的“六冷菜七热炒”要紧，这个比较用不着太高的智商，想不明白的只是当地的几个官员而已。

拿球星和当地官员做个比较，能看出明显的差距来。那就是：球星们知道自己是干什么的，并且时时刻刻不忘该干什么、不该干什么，知道球迷是自己的衣食父母。这几位官员就不知道自己是干什么的，也不大清楚什么时候该干点儿什么，当然也不承认老百姓是自己的衣食父母。球星们不用别人做思想工作或者苦口婆心的提醒，就能自觉敬业，而我们的官员们天天有那么多的理论学习着，有那么多的文件指导着，有那么多的会议强调着，有那么多的榜样示范着，有那么多的纪律规范着，有那么多的前车之鉴警示着，却愣是不知道自己是人民的公仆，不把老百姓的疾苦当一回事。你说怪也不怪？我们的干部管理有的时候不如足球俱乐部。

球星们表现好坏、水平高低，随时有足球市场调控。利益所系，他们一点也不敢含糊。我们干部管理上，在道德教化方面虚功做得太多，力气花了不少，收效却不大；而在严格考核、奖罚严明、用切身利害调控干部的表现上，则显得有些软弱无力。其实，只要充分把群众和舆论的监督发挥好，官员们谁吹了黑哨，谁踢了假球，都是一清二楚的，骗不了谁，就看你动不动真格的。近日看报，见到几个标题，叫人眼睛为之一亮，一曰《四川首开用人问责制：用人失察部长撤职》，二曰《对待群众“冷硬横推”者，下岗！》，三曰《广东工会民主直选》。看来，硬道理也许真要发挥威力了。

给“下级病”号脉

“下级病”不是中医上的病，也不是西医上的病；不是内科的病，也不是外科的病。它根本就不是医院能治的病。这是一种社会心理疾患，是一种人格的残缺、畸形。由于这是一种常见病、多发病，病毒生命力相当的顽强，危害之甚之烈，也远不是“非典”之类的小玩闹所能比拟于万一的，所以大有认真研讨、群起歼灭的必要。

听说，五毒俱全的腐败分子张二江写了一本《下级学》专著。这样一个灵魂丑陋不堪的家伙，也能爬得那么高，足见其对“下级学”的研究进入了境界。可以想见，《下级学》中肯定能有一些“干货”，能为我对“下级病”的诊治提供临床上的生动病例。在瓜田先生写这篇文章之前没读到《下级学》，实实在在是一个大遗憾。

“下级病”到底有哪些典型症状呢？这病传染率高，遗传性强，患者几乎人人都能碰到，所以只需简单描摹，大家就能心领神会。除了皇帝和与世隔绝的部落酋长，世上大大小小的各种官吏，都不可能只当上级，不当下级，也就是说，绝大多数的官，都同时担当着两个角色，在本地区、本单位是许多人的上级，而在他的上级面前，则是下级。在本地区、本单位的讲台上，讲起话来或者声色俱厉，或者神采飞扬，或者抑扬顿挫，或者装腔作势，或者莫测高深。可一旦到了上级的办公室里，立马判若两人：这时候，脸也红了，脖子也粗了，舌头也短了，嘴也结巴了，两只手放在哪里都不对劲。那么宽绰的一个大沙发，他只肯坐半个屁股，甚至是四分之一个屁股。官员在这种角色转换中表现出的巨大反差，从戏剧表演的角度说，可以认为这些人有较好的表演潜质，而且属于戏路子比较宽的演技派，绝非那些本色演员或性格演员可比，但从社会心理和人格结构上来看，却是患有比较严重的“下级病”。

“下级病”患者为什么在上级面前如此害羞，如此窘迫，如此手足无措呢？从根本上说，这下级心态是实实在在的紧张。因为上级对我太重要了。我的官就是上级给的（当然，摆在桌面上时还要说说“党和人民的信任”之类），他可以给，自然也就可以收回去。你知道哪句话说得不妥当，留下了不好的印象，就可能闯下大祸丢了官？事关前途和命运，能不紧张吗？另外，在上级面前表现出紧张、害怕，也是对上级的一种尊重，一种示弱。这里面的潜台词是：您看，我尊敬您，害怕您，在您的面前自惭形秽，无地自容；我对您是十分驯顺的、可靠的、毫无威胁的。一个“下级病”症状很严重的上级，一定十分需要自己的下级这种夸张的谦恭，这起码可以把自己在上级面前扮演奴才相时的心理不平衡找回来，在自己下级的吃力表演中可以确证自己的高大、伟岸。毕竟，人们都需要在对象化的过程中寻找到自己的力量，印证自己存在的理由，不管这种对象化是真的还是假的。

“下级病”的病根子是干部管理机制方面不健全。如果干部的提拔使用都是民主化的，透明度很高的，被遴选的干部都有充分展示自己才华和能力的机会，群众也有反映自己意见的畅通渠道，班子在表决时每个人也都只有秘密的一票，那么，下级就不必刻意地在上级面前“装孙子”、扮奴才。从下级的角度说，你如果是一个有健全人格的人，那就会有自己的尊严，讲究靠自己的本事和水平吃饭，靠硬邦邦的政绩说话，就不会俯仰由人，靠奴颜婢膝那一套去讨别人的喜欢。其实，上级何尝没有人格是否健全的问题。一个没有“下级病”的上级，他也会从心眼儿里厌恶、恶心“下级病”表演时的丑态，甚至对“下级病”病情较重的干部，在考察时格外留神，看他这套表演的目的，是为了掩饰自己的无能，还是掩盖自己的劣迹？因为精明强干、群众拥护的好干部往往比较自信，也比较自尊，根本用不着在表演上下这么大的工夫。

“下级病”有点儿中国特色，这病毒在中国封建社会历练了几千年，已经深深地潜入了许多人的骨髓。今天，我们把它拿到阳光下晒一晒，把那“口将言而嗫嚅，足将行而趑趄”的丑态笑一笑，每个人都自觉地挺直腰板，像一个健康人那样从容不迫、潇洒自如地在上级面前讲话，把自己的屁股大大方方地坐到上级的沙发上。因为你坐沙发的一个角，并没有为社会主义事业省下什么，对沙发来说可能是因受力不均匀磨损得更厉害，对一个人的心灵来说，更是一种不应有的堕落。

瓜田先生是不是有点儿小题大做了？

你是不是“煮青蛙”？

“煮青蛙”是瓜田先生前些时候从报纸上学来的一个比喻。这比喻因为生动、形象且触目惊心，所以记得十分牢固。“煮青蛙”说的是这样一种现象：一只青蛙如果跳到一个开水锅里，因为水温太高，不堪忍受，青蛙会本能地逃开。但如果锅里的水温开始并不高，是逐渐烧开，那情况就不同了：青蛙会丧失警惕，直至被煮死，漂上水面。

煮死一只青蛙，就已经十分引人注意了，如果漂上水面的不是一只青蛙，而是一个人，你看吓人不吓人？够惊心动魄吧？但是，由于这口锅太大，加温又是悄悄进行的，虽然不断地有人被煮死，人们对此还是见惯不惊。

在谈到“防微杜渐”时，我们已经有了太多的表述方式，比方说，“小洞不补，大洞受苦”呀，“蝼蚁之穴足可溃千里之堤”呀，等等。但都没有“煮青蛙”的意象精彩。比方说，“小洞”是什么“洞”？大洞为什么就受苦？受什么苦？都不得要领，触不到痛痒。蚁穴溃堤，就要好一些，气象也大。但除了像1998年那样的抗洪，一般人对溃堤并不常见，印象也不太深。说来说去，还是这个“煮青蛙”来得新鲜活泼，警世意味似乎也更强一些，尽管大家平常也很少煮青蛙。

你可能是某个层次上的一位负责干部，手中握有一些权力。在社会不良风气的裹挟下，某些人急于把你手中的权力变换出票子来。作为诱饵或者利润的分成，你的办公室里，你的家里，人们出出进进，送些红包、烟酒、补药。这样，煮你的锅灶就算搭起来了，柴火和鼓风机也齐备了。你舒舒服服地认为可以洗个热水澡，哪里想到，锅里的水会沸腾起来，把你置于死地！

你有了一定的职位，很想有一点儿作为。你很快就发现，你的本事比你自己估计得要大，你的智商比你以前的表现要高，你的政绩的反响比预料的要强烈。你的任何一次随机的信口开河，都被吹捧为重要讲话，都要布置各级干部认真学习讨论，你的任何一次公开露面，都是对某项工作的高度重视，都是深入实际的“视察”或者“调研”活动，都要在当地的电视上反复播放。你的任何一个决策，都是科学的、缜密的、全面的、英明的。这个决策的实施，两个效益都出奇地好，报纸上会说，几年来，这个决策创造了多少多少经济效益，占当地经济收入的百分之多少多少。电视里会有两个老大爷在流泪，边哭边说，如果没有张书记，我们过年连饺子都吃不上！这些热热闹闹的场景说明什么呢？说明煮你的锅灶正在工作，诤友们正在远离你而去，阿谀奉承的小人们紧紧地簇拥着你。你晕晕乎乎自得其乐的时候，也就是快要从锅底漂起来的时候。当然，你并不一定就被“煮死”，但浑身严重的烫伤是免不了的。

一个人被煮了，怪谁呢？怪那些“锅灶”吗？否。上有所好，下必甚焉。说到底，锅灶是你自己垒起来的。如果你是一个自律很严、头脑清醒的干部，你就会自觉地逃离锅灶，砸烂锅灶，相反，形成一个经常洗冷水浴、坚持冬泳的机制和作风，不管是经济上的贿赂还是精神上的贿赂，都奈何不了你。如果你素质较差，爱占便宜，或者水平不高却偏喜欢被吹捧，你也只好让人家煮一煮。如果我们每个人经常地问一问：我是不是被人家煮起来啦？或者就直接问一问下级：你们是不是想煮我？也许就会时时地生出警惕之心，严于律己，事情就办得好一些。

是不是只有当官的才容易变成“煮青蛙”？也不是。察微知著，能防患于未然，这并不是谁都能办到的。作为一个普通人，我们对身边的条件的变化，常常也会丧失警觉，虽然身处于险境，却浑然不觉，以至于稀里糊涂地被人家淘汰出局。“好逸恶劳”虽说屡屡被人们批判，但是“好劳恶逸”的人永远都是少数，这也许是人的本性使然吧？

红包乎？炸药包乎？

本期《明镜》月刊拿到手上，正是人们过春节的日子。瓜田先生说点儿与过年有关的事。

先讲个笑话。话说某县的某局，新调来一位局长。局长不苟言笑，脸绷得挺紧，把大家搞得大气也不敢喘，生怕哪句话说得不对，丢了前程。忽一日，全局上下喜笑颜开，人们奔走相告。一打听，原来一个大好消息传来：局长生病住院了！大家毫无恶意，并不是幸灾乐祸，希望局长生病，而是天赐良机，跟局长套近乎的机会终于来到了！

经验证明，领导生病或者逢年过节，确是靠近领导的最佳时机，不能轻易错过。辽宁的大蠹虫慕绥新和马向东在狱中都有"悔过书"留下来，他们不约而同地回忆道，逢年过节，尤其是过春节，是有求于他们的人们大送礼的高潮。因为是打着给老人或者孩子送点红包做压岁钱的旗号，数额又不是很大，拒之不恭，于是就半推半就地收了下来。而堤坝一旦崩溃，就再也难以收拾。这二位的后果也就是一个合乎逻辑的发展。你可以说，这些大蠹虫大多是行贿者养肥的，但这话也只说对了一小半，另一大半是：谁让你受贿的？

在电视上看犯了事的官员在法庭上受审，常常能听到“不是收受贿赂，是朋友的热情馈赠”之类的可笑辩解。这送礼送钱的主儿，朋友不少，怎么不送别人，单单送你？哪里有免费的午餐？不都是安排好的鱼饵吗？他送你10万，如果不捞回100万，他就会觉得吃了亏。有一幅连环漫画，画得很好。一个医生，收受红包以前，十分高大，送红包的人十分渺小。等医生收下了红包，双方的形象马上掉了一个个儿：医生顿时变得矮小且猥琐，送红包的人高大起来，还牛皮烘烘地颐指气使。官员何尝不是如此？你铁面无私，自然高大；你见利忘义，肯定要受制于人，形象也必然贬值。你不伸手，你就是无价之宝；你一伸手，就成了商品，而且一文不值。因为你卖的不是你自己（你自己值什么钱？），而是国家和老百姓的东西，国家和老百姓岂能饶过你？

就算是从一己之私的个人利益来考虑，有些人的小算盘打得也不高明，还不如春秋时代鲁国的“总理”公仪休。公仪休当鲁相，有人前来走后门。此人得知公仪休喜欢吃鱼，便投其所好，送鱼。公仪休直来直去，说：“你的情报挺准确，不假，我确实爱吃鱼。但是正因为我爱吃鱼，所以不能收你送的鱼。这道理不复杂：现在靠国家的俸禄，还吃得起鱼。收了你送的鱼，官就当不成了，没钱买鱼吃了。这时候，你肯定也不会再来给我送鱼了。你看这误不误事？”送鱼的人无言以对，只好撤退。对听不懂“三个代表”重要思想的干部，不妨讲讲公仪休的小算盘，能学学公仪休，也不错。

瓜田先生喜欢把这些红包比喻为炸药包，而且是都装好了引信随时可以引爆的炸药包。你不能心存侥幸，炸药迟早要爆炸的。这道理有些人并非不明白，所以他们一边积累炸药包，一边担惊受怕地等待着这些炸药包的发作。这每晚上总是做噩梦的精神的折磨，这一听见警车叫声便要出冷汗的惊恐，真不是人过的日子。这些为腐败付出的代价，并不便宜。何苦啊！

大正月的，喜气融融。来拜年，欢迎欢迎。而一旦客人笑容可掬地掏出了炸药包，你可就不能客气了，为了你和家人的安全，请你一定要把爆炸的危险拒之门外！

“一人口插几张匙？”

宋代的辛弃疾，以词名世，其作品世人传诵，虽百代而不衰。读过辛弃疾传记的人都知道，此人文韬武略，好生了得，即便是有限的几次起用，辛弃疾在任上干得也都有声有色。只是因为赶上了那么个昏庸无能的南宋小朝廷，仕途屡屡受挫，才耽误了政治抱负的施展。瓜田先生无意在这里给辛弃疾作全面的评价，我想说的是，辛氏会打仗（他在战场上创造过奇迹），能做官（级别较高，政绩显著），他和光会吟风诵月的书呆子不一样，他的人生见解，他的诗词的内涵，含金量较高，这是一个有历练的智者的声音，不可小觑。

辛弃疾有一首题为《最高楼》的词，甚是精彩，不知为什么，诸多选本都没有选，我手中的六七本宋词选本中，只有上海辞书出版社出版的《唐宋词鉴赏辞典》选了它。词曰：“吾衰矣，须富贵何时？富贵是危机。暂忘设醴抽身去，未曾得米弃官归。穆先生，陶县令，是吾师。待葺个园儿名‘佚老’，更作个亭儿名‘亦好’，闲饮酒，醉赋诗。千年田换八百主，一人口插几张匙？便休休，更说甚，是和非！”

从这首词的小序和全词的内容中得知，这是辛弃疾因为官当得十分窝囊，想向朝廷辞职不干。没想到儿子激烈反对。儿子说，你也没有给我们购置一些田产，你退休了，我们怎么办？辛弃疾很生气，遂写了这首词骂儿子。据专家们研究，此时的辛弃疾大约55岁光景，时任福州知府兼福建安抚使。

瓜田先生最欣赏的两句便是“千年田换八百主，一人口插几张匙”。前一句语出北宋释道原《景德传灯录》，后一句则是吴谚“一口不能著两匙”的翻新。虽说均其来有自，一旦植入辛词，便觉恰到好处，再现生机。这两句词，道尽了人和财产之间的关系。

先说“一人口插几张匙”。一张嘴里，当然只能插进一个匙，也没有必要插进三个或者五个或者更多的匙。嘴里插进一个匙子，原本是为了送进食物，维持生命活动所需要的能量。当“往嘴里插匙子”这个动作产生了意外的快感，这个动作就变了味儿，就异化了。这时，人不是为了吃饭才插匙子，而是为了插匙子而插匙子，这就是贪官们丧心病狂地掠夺国家和人民的财产的漫画化镜头。你有广厦千间，夜里也只能睡一张床。你能同时睡一千张床吗？不能。你能一夜中轮流地去睡一千张床吗？也有点荒唐。那么，你准备的一千间房子就是为别人准备的。当然，如果你是给无房户准备的，那就很高尚，可惜你又不是。那么，这种忘乎所以的捞钱，就只能是一种欲望——或者说快感——的满足，并没有实际消费的意义。一个人，如果不嫖、不赌、不吸毒、不奢靡，正常的生活消费用度，是一个可以估计出来的常数。你费尽心机、提心吊胆地攫取的一切，其实不过是轰毁自己的炸药，埋葬自己的黄土，抹在自己脸上的臭狗屎。

你能传给子孙吗？也不容易。“千年田换八百主”。一块田，老张家或者老李家有没有可能一直种它一千年？可能性不大。财产归属的流动不拘，才是一种常态。人们最熟悉的一句话是“君子之泽，五世而斩”，意思是说，一个人惠及子孙的种种好处，能传到第五代也就差不多了。而我们验诸历史，别说是传到第五代，能传个两三代，就很不错了。带有规律性的现象是：财富越多的家族，衰败得越快，子孙们的下场也越凄凉。不记得是哪个朝代的故事，一个高官，志得意满，要大修豪宅。修造中他时时训斥施工队，一定要搞得十分坚固。施工的头头说，质量上您尽管放心，我们在京城里盖的房子多了去了，房子都没坏，只是房子的主人已经都换了好几茬儿了。几句话说得这高官目瞪口呆。沈括的《梦溪笔谈》中记载了一个有趣的故事：一个叫郭进的将军，在新建的府第落成时，大开宴席，而且出人意料地把施工的工匠们安排在上首。客人们很奇怪，郭进便解释说：“这些工匠是造房子的，当然要坐上首；子孙们是卖房子的，不坐下风坐在哪里？”看起来，郭进的头脑是相当清醒的。据说，郭进死后不久，这府第果然就被卖给别人了。

瓜田先生又联想到现在已经被收拾起来或者暂时还没有被收拾起来的贪官，他们疯狂地把国家财产数以百万、数以千万地装到自己口袋里，到底所为何来？跟他们讲“三个代表”，怕是对牛弹琴。然而，让他们读读辛弃疾的这首词，也许会受到一点教益，因为即使是从自身的利益考虑，这样肆无忌惮地胡来似乎也很不划算。

当然，辛弃疾作为一个智者，也不是谁都能彻底读懂的。辛氏的许多深邃的思想、警策的语言，已经成为中华文明宝库中的珍贵财富。虽说现在大家的“共产主义觉悟”都不低了，说句不大中听的话，如今能达到辛弃疾的思想境界的，为数也十分有限。

危险来自内部

如果一个人的良心大大地坏了，那么他做出什么坏事来，你都不必奇怪。做龙口粉丝的厂家，可以用大量的玉米面来混充绿豆面，可以用化肥和氨水来漂白发黑的淀粉。只要能多赚钱，你吃了粉丝长不长癌、死不死人，他是不管的。坏良心的人当然并不是都集中到龙口一带做粉丝去了，文化市场的管理领域同样能搞得花样翻新。近日央视《焦点访谈》披露的辽宁建平县图书馆中的“电子阅览室”便是一例。

电子阅览室是个好东西，人们可以在这里利用人类的高科技，高效率地得到全世界最新的、最全面的各种信息，科学地整合有关的信息，你就可以促进科研，可以发展经济，可以搞活流通，也能发财致富。但就像鸦片可以治病也可以作为毒品毁掉一个个健康的生命一样，网络的发达也给一些不法之徒提供了大量的“商机”。网络诈骗虽说常能听到，但上当者毕竟有限。而弄一批电脑，建一个网吧，骗一些小学生进去打游戏，事情就容易多了。近些年来，小学生、中学生通宵达旦泡在网吧里打游戏、看色情网页的报道常常见于报端，还有青少年几个昼夜泡吧、最后活活熬死在里面的消息。文化市场的管理制度本来是越来越健全了，但时不时地还会有建平县图书馆的“电子阅览室”这样的怪事冒出来，可见文化市场的管理一点也松不得。

我一向不大相信“网吧管不住”或者“对图书盗版没办法”之类的屁话。网吧不是黑社会，他得办照，得开门，得吸引人进去。总之，得大张旗鼓地做生意赚钱。到底中小学生进去了没有，进去了多少，进去了都干些什么，并不难查清。盗版图书也是一样，他盗版总不能只印个一两本就拉倒吧？他不印个几万本、几十万本，从哪里赚钱？他的销售网络遍布，地摊交易活跃，已经顺利地卖出了数以万计的盗版书，可你愣是找不到他的印刷厂，是他太狡猾，还是你下不了手？从《焦点访谈》的报道看，建平县的其他网吧查得挺严，但都知道“文化网吧”没有人去查。原来，是县文化局专管文化稽查的人在做这个“文化网吧”的老板。这老板当然不会带人来查自己。为了区区的2万块钱，堂堂的县图书馆竟然被承包出去，变成了严重危害青少年身心健康的罪恶场所。听起来，这就像扫黄队开妓院、缉毒局贩卖毒品、反贪局贪污，简直滑天下之大稽。但既然不少腐败分子在被抓起来之前也常常在电视上有声有色地作反腐报告，那么文化稽查和县图书馆合谋坑害青少年，也就算不得什么新鲜事。还可以再进一步想想，建平县地方并不大，北京去的记者一问，谁都能告诉你有个待遇特殊的“文化网吧”没人敢动，难道县文化局、县政府、县委就愣是不知道？不知道是失职，知道而不管，更是严重渎职。

龙口粉丝一曝光，龙口粉丝臭遍全世界，没人敢再买了。烟台市上上下下登时忙碌起来，又是停产，又是查处。这已经无济于事了，充其量是做给上面看看。建平县变了味的“电子阅览室”一曝光，辽宁省的领导者也声色俱厉地作出了处理决定，可是那些受害的学生的损失找谁去赔偿？宝贵的青春又有谁赔偿得了？当然，“马后炮”总比什么动静都没有要好，但如果能更主动一些，多放一些“马前炮”岂不更好？要知道，中国只有一家中央电视台，只有一个《焦点访谈》，这个栏目还要用较多的时间来歌颂祖国的大好形势、好人好事、先进经验，这样，用到阴暗面曝光上的时间也就十分有限了。更何况，本事大的人还能找到电视台的领导或者领导的领导，把曝光的节目撤下来，这样批评性的内容只能是越来越少。这么大的国家，这么多的问题，都靠《焦点访谈》（也许还能加上一个《质量报告》）曝光后再引起重视，再来着手解决，恐怕要误事。各级管理人员真的没办法了吗？不然。千头万绪抓根本。建平县“电子阅览室”的事情告诉我们，问题关键还是在管理队伍的内部，各领导机关内部“权力寻租”的现象看住了，其他问题也就好办了。

禁了放，放了再禁？

——城市鞭炮禁放之我见

备受关注的北京烟花爆竹“禁”改“限”，正在进入审议程序。北京的鞭炮禁放已经实行了多年，有些群众迫切想放开，市人大着手调整这个规定，凸显其对时代潮流变化的敏感回应，也是对民意的充分尊重。

随着我国精神文明建设水平的不断提高，人们对传统文化的认知更趋理性，认识到把传统的东西一概否定是荒唐的，也是做不到的。于是，向优秀传统文化习俗的回归便成为一股不小的潜流。各界大倡提高清明、中秋、重阳等传统节日的地位，就是其中的一个重要表现。要求过大年的时候重新听到鞭炮声、重新闻到鞭炮的火药味，怕也是这股民俗回归潮流的一朵浪花。

北京市人大的工作可圈可点之处不光是重视群众的要求，而且在解决问题的过程中，改变作风，反复征求群众意见。他们不仅在网上倾听网民的意见，还召开了不少座谈会，又下发了6万份问卷。如果以后立法部门都这么干，在群众中的威信会越来越高。

但是，好事情能不能办好，以目前观之，还很难说。瓜田以为，新法规出台之前，应该把当时禁放的理由研究透彻。当初为什么要禁放？

显然是大家对鞭炮的污染抗不住了。大家深受鞭炮声响之害（除夕夜在家里听不到电视机的声音）、烟熏之害（满城的火药味历久不散）、垃圾之害（全城都成了炮仗皮的垃圾堆）。总之，鞭炮造成的立体环境污染令人忍无可忍，这才有了禁放的呼声。如果这次开禁并没有解决这些问题，只是倒退回下禁令之前，势必会出现这样的局面：部分群众要求放，于是开禁；过了几年，大家被鞭炮声吵得无法睡觉，被火药硝烟熏得无法呼吸，许多人又开始呼吁禁，于是再重行禁止，从此周而复始，永无宁日。

任何事物的改革，都应该是一种前进，一种螺旋式的上升，而不能只是简单地返回过去。我是属于“禁放派”的，我不反对别人放鞭炮，但以不干扰我的正常生活为限。如果你吵得我没法看电视，也没法跟家里人说话，熏得我喘不过气来，大年初一要踩着半尺厚的炮仗皮走路，我就不能不反对，而且会为社会的病态奢侈而感到气愤。最新调查结果表明，有69.64%的受访市民赞成对燃放烟花爆竹“适度放开”。我考虑了一下，我也很可能属于这69.64%，因为只要放开得很“适度”，不干扰我，我肯定不反对。我也很可能属于另外那30.36%，因为谁也不知道这“适度”的鞭炮造成的损害是不是可以忍受的。解禁以后，每逢佳节或者球赛胜利，群情沸腾，“适度”放点儿鞭炮？放几挂鞭、几个二踢脚算是“适度”？谁来控制这个“度”？

瓜田先生在这里不揣浅陋，愿献上一策：春节期间，在城八区的各个小广场或者空旷场地设置烟花爆竹燃放点若干，这些燃放点不能太少，以便各个社区的燃放者都能感到方便。集中燃放的好处是，不喜欢听噪音、不愿意闻硝烟味的可以免受折磨；喜欢放鞭炮的，可以在这里尽情地燃放，想放多少就放多少，想怎么放就怎么放；喜欢听、喜欢闻而不敢放的，也可以站在二线，租一套防毒面具和耳塞子尽情观看，把瘾过足。总之，这些燃放者和观看者都能享受到数百倍、数千倍于自己燃放鞭炮所产生的效果，参与者一多，还容易形成狂欢的气氛，把节日的欢乐推向高潮。对社会管理者来说，好处就更大了：你可以事先就把消防车部署到位，一个点一辆，等在那里，一旦起火，马上扑灭；医疗救护车尤其是烫伤、烧伤、器官移植等方面的医生，也早早等在那里，备足抢救器材和药品，譬如缝合用的羊肠线以及移植需要的皮肤、血管、眼角膜和眼珠子等，炸伤的人一下火线，就能及时得到救治。卖鞭炮的摊贩也可以一步到位，直接到燃放现场出售。燃放者随买随放，大家方便。燃放烟花爆竹的防护器具也要及时跟上，譬如类似电焊工用的防护面罩，排雷工兵用的防炸手套，在现场要保证供应。另外，鉴于燃放现场的空气不会怎么清新，声音的分贝数也不是常人能够忍受的，所以卖防毒面具和耳塞子的，在现场也都能稳赚上一大笔。烟花爆竹的大量需求和与之配套的防护器具的巨大市场，能较大地拉动内需，说不定会成为一个新的经济增长点呢。定点燃放烟花爆竹，对环保工人也是个大福音，他们清扫的面积大为减少，能节省大量的劳力。

现在的大形势是：彻底禁放是根本行不通了，连新加坡都结束了实行 34 年的禁放规定。国内 100 多个城市也开了禁。开禁者也多是说“限放”，其实能限制个什么呢？大多是回到了过去。如果用规定燃放区的办法，或许可以摆脱禁了放、放了禁的怪圈。

赶紧成立“大众体育局”

2004年的雅典奥运会开过了，中国人为32块金牌奔走相告的兴奋劲也在逐渐退潮。冷静下来的中国人有必要思索一下：竞技体育我们成绩很大，展望2008年，拿下金牌第一的可能也并不是没有，但是，与这样出色的竞技体育相比，大众体育的状况是不是太惨了一点儿？我们怎么看不见有什么人在张罗大众体育？一个国家，竞技体育的腿很粗很粗，大众体育的腿很细很细，这种“残疾人”到底还能走多远？体育精英的培育需要肥沃的土壤，需要大量的后备力量作替补、作分母。没有大众体育这张皮，体育尖子这“毛”又从哪里拔？还谈什么可持续发展？还有，体育的目的到底是什么？就是拿金牌吗？各行各业都需要健康的人拼搏，外敌入侵，光靠32块金牌的得主去冲锋陷阵肯定不行，把银牌、铜牌得主都推上去也不行。国人每年的医药费用，庞大得惊人，想降下来，别无良策，唯有抓好体育。

竞技体育的重要意义，没有什么人怀疑。只要看看国人半夜三更不睡觉看女排争拿金牌的鏖战，再看看得到金牌后的举国狂欢，就知道，说体育里没有政治，纯属扯淡。全国人民都兴奋起来了，连香港、澳门的同胞都兴奋起来了，这还不是政治吗？这政治没有什么不好，这爱国主义教育的效果，是什么领导干部的报告、专家教授的讲课都达不到的。再读读外国媒体对中国的赞誉，国人更是乐得屁颠屁颠的，找不着北了。然而，人们也十分清楚，为了这些金牌，国家投入了巨额的金钱，有的人说，一块金牌投入的钱上亿。那些没拿奖牌的项目，当然也并非一个钱不花。我们无法得知具体的数目，但用“数目惊人”来概括竞技体育的花销，恐怕不会有人提出异议。

与竞技体育比起来，大众体育这条小儿麻痹症一样的细腿，就太惨了。据媒体报道，我国大众体育在许多方面都远远地落后于其他国家。发达国家的体育人口能占人口总数的七八成，而我们只能占总人口的三成。这个“三成”恐怕还有不小的水分，因为我见不到周围有三分之一左右的人在健身。最近10年，世界平均身高增长了5厘米，我国人均身高却只增长了0.74厘米；在世界卫生组织公布的“国民总体健康水平”评估报告中，我国排名在144位。为什么这么惨？上上下下见不到对大众体育的重视，软件硬件都跟不上。我国现在室内体育场所人均占地仅为0.014平方米。室外体育场地人均0.027平方米！这就是说，1000人的室外运动场地只有27平方米，这1000人不用全都出来，出来十分之一，100个人，用这27平方米场地健身，你想想怎么个锻炼法？这几天，网球热起来了，大概是奥运会拿了金牌的关系吧？报纸上登出了全北京能打网球的地方，我数了数，一共18处，不知道这偌大的一个北京城，18处是少还是多。这里还不讨论到底有多少人打得起这比较高雅的玩意儿。笔者是年近花甲的一个老汉，眼也没花，耳也没聋，除了每年电视上能看一回从天安门广场出发的春季长跑，很少见到多少大众性体育活动。记得很多很多年以前，各机关厂矿都时兴做工间操，现在没有了。现在，在各个街道角落里能见到的，只有借体育彩票的光儿安装的几套健身器械。

现在的体育总局在搞竞技体育上，成绩显著，不能否定，可以称之为“国家竞技体育局”，为2008年奥运会做准备。为了不影响全国人民体质的增强，我们亟须立即成立一个“国家大众体育局”，专管老百姓的体育健身，否则这个民族的体质就毁了。不信，你看看走在路上的人，胖的胖，瘦的瘦，有几个健壮有力的人？在全世界“国民总体健康水平”排名上，处于144位这样挺丢人的位置，你就是把2008年的奥运会的金银铜铁各种奖牌都包圆儿了，又有何光彩可言？现在最时髦的话，是讲“人性化”和“以人为本”，我不知道还有什么东西比重视13亿人的健康更“人性化”、更“人本”的了。

活着听悼词

近日，瓜田先生偶翻一点碑志文字，很为少年时的单纯羞愧。

记得年轻时读过介绍“谀墓”的文章，得知古代某些文人为挣点银子而信口替死人胡吹，对这些人是很不以为然的，颇有些斯文扫地的感慨。东汉碑文大家蔡邕，当是其中比较活跃的一个。蔡邕写了多少碑文不知道，据说仅流传下来的就有数十篇之多。他自己说过这样的话：“吾为人作铭，未尝不有惭容，唯为《郭有道碑颂》无愧耳。”由此可见，出于他之手的碑文，大多都有不少的水分。到了唐，此风愈炽。韩愈的碑志写得很多。刘禹锡曾写过一篇《祭韩愈文》，其中有“公鼎侯碑，志隧表阡，一字之价，赞金如山”之类的话，虽说不乏文人的夸饰之辞，但润笔没少收恐怕也是实情。记得当时很想替刘禹锡把“一字之价，赞金如山”八个字的位置给调整得合理些，变为“一字之赞，价如金山”。

随着阅历的增加，瓜田先生对假话的宽容度也越来越大，甚至觉得“谀墓”之类的假话，于情于理都是说得过去的，岂止是说得过去，有些时候简直就不能不这么说。你想，人家的老人故去了，子孙们悲恸万分，自然要把碑文写得华丽一些，一来表达了后代人对死者的尊敬，二来，通过碑文作家再创作而产生的这个新形象，对后人们也比较体面。基于这两点考虑，老人家年轻时赌钱输了十亩地的事情，还有跟邻村的张寡妇有染的事情，还能都刻到碑上去吗？当然不能。刻上去有什么必要吗？显然没有。鲁迅先生的唯物主义是十分彻底的，他很替那个说了“这孩子将来要死的”的人挨了打抱屈。其实，这人该不该打？该打。一个生孩子的庆祝场面，当然应该说点“升官”、“发财”之类的祝福的话，哪个需要你在这个时候阐发一个尽人皆知的“人迟早要死”的真理？就算是一个唯物主义哲学家生了孩子，前来祝贺的也都是彻头彻尾的唯物主义哲学家，还是不能在这里讨论这个话题，不能如此扫了人家的兴头。即便是鲁迅先生自己，他如果出席了这种生子庆典，恐怕也不会跑去指出这孩子必死无疑的预言，因为这话说得不是地方。

如今，有了点儿名誉、地位的人死了，往往要开个追悼会，会上要念一个精心准备的悼词。起草这个悼词学问可就大了。评价太高，单位和上级主管部门会有意见，因为人在不断地死，没有一个统一的、稳定的章法，越写越高，以后就没有办法平衡了；评价低了，家属不干：我们家老爷子没有功劳还有苦劳，形容词至少也得闹上两三个。尽管大家常常为悼词的措辞争论不休，但在一点上大致上有共识的，那就是尽可能地把缺点淡化、模糊化乃至净化。这是个很讲人情味的做法。这个时候，这样做，对作古的人也罢，对家属亲友也罢，是个安慰。反正也不可能对死人再提拔重用了，不用发这份奖金，其他死人也不会跑来攀比，因此，也构不成多大的危害。这就是一个特定的场合所要求的。换一个场合，譬如说，起草一个枪毙死囚的布告，尽管他也从河里救过人，修水库时受过伤，也还是不宜在这里提，因为你不是在准备劳模会的材料，而是在交代消灭一个生命的充足理由。

如此看来，蔡邕完全没有惭愧的必要，韩愈也不应受到后世的诟病。我们原先把他们的“碑文创作”称为“谀墓”，对他们挣点谀墓银子感到不屑，实在是因为我们把碑文的起草太当一回事了，以为这是一桩十分严肃的事情，似乎执笔者必须要做秉笔直书的董狐，要为后人留下信史才行。其实我们把这事想严重了。一家一户的墓碑，还不就是卡拉OK式的自娱自乐吗？自家人闹乐呵了，也就够了，和别人本来也没有什么干系，也损害不了别人的利益。谁没事老跑到别人家的坟上去看碑？

那么，同志之间都互相把对方当成死人来恭维行不行？不行。谀墓也罢，悼词也罢，都不是“互相”的行为，是“单向”的勾当，是活人对死人的哀悯和慰藉，就算是夸赞得过了点儿头，他也没有骄傲自满再犯错误的机会了，大家尽可放心。至于同志之间，在组织生活会上，大家都纷纷互致悼词，把别人都当作死者来哀悯和慰藉，就绝非正常之举了。

前些时候，某地某单位撤换了一把手，就出现了类似追悼会的一幕。这位一把手本来就是个外行，自我感觉则是内行里手，所以只用了不长的工夫，就把一个单位搞得一塌糊涂。上级主管部门只好坚决换人，让他退休回家。有趣的是，宣布撤他的职的大会上，上级部门来的领导不约而同地都念了一篇悼词式的讲话稿，对他的杰出贡献和非凡的才干赞扬有加。这悼词把与会者念得面面相觑：这么高的评价，照理说应该高升几级才是，怎么反倒被撤呢？上级部门当然是因他屡屡闯祸才把他撤下来的，同时，上级也很清楚：台下的广大群众对他早已忍无可忍，不撤不行了。如此说来，这几篇滑稽的悼词，就只能是用来哄哄这位被撤职的人了。那么，这位领不领情呢？不领情。你如果想哄他高兴，就不该撤了他，这样，他天天都能听到周围的人们的阿谀奉承；你若撤了他，就别指望他高兴，因为他除了今天，再也听不到这些赞誉了。

到底怎么看这种悼词式的评价呢？积极地理解，我们看到了上级领导的菩萨心肠，宽厚仁慈，你看，人家都回家了，还提那些错误干什么！台下的群众很可能不理解上级的苦心，觉得连上级部门也没有是非感，对犯了错误的人也不敢批评一个字，客客气气地请到退休行列就算万事大吉。退休对普通人来说，是到点下车的“走人没商量”，到了这批人这里，有时候还成了一种处分。这也算中国的怪事之一。群众关心谁是谁非，这是有道理的，因为他们并没有都退休，需要知道怎么干才是正确的。报纸上常能见到官员的职务变动消息，联系到此前某个领域出现的大问题，读者自会做出结论：哦，这家伙果然被撤下来了，撤得好！然而，这只能是你自己的推测，这个官员到底是为什么被撤，上面是不好意思说明白的。其实，这个特定场合，也就是一个处罚人的场合，要求的是一篇有充足理由的义正词严的罢免词。有什么不好意思的？就是要按照游戏规则办事。如果主持游戏的人也漠视规则，游戏就会玩走了样。被撤的人不感谢你，被渎职者坑了的群众，气也没有出来，是非美丑没有分辨，这不就远离了治理整顿的初衷了吗？这悼词式的欢送辞，倒是给细心的群众提供了一个新鲜的经验：一个人如果突然受到潮水般的悼词的恭维，那他一定快要完蛋了。

附记：这篇几年前写的文章，原以为谈出了一点问题，现在看来，实乃少见多怪。前些时候看了些闲书才知道，原来不少大人物对下级都有臭骂一顿再提拔、恭维一顿再撤职的“人事管理套路”。这“臭骂”是给其他没有被提拔的亲信听的，意在消解这些人的嫉妒和愤恨；“恭维”是给倒霉蛋自己听的，这“恭维”是为了大人物自己的心安，也是在处理人的狼牙棒上搞一点软包装。在这种氛围下，如果有一顿暴风骤雨般的臭骂降临自己的头上，怎能不兴高采烈、手舞足蹈？而一旦被领导者找去客客气气地谈话，热情地表扬，又怎能不感到大祸临头，惶惶不可终日？既然这成为一个不大不小的传统，上上下下又都对此十分明晰，不至于造成什么误读，改不改也就没有太大的关系了。追悼活人的做法，尽可以继续流传下去，活着享受悼词的倒霉蛋，还会一个一个地被隆重推出。

愚民政策能不能维稳？

“金浩茶油被查出含有致癌物质超标6倍”的消息，在社会上又造成了一次不大不小的震动，但不算很厉害，因为国民对这些丑陋的现象已经习以为常，有些麻木了。这里值得进一步讨论的，是这问题早被发现，政府和企业选择了“秘密召回”策略，还有对这种处理办法的托辞：“粮油问题关系国计民生，不公开问题是为了‘维护社会稳定’。”

企业产品出了问题，对策有多种。常见的，是企业和当地政府尽可能地捂着盖着，不使败露，一旦败露，则是百般抵赖、狡辩，花钱在媒体上摆平，在网络上删除。湖南省质监局等政府有关部门，比这个要强很多，发现了问题，也想解决问题，但不是正大光明，而是“偷偷地进村，开枪的不要”。

我们不妨顺着他们的思路想下去，也就是说，“不公开”处理真的能维护社会稳定吗？头脑能正常思维、又没有利害关系干扰的人，都能拿出正确答案，那就是：不能。企业的产品出现了严重的质量问题，损害了消费者的健康，这是相当重大的事故，偷偷摸摸地改正了，当事者不会汲取教训，效尤者更是不会受到触动。这些人舆论上没有受到谴责，刑事上没有追究责任，犯错误的成本很低。这就难保他们不会重蹈覆辙。久而久之，不法分子胆子会越来越肥，罪行会越来越多，给人民造成的损失也越来越大。这个时候再来纠正和处分，为时已晚，受害百姓的面儿越来越宽。如果受害者和家属们，还有更多的同情者都出来论理，形成了严重的群体性事件，这社会怎么会稳定？

政府官员的自我辩护水平实在不能说很高。企业的错误或者罪行，不靠社会机制的运作，公开地处理，偷偷摸摸地暗中消化，这种养痈遗患的做法，短视地看，好像可以把百姓糊弄住，杜绝了“闹事者”的出现，长远地看，无论对企业，还是对消费者，都是极不负责任的。质监局和政府其他有关部门，都是纳税人掏钱养着的，他们不替纳税人着想，时时维护纳税人的利益，反而站在企业一边说话、做事，欺瞒掏钱养他们的雇主，这无论是在道德上，还是在法理上，都是说不过去的，应该追究责任。

为什么纳税人养的官员反而会背叛纳税人呢？主要原因是，纳税人的权利过于弱小，没有强势话语权。纳税人的分工是只管纳税，无权过问这些税金的花法，更无权过问胡作非为的官员的任免。这样，纳税人养的官员们，根本就不在乎你纳税人是高兴还是愤怒。而企业，对官员来说就大不一样了。尤其是利税大户，那可是官员可以经常视察和闹点儿开销的地方，是地方政府政绩的主要支撑者，官员不捍卫这些企业的利益，还捍卫什么？难怪郑州一位叫逯军的官员，一着急就把实话说出来了：你记者“是替党说话，还是替老百姓说话”？逯军的话，影响太恶劣。透过他的话，人们会形成错觉，好像官员跟房地产等商人已经组成了一个新党，与百姓对立。但明眼人也都看得出来，“逯军语录”不是个别傻瓜的疏忽，逯军也绝不是最后一个“泄密者”。

湖南有关官员所说的“有关国计民生”的问题不便公开，那就是说，在他们的统治下，只有鸡毛蒜皮可以公开，有关国计民生的问题就都要保密。这话听着叫人有点瘆得慌。我们不知道，他们除了这个金浩茶油事件之外，还有多少“有关国计民生”的大事欺瞒了湖南人民和全国消费者。有关方面也不妨查查。因为作为一种指导思想，总不能只指导一件事情。

湖南有关官员的这个谬论之所以值得辩驳、批判，是因为这种思路并非他们独有，其他地方也常有表现。把这种观念批臭了，老百姓才能有维护自己权益的机会，不然被致癌的茶油毒死了，还不知道怎么死的。还有，这个谬论的最大恶果是，老百姓看清了这些官员的真面目，对政府说的话就不相信了，政府的公信力就丧失了。有了风吹草动，老百姓对官员的话，会反着听，更相信群众中传来传去的小道消息。人民对政府连基本的信任都没有了，这个社会是稳定还是不稳定？

回想起“文革”时代，负面新闻一概不报，是一贯的明确方针。不要说“四人帮”倒行逆施造成的恶果不能说，连云南和唐山的地震，都不能大大方方地报道，说是怕被敌人利用。我就想不明白，民不聊生是你们搞的，不说可以理解，地震灾害并不是你们搞的，怎么也害怕别人知道？遥想“文革”当年，负面新闻倒是一点儿也没有，形势永远“是大好，不是小好”。可好像社会还是没有稳住。人民对“四人帮”覆灭爆发的狂欢，说明愚民政策那一套是枉费了心机，有的人现在还来搞这一套，是不是低估了百姓的智商和记性？

哈尔滨的法医与“牛顿定律”

哈尔滨的“宝马撞人案”的审判，激起全国公众的大哗。有人指出，庭审时证人没有对26份证言当庭指证，诉讼主体也存在问题，死者丈夫被剥夺了诉讼权利，公诉人带有明显的诱导倾向，另外，被告有交警代替翻供，由“经常驾车”变成“不会开车”。一些律师已经指出这场审判的可笑。难怪全国公众都瞪圆了眼珠子，看这场戏如何收场。

瓜田先生觉得，最可乐的还是这场官司中法医的表演。一个姓刘的女人，站在车前一尺远的地方。肇事的女人把车启动起来，把这个刚才与自己发生过争吵的人当场撞死。到底是“故意杀人”还是“操作失误”，这两种可能都存在。但这都是法官的事，法医的职责是证明这个人到底是怎么死的，是车撞的，还是别的什么原因，比方说，被撞的前几秒钟突然犯了心脏病之类。还好，法医没发现刘忠霞被撞死前得了心脏病，也没提她一时想不开一头向汽车撞过来。但法医讳言此人被汽车撞死了。法医说：“刘忠霞系生前与机动车相互作用致严重颅脑损伤、脑干挫碎而死亡。”这个“与机动车相互作用”的措辞令人拍案叫绝，肯定能成为以后法医处理交通肇事用语的精彩范例。

毋庸置疑，这位法医念中学时物理课学得特别好，他牢牢地记住了牛顿第三定律“作用力与反作用力”的关系。一具血肉之躯，被汽车撞死，反作用力肯定是不小的。根据牛顿第三定律，这“反作用力”与汽车的“作用力”是相等的。那么这位法医先生想说明什么呢？刘忠霞要为自己的死亡承担一半的责任？这个“相互作用”实在是神来之笔。这辆肇事车发疯般地向前冲去，刘忠霞跟它“相互作用”了一下，倒下去了。接着，又有12个人争先恐后地与这车“相互作用”，都被撞伤。看现场照片，有一辆自行车也跑来“相互作用”，被“作用”成一堆废铁。最后，这车跟一棵树“相互作用”，树的反作用力比较大，把车挡住了，这使得其他想来跟汽车“相互作用”的人失去了“作用”机会。

一个歹徒用菜刀砍死了人，这人不能说被砍死了，要说成是他的脑袋与菜刀“相互作用”的结果，他要是不“相互作用”，能死吗？一位少女被坏人强奸了，在这位法医的嘴里，自然会被表述为：一具男性生殖器同一位少女的生殖器“相互作用”了若干时间。就这样，也不管什么案子，大家都会在“相互作用”中模糊一团，是与非、罪与非罪的界限统统消泯了。我们就纳闷：这能算是法医通过现场勘察检验得出的严肃结论吗？

如果说这位法医的智慧逗人喷饭的话，这种“法医鉴定”结论经过若干程序、通过层层法律专家和官员之手，被郑重其事地摆到了法庭的桌面上，这就一点也不可笑了，还有些令人震惊。

别人不去说他了，瓜田先生只是替这个法医发愁。这种人还能干法医吗？到中学去教物理？也不行。如今的老师，讲究的是既教书又育人，这种没有职业道德的人，哪个中学敢要？

从三门峡想到“求真务实”

在一条河上修一座拦河大坝，既能发电，又能灌溉，这不是天大的好事吗？还真不一定。譬如说，三门峡水电站几十年来的效用证明，这个坝弊多利少。大坝致使周围土地碱化，渭河两岸的农民深受其害。现在大坝坚持发一点电，是为了养活发电的这帮人。几个年迈的水利专家回首往事，不胜欷歔。电视画面中农民们那辛酸而又无奈的表情，在脑海中久久挥之不去。

正在为渭河两岸的农民揪心的时候，忽然读到了胡锦涛同志号召全党弘扬求真务实精神、大兴求真务实之风的讲话。我以为，三门峡大坝的兴衰，很有助于我们加深对“求真务实”精神的理解。现在重新强调“求真务实”，对进一步普及辩证唯物主义和历史唯物主义的科学精神，坚定共产党人的政治品格，端正我们的思想作风和工作作风，都有十分重要的现实针对性。

“求真”是什么意思？“求真”就是摸清真实的情况（这情况可以是国情，也可以是省情或者市情、县情），找到事物的客观规律，还要对真实情况、真切的规律敢于讲真话，敢于坚持到底。“务实”呢？“务实”

是“求真”的继续。毕竟认识世界的目的还是为了改造世界，了解了实际情况，懂得了客观规律，剩下的就要真抓实干了。“务实”就是要从实际出发，尊重客观规律，脚踏实地地埋头苦干。“务实”还有一个重要作用，它可以重新检验一下前面求的“真”到底是真是假，真到什么程度，有多少需要修正和补充，以便在实干中不断调整。

“求真”和“务实”不可分割。求到了“真”而不务“实”，一味坐在那里连连称赞“好箭好箭”，就是不射，或者十分艳羡满山奔跑的猎物，就是不动手捕捉，“真”也就白“求”了。同样，如果缺乏实事求是的精神，根本就没有求到“真”，就盲目地去务“实”，那也肯定是南辕北辙，劳民伤财。记得农业学大寨那阵子，有的平原地区的干部，没有抓到大寨精神的真髓，以为学大寨就是造梯田，于是在好端端的平地上也垒起梯田来。这不能不说很“务实”，只是因为没有求到“真”，所以“实”务的就不是地方，白白浪费了农民的血汗。在大兴水利的时代，有人在根本不需要水库的地方修水库，有人在水源没有保证或者库底无法存水或者无法解决泥沙淤积问题的地方修水库。应该说，不“求真”瞎“务实”的例子，谁都能列举出一些，也都看到了老百姓为这些“务实”的举动付出了多么惨重的代价。

“求真务实”应该说是个常识，为什么做起来如此困难，还要三令五申反复强调呢？答曰：坚持“求真务实”，一是苦，二是险。

为什么苦？真情况、真规律往往都不是摆在明处。不下力气，不吃苦头，就取不到真经。你下去视察，是想了解真情，但视察的路线定好了，视察的现场布置好了，要视察的牲口圈里挤满了借来的猪和羊，要接触的群众是专门挑选的能说会道的人，而且训练一个星期了，你能摸到真实情况吗？你如果想听真话，只能轻装简从，步行到深山里，那还不得吃点苦？写《中国农民调查》的两位作家，就是因为没有排场，没有陪同，没有舒适的生活照顾，才了解到最底层的真实情况，写出了震惊社会的好作品。试想一下，如果各地的领导陪着，大车小辆地伺候着，大碗小盅地吃喝着，他们还能取得农民的信任、掌握最真实的情况吗？三门峡大坝上马还是不上马，只是对客观规律认识有个过程的问题，不涉及弄虚作假的人从中捣乱。应该允许人们对当地的河情、土情、修水坝的规律的认识有个过程，交点学费。但决策者当时如果大兴求真务实之风，深入调查研究，多听听更熟悉情况的中国专家的意见，而不是过分信赖苏联专家一方面的意见，也许就能避免这次决策的失误。“求真”苦，“务实”就更苦。刚刚被杀掉的原安徽省副省长王怀忠，就深知其苦而不屑为之。他在当亳县县委书记时，县里乡镇企业产值只有几千万元，他大笔一挥立马改成几个亿，终于当上了全省的“先进典型”。如果“务实”，他哪里能“务”出几个亿来？可他虚报的这几个亿，除了增添统计上的混乱外，对国计民生又有什么用处呢？

那么，为什么还险呢？在假话大行其道的时候，坚持“求真”，坚持说真话，就会被打成另类。在人们的认识还跟不上先知者的时候，先知者也只好付出牺牲。大跃进时代，人家都说一亩地能产一万斤，你偏说不能，你就要被“拔白旗”。彭德怀说了几句真话，立马就成了“反党集团”。当年反对三门峡大坝上马的几位专家，也被戴上右派帽子，被专政了。现在连小学生都知道地球绕着太阳转，可当初第一个说明这个现象的人却被众人活活烧死了。如今政通人和，从上到下提倡求真务实，所以讲真话不至于倒那样大的霉，但如果摊上一个弄虚作假的领导，你又想坚持原则，那么有一段难过的日子也没有什么稀奇。但是，历史是最公正的，人民是最讲理的。彭德怀被平反昭雪了，三门峡的是非也有了定论，这就是最好的证明。归根结底，讲老实话，办老实事，于公于私，都不吃亏。反之，说假话，搞些花拳绣腿，当时可能占点小便宜，出点小风头，最终，真相一旦大白于天下，种瓜得瓜，种豆得豆，清者自清，浊者自浊。

既然求真务实又苦又险，我们能弘扬下去、大兴起来吗？能的。关键之点，是我们是否把人民的利益装在心头。如果我们牢记党的根本宗旨，始终坚持一切从人民利益出发，把全心全意为人民服务作为人生的最大幸福与追求，就会产生求真务实的巨大勇气和内在动力，就会把讲真话、出实招、办实事、求实效当成自己言行的圭臬。这就是我们提倡“求真务实”的信心之所在。

到广州市教育局办事者必读

原来以为，人民到人民政府办事应该是宾至如归的感觉，自己的政府嘛。其实不然，有的时候你显然是自作多情了。有些政府的个别部门，戒备之森严，形象之丑陋，就大大地超出了普通百姓的想象力。央视的《社会记录》栏目让我们有幸领略了广州市教育局的凛凛威风。一个省政协委员为了一个孩子上学的事，企图拜望局领导，结果差一点被报警捉走。为了避免我们的百姓同侪再吃更大的苦头，瓜田先生特意在此提醒大家，到这种地方办事，要保持高度警惕，要做最坏的准备，以免无妄之灾降临时措手不及。

提醒之一：不到万不得已，就不要随便到这种雷区活动。如果一个省政协委员都见不到局领导，你肯定也会吃闭门羹。这将使你当家做主的自豪感备受摧残。

提醒之二：实在是不去不行，必须事先预约。这里的领导不像别处的领导，工作杂乱无章，人们可以出出进进，这里的局长们工作可是有十分严格的计划安排的，完成这些计划已经十分忙碌了，你不经预约就自来熟地跑去办事，怎么可能有时间接待你？你干扰领导工作，把你赶出去已经是相当客气了。

提醒之三：你到这里办事需要准备一个公函。你说你是老百姓，办自己的事情，弄不到什么公函？这话没有用。省政协委员孟浩办的是公事，拿的还是省政协领导的一封信都不行，你没有公函跑来捣什么乱？

提醒之四：对市教育局的中层小干部要怀有高度的敬意。你如果真的挤进了广州市教育局的门，而且运气足够好，没有被保安和接待员赶出去，你就有幸见到一位自称是办公室副主任的女人。对此人你可不能小觑，她能出面接待你，已经是你不小的福分，你如果仍身在福中不知福，还想得陇望蜀，很可能就要自找倒霉。你要是一口一个领导，一口咬定这问题她一定能够解决，说不定她真的有耐心听你说完你的事情，或者把你的信件收下来，并告诉你回家听信儿。这个程序走完，你起码正确地进入了人家规定的运作程序，为解决问题留下了一线希望。

提醒之五：无论这个女人或者男人多么专横无礼，你都不能发火，更不能不管不顾地坚持上楼（那衙门的楼，是你随便上的吗？）。省政协委员在电视台记者摄像的情况下，才享有被打 110 报警的待遇。你没有任何头衔，又没有记者跟随，如果是 110 被叫来把你请去，那算是抬举了你，使你有机会享受省政协委员的待遇。说不定你还会被收容所收容了去，切身体验一下当年孙志刚最后几天的生活。所以，你如果还没有活腻味，就不能轻易到市教育局去，如果非去不可，你要自带茶水和行李，因为你不能指望教育局给你一口水喝，更不能幻想拘留所或者收容所像五星级宾馆一样舒适。

提醒之六：你真的想办成事怎么办？唯一的办法是找央视。小华的录取问题，是央视介入才得以解决的，别的办法，别的电视台，都不好使。如果你本事太大，运气太好，请动了央视，又真的解决了问题，你万不可得理不让人，而是要忍气吞声，听任他们那种“大人不见小人怪”的高姿态展示，否则一切前功尽弃。你如果想争个是非曲直，最好先把自己的小孩转到别的省市，当然最好全家搬走，以免增添麻烦。

话又说回来，你彻底躲开了广州市教育局，也就用不着再跟他们叫板了。你问，还有那么多的学生和家长，难道都搬走吗？你问得好。大家都搬走，成本太高，对广州市政府的形象也有损害。相比之下，搬走一两个官僚主义的局长就省事多了。广州人个个精明无比，这个账，他们自己会算好的。

是谁把李真送上断头台的？

号称“河北第一秘”的巨贪李真终于“哏儿屁着凉”了。作为一个腐败“个案”，李真的演变过程和李真案侦破处理过程都具有极强的典型性，对反腐问题有兴趣的人们能从这个案子中读懂许多东西，至于到底都是些什么东西，也只能是仁者见仁，智者见智了。瓜田先生今天不说这些，他想讨论的问题是：是谁把李真推上断头台的？

答案一：是国家的执法机构依法把这个贪污了800多万元的巨贪送上断头台的。这当然不错，但这答案只是表面地陈述了一个司法部门的运作结果，没有涉及事物的内在因素。

答案二：是李真自己奋不顾身地爬上断头台的。这就触及事物的内因了。古人云：天作孽，犹可违；自作孽，不可活。李真属于“自作孽”。是他自己闯进了国家法律的雷区，他不去死谁去死？

一般地说，这就算是个“标准答案”了。如果在电视台搞的知识竞赛里这样亮题板，稳拿10分。但这么弱智的问答，小学生作起来也不费劲，同样属于说不说都行的一类。所以瓜田先生要给出第三个答案。这个答案是：在一定意义上说，李真是被程维高送上断头台的。

在中国，给领导人当秘书的，成千上万，但像李真这样火箭式提拔，被赋予如此重大的权力的，就不多了。秘书迅速地成长为领导干部，这是一个很有中国特色的现象，大家早已见惯不惊。“火箭式”也不能算大毛病，不能说提拔得快就一定不可靠，一定犯错误。李真提拔得快，自我膨胀，为非作歹，和自身素质太差自然有关，还有一点也绝不是不重要的，那就是缺少管教。在他急急忙忙奔往断头台的时候，没有人给他设置障碍，拉他一把。李真被娇宠得太厉害了，他的车闯红灯无人敢管。一个新交警贸然拦住这辆闯红灯的车，李真摇下车窗，冲这位新交警狠狠地啐了一脸唾沫。在一个酒桌上，某个干部因为不认识他，敬酒时没站起来，晋升的事情便立马告吹。是谁惯得他如此地豪横？当然只能是程维高。一个领导干部对自己的秘书或者前秘书的所作所为毫不知情，可不可能？瓜田先生认为不大可能。石家庄多大一个地方？谁吃几个豆，放了几个屁，大家都一清二楚。那为什么放任自己的秘书胡作非为呢？原来，某些干坏事的领导干部，自己的隐秘可以瞒过老婆，但无法瞒过秘书。秘书已经把你看透了。你八年不洗澡，浑身酸臭，还想批评一个月没洗澡的秘书不讲卫生吗？开什么玩笑？深谙内幕的秘书知道，自己干的不过是从领导者那里学到的一点儿皮毛，领导者决不会同自己秘书过不去。只要这位领导者不倒，秘书就根本没有被推出来的可能。李真在监狱里对记者说，他对某些高官的胡作非为看得太多了，于是觉得和尚摸得，我阿Q怎么就摸不得？这就是李真胆子越来越大的原因。他做梦也没想到，许多人做梦也没想到，原来程维高也有靠不住的一天。程维高有没有可能根本不知道李真的罪行呢？不知道也救不了他，管教不严、用人失察，都是严重的失职，如今时兴“问责制”，这些都在追究之列。我们假设一下，如果程维高是一个年高德劭的清官，对秘书和部下约束甚严，对李真之流时时敲打提醒，李真还会走那么远，最后被送上断头台吗？恐怕不会。俗话说，成也萧何，败也萧何。个中滋味只能由李真自己去品尝了。

李真人很聪明，进了大狱还不忘作秀，还在替我们党苦苦思索反腐倡廉的措施。他也为自己总结了一些教训，但唯独没有把责任往有“知遇之恩”的老领导身上推。但在旁观者看来，说是程维高把李真毁了，恐怕不能说是冤假错案吧。

李真的案子尘埃已经落定，但它留下的思索还需要人们不断地咂摸。我们不必因某些高干的秘书成长为杰出的栋梁之才就替“秘书政治”唱赞歌，也不必因为出了李真这样的败类就下令彻底废除秘书。秘书古今中外都有，所以问题不在秘书本身。只不过中国官场把秘书配置过滥，任人唯亲的官吏提拔自己的秘书过于随意，所以才屡屡出毛病。如果干部管理机制健全，各种监督机制也健全，程维高上不了耻辱柱，李真也上不了断头台。这个管理机制和监督机制大家天天都在说，但就是见不到雷厉风行的刚性办法出台。报纸批评一个贪官，要一层一层地申报，一直到石沉大海为止。老百姓手里没有充分的民主，彻底反腐就永远是一句空话。李真出事后，有的省马上就公布了秘书的“几不准”之类规定，态度积极而可爱，但在瓜田先生看来，这些东西，就很有点像坐三轮车的人为了对蹬三轮的人表示同情，把放在车上的行李扛到肩上一样迂腐可笑。我们这里贪官一批接一批地涌现，难道是因为条条框框制定得太少吗？正确的游戏规则不能约束上上下下所有参与者的行止，成克杰、胡长清、李真之类的案子就难免重现。

下水救人的火候

近日看电视长了一点儿见识，不敢私自贪藏，赶紧写下来与诸君共享。中国地方大，水多，溺水事故时有发生。你如果会水，就有下水救人的可能，而你如果不懂得救人的火候，事后就会留下不少的麻烦。所以建议你还是事先把这篇文章的精髓把握了，否则临下水之前再研究这个问题，水里正在挣扎的那个人恐怕等不及。

瓜田先生看的是一个打官司的节目，说的是福建某地的一位检察院的职员发现，见义勇为可以给孩子的中考和高考加分。他忽然想起几年前曾经在河里救过一对学游泳的青年，便旧事重提，想给自己"找补"一个"见义勇为"的称号，以便惠及儿子考学。然而，令他没想到的是，"见义勇为"的门槛很高，公安局说，他的救人行为因为两方面的后果严重程度不够，不被认可。什么意思呢？说具体点，就是被救的人溺水还不严重，连人工呼吸都不必做，更没有死掉；救人的人更是毫发无损，这怎么可能定为"见义勇为"呢？一位负责人表示，如果他当时因为救人自己淹死了，那肯定是"见义勇为"。这位还举了一个例子，说刚刚冒出一个小火苗时你从火场救出一个人来，跟烈火熊熊情况下的救人，差别很大。总之，见义勇为的尺度还是要从严掌握。瓜田先生以为，这事如何评价，对以后人们还救不救人是有一定影响的，不能不展开讨论。

先说救人者。救人是个善举，救人还要求被“认可”，被授予什么称号，似乎与“无私奉献”有了点儿差距。其实，这仍然不失为高尚的人。在灾难面前，人大致可以分为三种：救人的，不救人的，借机害人的。害人的极少，先不去说它。前两者，也是施救的人少，观看的人多。既然如此，只要救人，就应该得到肯定，得到尊敬，就算是事后要点荣誉，或者等而下之想弄点钱花，也还是好人，总比看客强得多。可怜天下父母心，电视上的这位先生，只不过想弄个称号，让儿子借个小光，实在无可厚非，大大的好人一个。一些网民要求救人者必须都是活雷锋，不许附加任何条件，这就脱离实际了，也不利于怀有各种利益考虑的救人者积极参与，客观上也就减少了遇险者生还的可能性。

令人奇怪的是被救者和义举评估者的表现。被救的一对年轻人在被问及的时候，也不认为他们的救命恩人是见义勇为，这就很叫人莫名其妙了。

最不敢苟同的，是“见义勇为”判定者的尺度。

对善举，我们的民族历来都是鼓励有加的。所以，只要事实清楚，证据确凿，就不要百般刁难，弄得要个称号比救人本身还困难，伤了义士的心。对当时溺水者危险程度的尺度要求，则有些搞笑，不大严肃了。须知，能把溺水者淹死的水里，同样能把救人者淹死，这哪里是什么小火苗呢？电视上这位救人者的麻烦，是下水太早了，人还没昏过去就把他救出来了，这就把救人的壮举弄得太简单、太平淡、太没有悬念，最后简直到了令人怀疑到底有没有人遇险的地步。

有鉴于此，以后想下水救人的人，必须把下水的火候、自己受罪的分寸拿捏得恰到好处。溺水者没淹个半死，你千万别跳进去；但下水太晚也不好，溺水者死透了，救上来也是劳而无功，就算是定一个“见义勇为”，也没有多大意思了。对评估者最理想的分寸是，溺水者奄奄一息，经过长时间的人工呼吸，人终于被救活了；救人者也累得奄奄一息，差一点就送了命。这种状况最容易被认定为“见义勇为者”。

以后，每当有人溺水时，你就会见到这样的情景：一个溺水者在水里奋力挣扎，一堆看客在岸边伸着脖子，指手画脚。人群前面，有几个人焦急地踱来踱去，一会儿看看表，一会儿看看溺水者，他们正在紧张地观察、思索，选择最佳入水时机。当然，还有几个好事者正在给评估部门打电话，让他们尽快来到现场。一旦评估者第一时间目睹了现场情况，做出的判断就会更科学、更合理、更准确，这就从根本上避免了事后惹起争议。如果评估者来得更早一些，由他们的发令枪指挥抢救者下水，那就更是万无一失了。

这玩笑开得有点大了

中央电视台的《每周质量报告》栏目，瓜田先生早已经不大敢看了。人老了，神经脆弱，一看这节目，吃的、用的诸种物品，可靠的似乎越来越少，举目四顾，险象环生，不仅睡眠受到影响，就连活路好像都越弄越窄了。可这回，不看还是不行：它又捅了一个我骨鲠在喉多年的问题——增高药的虚假宣传。

不往多里说，至少三五年是有了：增高药、增高器械的宣传广告铺天盖地，无时无刻不在充斥着各种报刊、各家电视。咱们老百姓，今儿个真高兴！能不高兴吗？谁家不希望自己的孩子长成大个子？现在吃药就能吃成大个儿，谁不买药谁是傻瓜。电视台和报纸、杂志都是人民政府办的，能撒谎吗？坏人撒谎，可以得逞个一次两次，多了人民政府就不答应了，哪有撒谎撒了若干年，还没有人管的呢？可见这增高药还是有来历的。验诸实际呢？这药也真像是有点效果，你看吃药的张铁蛋和刘黑子不是都长个儿了吗？增高药的疗效考察，很有点像长寿药，搞“对比组”试验不容易。你说长寿药有没有效？当然有效。您没见吃药的大多数人都还活着吗？增高药也是一样，中小学生都在长身体，你怎么敢断定你家铁蛋今年上蹿这一头高不是我的药的功效？没吃药的王小二确实也长高了，但你家铁蛋不一样，没有我的药，肯定长不了这么高！还有一层也应估计进去：家里决策买药的主儿，一般也不愿意否定自己投资决策的正确性，很容易跟卖药的、制药的站进一条战壕，夸大疗效。

好家伙，这回电视台把这多少年的骗局给揭穿了，不少人都有点狼狈了。国家食品药品监管局也在第二天十分及时地出来提醒消费者：相关部门从未审批过有增高功能的药品，所有称有增高功能的药品都属于虚假宣传。

这样一来，这台戏可圈可点的出奇之处就多了。

生产厂商是头脑高度清醒、冷静地昧着良心欺骗消费者的。在记者前往药厂采访时，厂长不仅处变不惊，反而跟记者玩起了超级幽默。记者问：“你们生产的这个五维赖氨酸片是不是增高药片？”厂长竟然反问道：“这世界上有增高药吗？”（仅此一语，便足以把几位脾气大的受骗者羞辱得想去上吊）此一奇。

长期以来，制药的，卖药的，做广告的，热热闹闹地大赚了不少钱。地球人都知道中国的“增高药业”大发利市。突然间，风云突变，高人出来指点迷津了：原来中国没有增高药！这玩笑是不是开得太大了？质检、药监、工商、税务、纪检等部门，眼睁睁地看着一个席卷全国的大骗局为非作歹若干年。此二奇。

中国的医学专家并不少，但在各种传媒上，人们见到的都是出来证明增高药疗效如何神奇的专家，极少见到出来说明真相、否定增高药作用的专家，即便有一两位在报刊上写文章，也好像底气不足，作喃喃自语状，很快便被推销广告的洪水淹没了。在这件事情上，医学专家几乎是集体性地患了失语症，知识分子的道德操守哪里去了？此三奇。

此三奇颇有趣，也值得玩味。这素材交给赵本山，进入明年春晚的小品，似乎不必做太大的加工就可以，还能获奖。当然，我们万不可误以为有关部门的失职、渎职是跟做药的、卖药的同流合污了，坐地分赃了，不会的，大家都忙，都很辛苦，谁让中国的骗子太多、太狡猾了呢！他们顾不上啊。这事也给咱们大家一个教训。那就是别人是靠不住的，咱们老百姓也别太盲目，不管是电视台说的，还是报纸上说的，不能过于轻信，遇事还是自己多琢磨琢磨，不托底的事，你就是说出大天来，我就是不掏腰包。

骗子总能得逞，我们老是上当，同是中国人，智商差距咋就这么大呢？

贪官与小偷之比较

我爱看贪官在电视上痛哭流涕，那样子很好玩。

这里当然有欣赏坏蛋被示众出丑的快感，更重要的是，我们有机会见到一个平常道貌岸然的官员的另一面，无疑是很过瘾的。要知道，这一面我们普通百姓难得一见啊。当然，类似的丑态见多了，也不免有点儿腻味，这些家伙虽然搞腐败诡计多端、花样迭出，可一旦扣上了铁手镯，灵感一点儿也没有了，在监狱和法庭上的表现竟然毫无创意可言，全都是老一套，令人颇为失望。那么，他们都有些什么表现呢？

一是装蒜、装大个儿。有的贪官交代问题的时候还保持着给广大群众作报告的庄严架势。受贿数百万之巨的原贵州省委书记刘方仁，已经进了局子，还能摇头晃脑地总结“经验教训”：“省委书记不懂法是个很大的问题。”好像说的不是自己而是别的什么人。还有几个，在被审问时，对堕落的原因展开分析，对着法官一二三四地作起了深刻而又生动的报告。装大个儿的表演，有的是真装，为的是给自己壮胆，想吓住办案人员。有的是多年在领导干部的舞台上演惯了，一下子转换成囚犯的角色，还不适应。就像有的男旦下了舞台，举手投足，还是女味十足。

二是装傻、装孙子，睁着眼睛说瞎话。常见的，有的说自己长期以来放松了学习，放松了世界观的改造；有的说自己不懂法律，不知道受贿是犯法，一直以为那些都是朋友的友好赠与。如果知道这些都是犯法，我说死也不会收啊。

三是装可怜虫、装落水狗。在台上时，威风八面。进了局子，形容猥琐，像断了脊梁的癞皮狗，感情也脆弱得不行，动不动就痛哭流涕。哭鼻子倒也不全是装出来的，那是心疼失去的官位和与之相关的利益。但不少情况下还是想扮演个可怜兮兮的角色，骗取人们的同情，争取从宽处理。

装蒜也罢，装傻也罢，装可怜虫也罢，手法都挺拙劣，而且显然毫无用处。一本正经地做毫无意义的表演，说明这些人途穷智也尽。在进了局子的表现上，他们比小偷、流氓之类的小角色相去太远，简直会令小偷流氓瞧不起。

譬如说，小偷流氓被抓到局子里后，证据确凿，他们一般就会认罪，神态比较镇定自然，很少有哭鼻子求饶的。他们很清楚哭鼻子没有用。他们也不会条分缕析地向法官发布自己犯罪成因，感慨“小偷流氓不懂法是个大问题”之类，因为他们没有当官的历练，做不成报告。他们更不会胡搅蛮缠，替自己辩解，说自己之所以当了小偷流氓，完全是因为平时放松了学习和世界观的改造，不知道把手伸到别人的兜里跟伸到自己兜里不一样，也不清楚路上碰到的女人是不能随便强奸的。

小偷流氓智商肯定比不了贪官们，但他们进了局子不哭闹，不装傻，也不装大个儿，实在比贪官强得多。这就给办案人员减少了麻烦。贪官们为什么表现得这样没出息？很简单，他们一旦进去了，就彻底垮了，人模狗样的形象没了，官位和利益也没了，损失惨重啊。小偷流氓就不同了，人物小，丢脸的顾虑也小，利益损失也极有限。

在下最后得声明一句，本文绝没有替小偷流氓唱赞歌的故意，只不过对贪官一味捞钱却对进局子以后的事情心理准备太不充分感到遗憾。在此愿意对他们做一次善意的提醒：或者立马改邪归正，或者私下经常演练一下如何应对审问，以免被抓起来后的表演太蹩脚，令观众笑话。

往上沟通的难度

人与人之间的沟通，有时很容易，有时则相当困难。容易的时候，两个语言不通的异族男女，用眼神也能交流爱情这种最微妙的东西；困难的时候，厮守了一辈子的夫妻也号不准对方的脉。我很神往报纸上登的一些奇闻，有的说，某某人能和他的狗交流，有的说，某某人在某年放生了一只乌龟，这乌龟每年都爬上数百里、上千里的路，来探望恩人。爬到恩人的家里，那乌龟便仰起脖子，痴呆呆地看着恩人，恩人也就这样久久地望着它，情感的交流，尽在不言中。

上下级之间的沟通，比这些要难上若干倍。有的是领导水平高，下级领会起领导的意图来比较吃力；有的是领导者胸有城府，深藏不露，叫人不好揣摩；还有的是二者没有生活在同一个精神世界里，找不到沟通的共同语言。瓜田还碰到一种比较棘手的情况：领导者或者思想不够解放，或者对他所负责的业务比较陌生，自我感觉又超级良好，作为下级，想跟人家沟通，便似电话线上有一段被换成了草绳。

某年，一家刊物针对文艺创作上存在的概念化、雷同化现象，约请一位著名作家写文章，张扬艺术个性，避免人云亦云。文章的题目叫做

《作家要有自己的声音》。负责终审的领导者瞪圆了眼睛，在这个题目下面用红笔重重地画了一道，打了个大问号，写上了批语："党的声音呢？人民的声音呢？"这位领导者的用心是好的，党性和警惕性之高，也令人敬佩不已，但在这里他显然是对艺术常识过于隔膜。怎么跟他解释呢？由一个责任编辑给他讲讲什么叫"艺术个性"吗？

某年，某位杂文家写了一篇十分精彩的杂文《李白戏作洋泾浜》，通过李白和杜甫两个人的对话，把时下因赶时髦而出现一些东施效颦笑话的作家巧妙地挖苦了一顿。就在编辑们对这篇稿子纷纷说好的当儿，终审领导的意见下达了："这样唐突古人的做法，是很不严肃的。"稿子被枪毙了。编辑如果这时候不知好歹地跟他讲什么叫"幽默感"，无异于对牛弹琴。

某年，一篇批评"清谈误国"的杂文中，引用了一个留学归来的青年作家的一段话。这位作家在布鲁塞尔厕所的墙上看到许多"留言"和"标语"。其中的一个便是"解放萨尔瓦多"。后边有人批道："要解放，就回去战斗吧！"杂文作者援引了这个"批语"，奉劝那些"动口不动手"的"君子"，不要光发号召，还是"回去战斗吧"。责任编辑认为杂文写得不错，领导者则认为此文千疮百孔，决不可用。问题最大的，正是编辑十分欣赏的这个"萨尔瓦多标语"。第一，写标语动员人们参加解放运动，本身就是革命行动，不能说他只动嘴，不动手，尽管写在厕所里，味道不大好；第二，也是最重要的是，我们了解萨尔瓦多政局吗？萨尔瓦多人民到底需不需要解放？我们发表了这篇杂文，就等于赞成了这个标语的观点，干预了人家的内政，万一人家政府跑来抗议怎么办？这不是要闹起国际纠纷吗？听了领导的教诲，编辑惭愧了三个多月，自责水平太低，同时也深深为领导挽狂澜于既倒、避免了一场严重的国际纠纷而暗自庆幸。

一个做翻译的老大姐告诉我，他们曾编写过一本向外国人介绍中国民俗的书。处长在审改书稿的时候，对执笔的同志提出了批评，他说："写书是很严肃的事情，一点儿也马虎不得。'腊八粥'的介绍，就名不副实。我数了一下，米呀、豆呀、枣呀、栗子呀、莲子呀，一共是九种材料，这明明是'腊九粥'嘛！"

如果不是思想保守，偏见作怪，仅仅是知识面的局限，有的领导倒还是从善如流的。某年，某刊登载一篇文艺评论，谈的是某作品上的一位老人，早年事业被耽误了，晚年自强不息，要把丢掉的损失找回来，文章的题目是《东隅已失，桑榆未晚》。负责终审的领导者问道："这题目是什么意思？过于艰深了吧？"编辑答道："'东隅'是指早上、青年时期，'桑榆'指的是晚上、暮年，一般人都知道。"领导者道："啊，那就留着吧。"这位领导者给编辑们留的印象还挺和气。

与上级沟通的障碍，永远都会存在。如果毛病出在下级身上，那是可以理解的，而且也不难解决，实在跟不上，淘汰就是了。反过来，如果常常出在上级身上，一般地说，解决起来就比较困难。当然，随着领导干部的"四化"的脚步逐步加快，各项事业都有了质量和效率的观念，东郭先生的日子也就不好混了，上述的诸多遗憾也在减少之中。

《雷人官腔小品》赏析

杂文家朋友们常常抱怨杂文创作不太景气，这恐怕主要是从纸媒体上得出的结论。我们如果勤到网上走走，就能看到不少精彩的网民杂文。这些文章，作者信手拈来，并没有当作杂文来写，而恰恰是这些无意为之的杂文，反倒比杂文家苦思冥想的东西来得新鲜、泼辣，有冲击力。近日一位叫做乔志峰的时评人写的一段《雷人官腔小品》，就很雷人，不仅走红网络，连纸媒体也不能不予以关注。

为了评述方便，先将作品原文转引如下：

民：有个事儿想请教您……

官：你是哪个单位的？（语出国家游泳运动管理中心副主任、国家跳水队领队周继红。）

民：这个……我是……按照国际惯例，我应该算是一个“公民”，但根据国情，我或许只是一个“老百姓”……

官：你是不是党员？（语出郑州市财政局预算外资金管理局城建处处长王冠旗。）

民：这个……必须是党员才能跟您说话吗？

官：那你是准备替党说话，还是准备替老百姓说话？（语出郑州市规划局副局长逯军。）

民：啊，这话我听不懂……

官：你们这些人算个屁！敢跟我斗，看我怎么收拾你们！（语出在饭店猥亵女孩的深圳海事局原党组书记林嘉祥。）

民：我哪有胆子跟领导斗！我只是想知道一些情况。根据规定，政府信息是应当公开的……

官：球信息公开，这里没有什么信息可公开！（语出河南南阳市某政府部门领导，当地小伙想查个资料时，被其这么请了出去。）

民：可是，公民是应当享有知情权的……

官：那么我是不是拉屎也要告诉你？臭不臭也要告诉你？（语出广州交通整治会上新光快速路有限公司一中层领导。）

民：……（晕倒，口吐白沫。）

官：哈哈，病了？我走遍全世界，看病最不难的是中国，看病最不贵的是中国……（语出广州市卫生局副局长。）

瓜田赞佩作者的细心，他把一批官员的精彩语录留心搜集整理出来，又营造了一个小情节，按照对话的逻辑，敷衍成一个生动的小段子。这些陆续发生、散见于各处的语录，虽说每次出现都激起了一些公愤，但大家已经见惯不惊，随后就丢到脑后了。而一旦被组织起来，像一些“珍珠”被串成了“项链”，就更加“熠熠生辉”了，官员的话被集中起来欣赏，就更有振聋发聩的雷人效果。

从内容上说，这个段子反映的都是官员在奋力反抗舆论监督时急不择言露出的丑态或窘相。细分起来，又有不同。第一种，是林嘉祥式的鄙视、训斥："你们这些人算个屁！看我怎么收拾你们！"第二种，露骨的威胁。周继红在记者问到"金牌是否内定"时恼羞成怒，质问人家是"哪个单位的"，好像黑社会老大，要追寻老窝，伺机报复。第三种，是河南的王冠旗和逯军，属于"党性"比较强的一种。记者问1200万元的养犬管理费的去向时，王冠旗便要了解记者"是不是党员"。这个时候追问人家记者是不是党员，有点令人费解。莫非这1200万人民币在党内私分了，该记者也分得一份，不应该再来揭露？还是贪污这些钱是党内秘密，非党记者无权与闻，党员记者需要保密，以维护党的形象？王冠旗怎么想的，只能问他自己了。逯军则要求记者在"替党说话"和"替老百姓说话"之间任选一种。共产党和老百姓之间，从来没有分得这么清过。看样子，逯军是跟这些拿政府经济适用房款项建别墅的房地产老板组建了新党，他对记者替老百姓说话有掩饰不住的愤怒。第四种，气急败坏式的无赖相。这里有河南南阳某官员的"球信息公开，这里没有什么信息可公开"，也有广州新光快速路有限公司一中层领导的"我是不是拉屎也要告诉你？臭不臭也要告诉你？""球"字在这里显然是写错了，或者说用心良苦地改客气了。此"球"乃是另一个"qiu"字之误。这个字由一个"尸"和一个"求"组成，乃是男性生殖器的意思。广州新光快速路的一个领导的"拉屎臭不臭"的妙论也令人拍案叫绝。我们本来不想知道这个领导拉屎臭不臭，不过这次拉在媒体上的屎，臭得果然不同凡响，把全国人民都熏晕了。

有人可能会辩解说，这不过是个别素质不高的官员的偶然口误，不能反映广大干部队伍的全貌，不值得大惊小怪。我不同意这种辩解。首先，谁都能看得出来，这绝非口误。不仅不是口误，还倒真的是道出了心声。其次，各地干部纷纷口误，虽说人数不能算太多，但“口误”的质量确实很高，很有震撼力，其代表性和典型性，以及产生的恶劣影响，不可低估。它到底能反映干部队伍的多少真实情况，是不是干群关系的一种警讯，官员和百姓心里都有一本账。联想到一些本来不应该发生的群体性事件，我们把形势估计得严重一点，恐怕没有什么坏处。

从作品的表现形式上讨论，这个“小品”最理想的处理方式，是光有对话，不加注解。这样，读者就能在阅读中自己通过联想，领略会心一笑的乐趣。幽默这东西，最忌讳的就是额外做许多说明，解释越多，“笑果”就越差。但这些官员语录，毕竟不是都像逯军的语录一样脍炙人口，有些不加说明，读者就不知道来路了。两害相权取其轻，也只好把注解加上去。从对话的设计和结构上说，这个段子也不是完全无懈可击的，有的衔接比较勉强，比如，林嘉祥的话的引出，就较为牵强。结尾的“看病不贵、不难”，也游离了官员对抗舆论监督的主题。看得出来，这是作者舍不得割爱，一心想把这些好东西都使上去。其实作者完全不必担心这些好素材会被埋没，因为某些放肆的官员和认真的网民的双方努力，网上精彩的段子绝无匮乏之虞。你剩下来的好东西，用不着急于出手，完全可以在下面的小品中找到更合适的位置。网民越来越厉害了，难怪有的官员说，这官是越来越难当了。

也说“监督”与“信任”

近日从报上（2002年3月27日《人民日报》）读到一篇文章：《监督不是不信任》。文章说：“有的同志说，我们受党教育多年，这些基本要求我们都懂，难道还需要别人监督吗？……有些人一听到党组织和群众的监督就反感，认为是对自己的不信任。这种思想要不得。”文章还说：“虽然监督作为一种机制，主要以预防违法犯罪为目的，但出发点是善意的。”

作者生怕监督的机制吓着一些好同志，得罪一些好干部，于是，便苦口婆心地对这些好人说：监督不是不信任你，不是挑刺找茬，不是与谁过不去，监督是一种约束，一种爱护，不应该千方百计地拒绝监督，逃避监督。作者的用意无疑是很好的，但是他为了讨好这些不喜欢听“监督”两个字的干部，有意地回避了监督的本质和真相，这就完全没有必要了。

首先，题目就不通。“监督不是不信任”，那么，监督是信任吗？当然不是，信任就用不着监督。只要提起“监督”，肯定就不那么信任。又信任又监督，这信任肯定是十分虚伪的。监督的存在，就是因为“不放心”，你不那么叫人信任。征之社会现实，腐败的种种案例，种种丑恶，充分表明，不监督不行，就是监督也没解决多大的问题（这和监督机制不健全、监督机构不权威有关）。有人会问，难道我们的干部绝大多数不是很好的吗？人们还知道，大家习用的“九个指头同一个指头”、“95%以上是好的”等等耳熟能详的套话。这话并不错。问题是，谁去对干部队伍先行划分或归类，指出谁是“大多数”值得信任那一堆的，谁又是“一小撮”不能信任需要监督的？谁敢打保票，保证哪些是值得信任的？凭什么打的保票？没有人敢打，所以必须统统地监督。

监督是一种机制，一种制度。在一定的时空内，面对一切人，没有人可以例外。而信任，同监督完全不是一个层面上的概念。它是一种感觉，一种经验性的判断。它只发生在极其有限的局部，极其具体的人与人或者人与组织之间，而且是变动不居的。信任的判断的真伪，是需要验证的，而且即便被证明是真的，也不能一劳永逸地替被信任的人打一辈子的保票。根据“用人不疑、疑人不用”的老话，现在被使用、被重用的干部，当然都是在被信任的前提下才放到一定的负责岗位上来的。而实际上谁辜负了组织和人民的信任，谁没有辜负信任，也只能在不断的考察中来辨别。把“信任”不加辨析地同“监督”裹缠在一起，只能人为地造成思想上的混乱。

监督和法办，目的是要把社会治理得河清海晏，然而，出发点恰恰不是“善意”，而是以“你可能干坏事”为前提。“监督”也罢，警察也罢，监狱也罢，都是为“你可能干坏事”准备的。不管你听了高不高兴，受不受刺激，都必须这么办。

其次，好人不怕监督，也不会“反感”。一个干部，一身正气，两袖清风，他会“反感”，怕人监督？报纸上有不少清官，不正是上面派来的检查组“监督”出来的吗？一个老百姓，安分守己，他干吗对监狱和警察反感？规规矩矩的行人和司机，对街头维持交通秩序的交通警察有什么必要“反感”呢？对监督“反感”的人有，他心里有病，觉睡不踏实，没法儿不反感。对这种“反感”的人，你跟他说“监督不是不信任”，是不是自己也觉得挺没劲的？

既然好人对监督“反感”和“好人不需要监督”这两个“假想敌”根本就不存在，做这种文章也就属于无的放矢。现在的问题并不在这里，现在的问题是监督的机制不健全，监督的力度不够大，不受监督的地方和人还太多，横行无忌的丑类，只有闹得太不像话了，才被揪出来严惩。只有到了这个时候，有的罪犯才假惺惺地在电视摄像机前作秀道：“假如当初我被好好地监督起来，何至于此！”天真烂漫得像个3岁娃娃。好像他的犯罪与自己无关，全是监察部和纪委的失职所致！我们跟这种人说“监督不是不信任”，即便是在把他抓起来之前，不是也显得过于滑稽吗？

呼吁成立“出逃贪官联谊会”

前些日子，浙江出了个杨湘洪，是某市一个区的头头。好像是犯了什么事，反正上面找他谈了话，他就沉不住气了，立马实施三十六计里的最后一计。想瞌睡，就有人递枕头，这时有人立马安排他考察欧洲。这就有了杨书记滞留海外不归的故事。

中国到底有多少贪官外逃呢？一张报纸上说，2004 年初有一组数字，仅 2003 年上半年，就有 8000 多名不法官员出逃海外，另有 6500 名官员被列入“失踪名单”。我们假设这“失踪”的 6500 人中只有一半出逃，那么，这半年的时间里，我们就有 1 万多人跑出去了。一年就是 2 万多人，10 年呢？写到这里，我被自己推算出来的数字吓住了。当然，网上还有一些比这少许多的数字。然而我不信。根据每天接触到的社会现象，我还是倾向于信偏多一点的。我有自己的老经验，那就是对报上公布的数字，不能当真，你自己不重新加工一下，是得不到真相的。操作规则大致是这样的：坏事的数字，需要加法或者乘法；好事的数字，需要减法或者除法。譬如说，失业率啦，犯罪率啦，黑煤窑的死亡率啦，吸毒者或者艾滋病患者的扩散情况等，上报的本来就不充分，统计完了，又被习惯性地压缩一些，所以，你酌情往上浮动个一倍两倍的，大致不会离谱。如果是清除垃圾的吨数，植树造林的棵数，好人好事的涌现数量，又会被膨胀出去不少，真相可能只是上报数字的一半不到，所以，不做点减法或者除法，肯定不行。出逃几十万人恐怕太离谱，但几万人还是有的吧。考虑到还有不少外逃者没有进入纪检委或者公检法的视野，或者地方上怕挨批评，没有上报，当然也就没有被统计进去。这样看来，数字比想象的还要大，应该没有什么疑问。那带出去的钱有多少呢？一个说法是500亿。这又是一个过于保守的数字。就算一个人带走2000万，1万个人带走的就是2000亿，2万人就是4000亿。

到底有多少个贪官已经外逃，他们到底带走了多少钱，我对这些数字的准确性毫无兴趣——我关心的是我的创意的发布和实施：成千上万个县处级以上的领导干部，一盘散沙似的在外边游荡，不组织起来怎么行啊？所以，我倡议成立一个“出逃贪官联谊会”（暂定名）。成立的理由是十分充足的。

首先，大家多年习惯于有组织的生活。这些同志都是多年在组织的领导干部（时间太短、资历太浅、官阶太小的人，搂不到这么多的钱，也难有利用公费旅游之类的机会出逃），养成了经常向上汇报和向下作指示的习惯，一下子脱离了组织，肯定会感到孤独、寂寞，难免要时常想念领导和同志们。如果贪官们组织起来，经常过一点组织生活，开开会，谈谈心，扯扯淡，彼此相濡以沫，抱团取暖，就会有回家的感觉。老话说，人多势众。几千人乃至上万人，集中起来开个会，那也够吓人一跳的！考虑到还有一些正准备出逃、还未逃出来的（据说很有一批把妻儿老小都弄出去了，自己还在国内当“裸官”的），这个事业真的是方兴未艾呀。

其次，是经验交流的迫切需要。冷不丁地跑到一个陌生的国度来生活，人生地不熟，外语也还没有准备好，连下饭馆点个菜，跟人家都说不清楚，简直是寸步难行啊。还有许许多多的生存问题需要思考和决策，你比方说，赃钱怎么花呀，中国司法部门跑来捣乱怎么对付呀，所在国政府来纠缠怎么打交道呀，国际反洗钱组织也很厉害，怎么周旋，都需要研究。如果有了组织，大家共同探讨面临的一些问题，众人拾柴火焰高，群策群力，信息就格外灵通，办法也就多得用不完。数千人乃至上万人，其中各种人才都不缺，理应盘活才是。搞法律的，负责打官司，搞房地产的，负责购买不动产，也可以探讨一下，把大家的赃钱拿出来投资，再发上几笔洋财。

再次，同声相应，同气相求，在一个圈子里保证没有自卑感，还能找到自信。道不同不相为谋。贪官们同是天涯沦落人，有的是共同语言。如果还在国内，那肯定很孤立，身败名裂，是不齿于人类的狗屎堆，国人皆曰可杀。在国外就不同了，圈里人大家彼此彼此，携款潜逃不但不是罪恶，反而成了本事。钱贪得太少的，就会觉得没脸见人，还会受到嘲笑："你个狗日的，弄个一两千万就急急忙忙地跑出来啦？没见过钱呀？够花吗？用不用我扶贫？你看我，整了5个多亿才敢往外溜达呀！哈哈哈哈！"还有，咱们手里的钱只能越花越少，咱们浑身的本事也得找个地方施展不是？所以不能不想办法去赚钱。搞什么能赚钱，大家也需要联合起来，人多力量大嘛。说不定，等时过境迁了，我们还能作为海外爱国侨胞，回国投资，支援国家建设呢！

最后，也是很重要的一点是，中国"追逃"工作抓得越来越紧了。虽说逃亡的目的国眼下同中国没有引渡关系，但今天没有不能保证明天也没有。听说现在国内又搞起了什么"劝归"的模式，隔三岔五地派人跑来劝你。这也够闹心的。如果有了联谊会，大家商量好，共同拿出对策。你劝我听，软磨硬泡，搞持久战，也没有什么坏处。不少纪检委的同志两袖清风，没有机会公费旅游。把“劝归”经常化、制度化以后，也算给大家一个名正言顺出来游玩的机会。若是真的有几位赃钱太少混不下去的贪官，又有点后悔，想回去，不妨由联谊会出面，把他们哥几个推出去，谈好回去从宽发落的条件，作为中国前来“劝归”的官员的成绩，这样，联谊会的功劳就大了，形象就树起来了。以后，中国只要来“劝归”，直接跟联谊会联系就行了，由联谊会给安排活动，也不要天天都苦口婆心地在那里费唾沫，劝说工作要做，也要让同志们吃好，玩好。联谊会虽说既寡廉又鲜耻，啥都缺，可就是不缺钱。

联谊会总部设在哪里好呢？当然是加拿大。这地方太安全、太可靠了，连赖昌星这样应该枪毙若干次的巨贪，也备受钟爱，至今宝贝似的留在那里。会长呢，也建议由赖昌星来干。老赖的知名度高，影响大，便于开展工作。虽说老赖只是一个靠走私起家的暴发户，没有什么像样的学历和级别，也不必过于计较。大家都落到这步田地了，也不要太看重原来在国内的地位了，还是能者为师吧，贪得多的，本领强的，中国和外国都拿他没有办法的，那就是我们联谊会最需要的、最称职的领导干部。

成立联谊会，好处远不止以上所列数条，但筹建起来困难也相当大。主要的困难，是大家都互不信任，不说真话。虽说都是一丘之貉，一根绳上的蚂蚱，但为了保护自己的安全，对任何人都抱着提防之心，已经成为一种生存习惯。这就很难把人们团结起来。这些人彼此心里都明镜似的，谁都没有什么道德底线可言，为了钱，什么事情都干得出来，坑蒙拐骗，各自都有不少高招。一个组织，如果每个人都提防着别人，谁都想占别人的便宜，都怕吃别人的亏，肯定搞不成什么事情。另外，毕竟都是干了见不得人的勾当的人，花着见不得人的赃钱，开着见不得人的赃车，住着见不得人的赃房，见了人就要躲闪，尽可能地少惹是非。藏身尚且不及，怎么可能招摇过市，参加什么“联谊会”呢？这跟当年在反腐倡廉大会上慷慨激昂地作报告、威风八面地上电视，光景能一样吗？不过，这只是事情的一个方面。人们都知道有个著名的“豪猪现象”。这“豪猪现象”说的是豪猪个个身上都长满了刺，为了互相取暖，拥挤到一块，彼此又被扎得十分痛苦，只好分开。但最后，终于磨合出了一个章法：大家找到了一个理想的距离，既能互相取暖，又不至于把邻居刺疼。只要出逃贪官们都能深谙“豪猪法则”，找到“理想的距离”，把“出逃贪官联谊会”成立起来还是可能的。

现在，同志们必须意识到形势的紧迫性。国内反贪工作越抓越紧，外逃难度正在加大，对已逃贪官的追逃工作，力度也会加强。现在认为安全的国家，不一定以后永远安全。万一中国跟其他国家的司法合作有了大突破，来了警察，把出逃贪官一串串地牵回去，说什么都晚了。当务之急，是把来之不易的赃钱处理了，以免被国家没收了，这些年就白折腾了。人们会说这些钱来得太容易，其实他们哪里知道贪官整日提心吊胆的苦！连做的梦都常常是警察来戴手铐，醒来发现一身大汗。这钱不能存银行，银行说冻结就冻结了，想留给老婆孩子，根本靠不住。这钱也不能买房产。你就是买100幢楼放在那里，你也住不过来，早晚还是人家的。这钱也不能换成金条藏起来，就算找到一个基督山荒岛埋下去，说不定仅仅是便宜了当地的哪个海盗团伙。买钻戒，买名表，买名车，泡小姐，都花不了多少钱，能迅速把钱挥霍干净的，只有两条路：一是狂赌，二是吸毒。赌博当然很过瘾，但也挺没劲。赢一回输三回，放屁大的工夫，几百万、几千万就进去了，还不如直接捐给他，还赚个体面。不过，人家赌场有的是钱，也用不着你去显富搞慈善。这样一来，就只剩下吸毒之一途了。吸毒恐怕是最大量地消耗赃款的最佳手段。吸毒不像赌博，便宜了赌场的老板，吸毒能够把每一克毒品毫不浪费地吸到自己的肚子里。由于毒瘾越来越重，赃款的消耗也就呈加速度曲线上扬，败家的效果最为理想。

您想想看，成千上万个当初那么体面的领导干部，如今为了突击花他那点造孽得来的赃钱，在刚刚成立的“出逃贪官联谊会”的“逍遥馆”里集体吸毒，有用鼻子吸的，有用针管扎的，这该是多么壮观的场景啊！人群中，可以听见十分受用的呻吟声，但也能听见有人发出一声苍凉的浩叹：“嗨，咱们这是何苦啊——”

中国最大的奴群是“路奴”

“房奴”、“车奴”、“卡奴”，还有什么什么“奴”，这些词语已经熟悉到陈旧了，不仅挂在大家的嘴边，进入了普通人的常用词汇，甚至还编入了词典。叫人诧异的是，一个人数最为庞大的“奴群”，一个被人欺侮得最惨的“奴群”却没有被提起、被关注，“奴群”自己也是除了无奈还是无奈，对“奴隶主”没有一点抗争的意思。

瓜田先生越说越玄了，哪有这样一大群奴隶呀？有的，这个奴群叫做“路奴”。“路奴”跟其他“奴”最大的不同，是强制为奴，“奴”你没商量，想不当“路奴”都不可能。房奴和车奴，还稍微有点自主权，打死你也不买房、不买车，他就“奴”不成你。“路奴”就不一样了，你只要活着，只要吃饭，只要睡觉，你就躲不开“路奴”的悲惨命运。有人还会奇怪：我怎么没见过这种“路奴”？我告诉你，你不用到外面去找了，你就是，你们家的人也差不多全都是。

你可能会说：瓜田先生，公路收费都是跟开车的人有关系，老百姓现在多半还没有汽车，是不是可以说，这事跟多数老百姓的直接利益关系不大？我的回答是：此言差矣！不错，收费站是冲着汽车收费的，但收的钱却是你掏的。我们不妨分析一下。最好的车是谁的车？是官员和资本家的车吧？官员的车，是老百姓的税金买的，过路费可以回去报销，谁给报销呢？还是老百姓，也就是我们。资本家的过路费也报销，他把这些钱打入了产品的成本，最后是谁掏的呢？还是我们这些买东西的老百姓。至于货车的费用，也同样一并加在商品里，譬如说蔬菜啊，粮食啊，生活用品啊，不管收多少过路费，最后都统统通过商品转嫁给消费者，也就是咱们身上。最后还剩下一批车奴，他们通过当车奴，吭哧瘪肚地买个车，图个上班方便，一旦出个远门，开车的油钱加上过路费，比坐火车要多花几倍的钱。只有这些人的过路费，还有油钱，是没有人给报销的，自己掏。你看看，简单一分析，这公路收费站搂的钱，都是十几亿百姓兜儿里的钱。这钱有多少是不该收的，收了以后弄到哪里去了，谁也不知道。这事连美国人都看不过去了，2007 年 5 月美国《纽约时报》就曾发出疑问：“在中国，公路收费站到底是在为谁收费？”这问题，没人敢出来正面回答。请问：国人大多数都当了“路奴”，是不是个严酷的现实？

我们是怎么沦为“路奴”的呢？说来话长。有多长？十万公里。全世界收费的高速公路，总共不到十四万公里，其中十万公里在中国。这十万公里收费公路中，哪些还应该收费，哪些早就把修路的钱收够了，却还在无休无止地收下去，是一笔糊涂账，在收费这个问题上，各个地方政府是“越糊涂越好”。以首都机场高速公路为例，这条公路总投资 11.65 亿元，其中银行贷款 7.65 亿元，在收费 3 年多后，北京市于 1997 年 1 月重新批准收费 30 年，至 2005 年年底已收费 32 亿元，估算剩余收费期内还将收费 90 亿元。也就是说，照这样下去，到 2027 年，首都机场公路的总收入将是当初投资的 10 倍以上。这样不合理的决定，能堂而皇之地颁布、执行，北京尚且如此，遑论天高皇帝远的外地！

有些地方的公路贷款确实总也还不上，收费站收多少年也不够用，因为收费站养活的人太多，不少收费站，本来编制只有十几个人、几十个人，却常常膨胀到一百多人。收费自己吃还不够，如何能上缴还贷？过路车掏的买路钱，都用来养活这些人，这贷款一百年也还不完的。在车辆通行费所占人均GDP(国内生产总值)的比例中，中国以超过2%居首位，超过美日德等发达国家。中国10万公里收费公路，有多少个收费站呢？8.49万个。如果一个收费站养100个人，光是收费站就有800万人以上的队伍，即便打个对折，也还有四五百万之众。国家规定40公里一个收费站，现在是平均一公里多就有一个收费站，也就是说，平均十几米、几十米远就有一个收费员。把这些人均匀地摊在公路上，你如果能从卫星上往下看，就会发现一个天下奇观：在中国漫长的高速公路上，每隔十几米、几十米，就有一个人站在路边伸手要钱。这也是“长城”，是用收费员的血肉筑成的八万里“长城”。

前些时候，看了一篇题为《年报爆出公路收费利益集团》的文章，对公路收费的猫腻算是有了一点了解。文章说，公路收费的超高利润已经远远超过了房地产、券商等行业，而且最吸引人的是，它毫无风险。虽然收费站人员很多，但并不影响大家都拿很高的工资。宁沪高速公司，人均税前收入达到10.5万元。这种超常的利润收入哪里来？与公路的控制权直接相关。文章说，四川成渝高速公路股份有限公司24名独立董事、监事，至少15名出自四川省交通厅。这在哪个省都是公开的秘密。这些人决定在哪里设点收钱，收多少钱，也就是决定政策；一个华丽转身，他又变成了公路收费的管事人，受益者。他们的工资可就不是10.5万元了，少说几十万元。这种“一套班子，两块牌子”的勾当，就决定了公路收费标准的居高不下和收费期限的不断延长。如果有这么一帮人，利用手中的公权力，随意决定公路的收费标准和期限，这不是土匪头子，又是什么？令人恼火的是，真正的土匪头子可以抓起来枪毙，而这些人模狗样的官员，巧取豪夺了百姓的财产，却狗屁大的风险都没有，官照当，高薪照拿，没有人追究他们的问题。近日看到一篇文章，说社会正在“水浒化”，这话说得很客气，说白了，就是某些地方政府“土匪化”。

外国也有不少高速公路，他们是怎么收费的呢？日本的高速公路遵循按行驶里程收费的原则，征收标准全国统一。在计算收费时有打折一说。比如，在高速公路上的行驶里程在100公里至200公里之间，超出100公里的部分可优惠25%，如果超过200公里，则超过部分可优惠30%。另外，针对安装了ETC(电子通行费征收系统)的车辆，也有打折优惠的制度。我在美国旅游，坐大客车跑了半个月，也没有碰到一个收费站。听说美国也有收费站，但极少，收费也很低廉。在欧洲旅游的时候，乘大巴在各个国家之间穿梭，收费站也不是很多。收费过程也都电子化了，大巴路过收费站，只听见“嘀”的一声，钱就算交过了。大巴车上有电子卡，车一过，就刷了卡。中国人比谁都聪明，不可能想不到推广电子设备收费。问题是这几百万亲亲故故的收费大军如何安置？现在借着收费这个由头，理直气壮地靠全国老百姓养活着，一旦电子收费，到收费站领工资的理由就没有了。哪个收费站和他们的领导愿意砸自己的饭碗、剪断自己的钱串子呢？

今年6月15日，交通运输部、国家发改委、财政部、监察局、国务院纠风办共同发出了“关于开展收费公路专项清理工作的通知”。根据通知，相关部门将通过一年左右时间的专项清理工作，全面清理公路超期收费、通行费收费标准偏高等违规及不合理收费，坚决撤销收费期满的收费项目，取消间距不符合规定的收费站，纠正各种违规收费行为。也许，全国广大“路奴”翻身求解放的日子快要来到了。但你也不要高兴得太早。鉴于这项工作会严重损害公路收费大军这些强势集团的利益，阻力将是相当大的，被勒索收费的又都是普通百姓，属于弱势群体，很少有发言权，所以能不能彻底解决问题，前景未可乐观。机场高速至今还肆无忌惮地收费，就是一例。

不过，我记得国际歌和国歌的歌词里，第一句都是动员不愿意做奴隶的人们“起来”，只要“路奴”们都起来讲道理，这些横征暴敛的东西也许会早一点被赶走。

思绪晾晒

好事干吗偷着干？

照理说，干好事光明正大，可以大张旗鼓地干，虚荣心强一点儿的，还唯恐人家不知道，要夸张到周围的人都能看见才罢手。如果有人告诉你，有时候干好事也需要偷偷摸摸的，这准是在什么地方出了毛病。列位如果不信，瓜田就简单地举上一个例子：1984年国庆节那天，北大的学生在游行队伍里冷不丁地打出一条“小平您好”的标语，就属于这种情况。

你会说，这是好事。确实，十几年来全国上下常常津津乐道，没谁说这是件坏事。瓜田手边保存着一张1999年6月18日的《南方周末》，在禾冈先生的笔下，当时的场景是这样的：

> 1984年10月，天安门广场。
>
> 中华人民共和国成立35周年国庆庆典正在这里举行。天安门广场上彩旗飘扬，人群一片欢声雷动。
>
> 陆、海、空三军受阅方阵刚刚通过，接着走过的是各界代表方阵。
>
> 迎面走过来的是大学生方阵。忽然，在整齐划一的行进队伍中

竖起了一面醒目的横幅，上书“小平您好”四个大字。

就在“小平您好”打出的瞬间，主席台上的领导人也注意到了，邓小平顺着身边几位领导手指的方向望去，脸上露出了微笑。

这一珍贵的瞬间被解放军画报社摄影记者孟昭瑞及时准确地抓拍下来，这位经验丰富的记者，在拍这张照片的时候，他背对游行队伍，并不知道身后发生了什么。“我只是觉得城楼上的人的表情一下子都变得非常的好，气氛很好，赶紧拍下来。事后才知道是‘小平您好’的条幅打出来了。”

横幅一打出，大学生队伍立刻骚动起来，城楼上的邓小平同志含笑向学生们招手致意，电视摄像机将这一瞬间传到全国乃至全世界电视观众的面前。

瓜田当日在电视上看到了这个精彩的镜头，当时对年轻的校友们的创造性、机智和勇敢表示激赏，甚至对他们策划的“小阴谋”的顺利得逞兴奋不已。

游行中的这个小插曲，这幅别在一块旧床单上的四字标语，通过电视和报纸，使全国人民都激动起来，几乎人人都在谈论这件事。最得意的，当然是北大的学生，他们奔走相告，兴奋至极。当时的北大党委副书记兼副校长郭景海，开始对这件事进行理性的提升了：“学生高高举起的，不仅仅是一条横幅，而是一颗热爱祖国、热爱人民的报国之心。”

这样一件露脸的事，可是偷偷摸摸干的。“主谋”是赵宝晨、栾晓峰、于宏实、常生等几个同学。他们很清楚，游行指挥部不准携带私自制作的标语口号。广场上所有的标语口号、横幅旗帜都是由组委会统一制作的。为了能把这条横幅“混”进广场，他们精心地作了策划。大家连夜扎了一个彩色纸花，把卷起来的横幅和两根竹竿扎裹得严严实实。从外面看，这个横幅就是一个巨大的花束。大家还是有点怕事后追查，一位党员同学拍了胸脯："出了问题我负责。"就这样，几个人抱着这个"大花束"，其他人作掩护，终于把这幅标语带进了广场。

搞出了这么体面的一个创造，这些同学受表扬了吧？没有。负责学生队伍的游行组织者还是受到批评，写了检查。理由是："这是打出个'您好'来，若打出'您不好'怎么办？"这后怕，足可导致对广场各个入口负责人的严厉追究。

现在，我们进入了一个两难的境地，有点儿莫衷一是：大学生出奇制胜，为的是表达人民对自己领袖的热爱，这几乎是无可指责的，连邓小平本人都笑了呀；游行组织者的严格管理呢，为的是防止这个规模巨大的游行出乱子，他们的苦心和忠于职守的自觉，似乎也不容否定。

那么，到底是谁出了毛病呢？是一种陈旧的观念。这种长期统治我们思维的观念认为，像国庆庆典这类大的活动，必须从上到下步调一致，从打的旗帜到喊的口号，必须步步中规，时时蹈矩，严防坏人的捣乱和破坏。宁可机械一点，拘束一点，死板一点，只要太平无事就好。不能过于活跃，过于热烈，过于奔放，以免失去控制。这时候如果有年轻人要创造什么新花样，无异于自己找不自在。可是事情就是这样的奇怪，国庆庆典年年搞，一年比一年搞得漂亮。五十年大庆时的彩车，还运用了高新技术成果（因为人们没看够，还特意搞了一次"彩车展"）。尽管如此，如果有人问我，哪次国庆庆典的印象深刻，什么事情最激动人心，我举出的还是1984年别在一张旧床单上的那四个字："小平您好"。我相信，同我的想法一样的，还会有许多人。这到底是什么原因呢？原因很简单：这四个毛笔字是真正来自"下面"，来自"民间"，它是由普通老百姓自己创造的。由于是冲破重重障碍才带进整齐划一的队伍，更显得弥足珍贵。有人会问，难道“官方”或者说“上面”包办、导演的全部活动不能反映群众的意愿和心情吗？应该说，在绝大多数情况下，是能够反映民意的，“上面”和“下面”的想法和心情基本上是一致的。但如果一个庆祝活动的每一个步骤、每一个细节都被准确无误地规定好了，每个人只要按照导演的脚本行事，按既定的行进速度走上几里路，充满主动性和积极性的人，被一种“道具感”所苦，人们的热情不可能不受到影响，更不要提什么创造性的发挥了。

那么，难道严格管理，防止出现混乱错了吗？没有错。管理当然要有，不要说别的混乱，只要有一个虚假消息造成惊慌，就足以踩死数以百计、千计的游行者。但加强管理不应以剥夺每一个人反映自己意志的自由为代价。如果游行的组织者和参加者两方面的积极性结合起来，那么游行队伍也许就会更加丰富多彩，更加美不胜收。这样一定会乱吗？不一定。这里有个对广大群众的信任问题。有几个人向大家挑衅，打出错误的口号怎么办？这也没什么不好办的。一般性的不同意见，应予保护；触犯了法律的，依法制裁。一般性的不同意见，无伤大雅。不要说有两个人，就是有20个人、200个人有不同意见，也没有什么可惊奇的。在100万游行者中，有1万个人持不同意见，也只不过占百分之一，这比例实在是太小太小了，应予保护。我建议派2万个警察把他们安全地送回家中，以防被生气的多数派给打坏了。有百分之一的人或者百分之五的人持不同意见的国家，肯定是一个管理得相当出色的国家。瓜田可以断定，没有一个国家敢说，它的元首受到百分之百的人绝对拥护。历史上也许有的人这样宣布过，但那已经被证明是个骗局。在虚假的百分之百和真实的百分之九十（百分之八十也不错）之间，人们究竟承认哪一种好呢？当然是后者更好。

正视不同意见的存在，是一个政治家、一个政府成熟和自信的表现。可惜，这种成熟和自信，并不是哪里都具备的。

外国人选总统，多数派的胜利者也并不是马上揍扁另外那些投了反对票的人，大家仍然相安无事地过日子。如果每次选举失败者总要被“灭”，那些国家恐怕就永无宁日了。如果我们的社会也能宽容到这种程度，那条“小平您好”就用不着偷偷摸摸、提心吊胆地打出来了。

我的想法，现在做起来肯定有困难，但我对这一天的到来颇有信心。

是“坑孩子”还是“人性化”？

近日，从英国《每日电讯报》上见到一则消息。消息说，英国教育部长称，现在考试中得“A”的学生越来越多。为什么呢？原来是学校考试的方法有了变化。对于智商测试结果不佳的孩子，试题设置会给予一定的照顾，于是在考试中得“A”显得容易多了。报纸最后说，这也许是现代教育更加人性化的一种体现。

这种考试方法实在是匪夷所思，令人哭笑不得。考试是一门挺高深的学问，不是儿戏，不是一种娱乐活动。考试以不同的考试目的来分类，大体上可分为以下几类：一、为严格测量考试对象的功课水平的“水平测试”（如“托福”、“雅思”、驾校考试等资格考试）；二、为了解特定阶段学习效果的“阶段课程测试”（如大、中、小学的期中考、期末考等）；三、检查受试者对学习内容掌握的情况，同时也是检查教师教学效果的“诊断测试”；四、了解受试者素质、潜能的“潜能测试”，等等。为了保证考试的质量，使考试能够收到预期的效果，考试还要讲究“试题的区分度”、是否达到考试目的的“效度”和测试结果的“信度”，即“可靠度”。离开了这些考试的“硬杠杠”，考试就流于形式，考还不如不考。

学生的智商高低有异，这是一个不争的事实。面对这个现实，可以在教学其他各个环节上区别对待，以便比较笨一点儿的学生也能够跟上来，学会应该掌握的东西。在考试上却不应该特殊化，降格以求。从这条消息看，英国人把事情颠倒过来：授课时“大拨哄”，考试时出题目“因人而异”。智商低的学生，没掌握的东西还是没掌握，但跟其他学生一样也能得个“A”，还在那里美滋滋地傻乐呢，这不是坑人吗？这种考法，授课教师教学中的问题也被掩盖住了，无从发现，更无从纠正，从家长到教师再到校长，大家都乐呵呵地看着“人人皆A”，皆大欢喜。这种自欺欺人的考试，能促进孩子成才吗？

这种孩子毕业后，家长和孩子自身可能自我感觉都良好，都是“A”嘛！可社会上的用人单位是要讲究工作效率和工作质量的。他们没有跟学校一起糊弄学生和家长的义务，也没有那些闲工夫，他们要吃饭，要赚钱，要发展，因此只能录用能挑起工作担子的人。这时候，倒霉的就是这些受到学校糊弄的学生了。但这时候说什么都晚了，莫斯科不相信眼泪。

类似的新闻，国内这几年也不时地出现。一会儿这里说，我们学校不排成绩“名次榜”了，怕刺激学生的自尊心；一会儿那里说，我们学校干脆不考试了，怕学生考不好伤心。这些“人性化”的花样越来越多，学生学得越来越轻松，成绩越来越好，后患却是越来越严重。社会的需要是最务实的，你的活儿干不好，马上开除你，很不照顾你的自尊心。这时候，你用“人性化”跟老板理论理论试试！

“无人监考”算什么改革？

从近日的报上看到，四川某大学为了“考验学生诚信”，搞起了“无人监考考室”。有关教师云：“‘无人监考’是学校改革考试制度的一种新探索。”瓜田先生认为，这个举动如果是为了新闻炒作，无疑已经初见成效；如果意在探索考试制度的改革，则肯定是用偏了力气，搞错了方向。

从报上看，该大学所说的“无人监考”，实际上并没有做到，起码也是大打折扣的。从报上几百个字的新闻中看出，记者们对此颇感兴趣，纷纷前来观察这个“新生事物”。看热闹的好事者来探头探脑地看几眼，也不会没有。这还不算完，“巡考组”说，没有发现这个无人监考考室“有交头接耳、东张西望，以及夹带和抄袭的情况”。这就是说，“巡考组”也来认真地巡查过了。以此观之，眷顾和光临这个“无人监考考室”的人恐怕比任何一个“有人监考考场”的都要多了。这哪里还能算得上是“无人监考”呢？记者可以拦在门外，“巡考组”恐怕不能，因为搞“无人监考”的人说：“这种无人监考制度并不是单纯的放纵，一旦有舞弊行为者，必将重处。”没有一个人去看着，这舞弊行为也很难有人发现，光靠考生内部揭发，可能靠不住，因为大家可以通力合作作弊。

那么，这个“无人监考”的做法，有没有什么道理呢？瓜田先生以为没有。校方有关人士说，学院对这次试点做了充分的准备。“我们不是要求所有人参加，而是通过自觉自愿的原则报名参加，从而体现试点的公正性。”瓜田倒是认为，恰恰他们在这里失掉了公正性。“自觉自愿”地报了名的人，就能够进入“无人监考考室”，享受无人监考的待遇。他们凭什么呢？他们的诚信有谁来保证呢？“自觉自愿”能不能作为诚信的入场券？我们能不能以是否“自觉自愿”报名进入“无人监考考室”来判断两类学生在诚信上的差距？显然不能。

那么，这个做法有没有经过“探索”然后推广普及的意义呢？也没有。凡是认真的考试，必须设置监考者，只有这样，成绩才真实可靠，对所有考生才最公平。这跟学生有没有诚信完全是两档子事。党的各级组织中设有纪律检查部门，这也并不是党对各级党员干部的诚信发生了怀疑，认为他们入党时的宣誓都是骗人。各级政府都设有监察部门，这也并不说明政府对公务员的诚信失去了信心。古今中外的事实表明，不管是谁，不管是多么了不起的人，都需要监督，没有人监督的人和地方，肯定要出毛病。我们可以说好人多，出毛病的人少。但是，在我们没有办法及时把二者区分开来的情况下，还是一律监督起来好。道德自律是个好东西。道德自律水平高的地方，表示这个人群或者这个社会国民素质高。这种地方管理起来成本会大大降低。但绝不意味着这种地方就不用管理。如果有一个城市的司机和行人“自觉自愿”地向政府打报告，说他们对自己的诚信极有信心，对交通法规既熟悉也乐于遵守，建议全市的交通警察都改行干点别的，以瓜田先生的推测，政府不会同意。四川的这所大学如果普及了“无人监考”的做法，他们的成绩的可信度会大打折扣。如果全国高考也普及这种办法，后果必将十分可怕。

涉及思想觉悟和社会管理的关系，也就是自律和他律，与其浪漫，毋宁务实一点儿更好。瓜田先生就想不明白，大家都在现实中生活，怎么却总想离开地球考虑问题。我们不少地方尝试过“无人售票”、“无人售货”、“便民伞”、“看完戏给钱”等花样，无一不是以失败告终。有些地方公共汽车上现在还在搞“无人售票”，但这并不意味着你不往钱箱子里扔钱司机会无动于衷。经历这么多的尴尬，“无人监考”还能走出去多远？

前些时候听说有的地方派武警监考，现在又有了“无人监考”。表面看二者走了两个极端，实则目的相同，都是不甘寂寞，想搞出点儿响动，引起别人的注意。

“铁证”拿给谁看？

近日的报纸上，又出现了《长沙发现日军侵华铁证》这样的标题，说的是当年侵华日军编写的宣传品被发现了。近几年，这种“发现铁证”的消息越来越密集，今天这里挖出了日本人留下的几个炸弹，明天那里又发现了一张日本人的军用地图。中国地盘大，日本人侵占过的地方也多，以后这种铁证的发现肯定是层出不穷。

那么，这些铁证到底是想拿给谁看？恐怕不是给中国人自己看，中国死了3500万人，损失了几千亿美元的财产，自己比谁都清楚。似乎也不是给美国人、英国人或者澳大利亚人看，日本人的侵华战争是个铁的史实，正直的、有良心的外国友人都不会闭眼不承认的。那么，就是想拿给日本人看了。日本人对于跟中国人打过仗，并不是全然否认的，只不过解释方法不同，认为那不是侵略，是“进入”；不是屠杀，是“共存共荣”，建立“王道乐土”。压根儿赖账不承认的，也有，可正如俗话说的，不想听的比聋子还聋，你的铁证对他有什么用？你估计他需要多少份铁证才能使铁石心肠软化，从而低头认罪？人家在那边仰个脖子装蒜，你这里叨叨咕咕，自说自话地到处找罪证给他看，是不是自作多情？照理说，这些铁证对日本的青少年应该有点儿用处，可惜，人家自己编的教科书把谎撒得很圆，青少年被骗得很成功，你的铁证针插不进，水泼不进。是啊，人家小孩子不相信本国政府的教科书，反倒来相信你外国人的什么“铁证”，可能吗？

铁证不是不能找，也不是毫无用处，但还有很多更要紧的事情，该做而没有做好，或者做得很不得力。

譬如说，抗战起始的时间是哪一天，这问题不能算小吧？嘿，至今没能达成共识。不是“七七事变”吗？1937年7月7日嘛。不一定。那“九一八”怎么办？东三省算不算中国的国土？东北抗联从1931年就抗日了，为什么不算抗战的开始？“事变”的说法也莫名其妙，这本来是日本人的说法，是蓄意淡化侵略战争性质严重程度的小诡计，可我们不加分辨，拿过来就用，直至今日。

譬如说，这场战争里中国的损失到底有多少，相当多的人说不清楚。在“文革”之前的出版物中，简直是一本书一个样。打不过人家，怪咱们太弱，数一数自己死了多少人总该可以吧？很抱歉，也数不清楚。近些年，伤亡人数、损失的钱数，研究出来了。但依我看，能清楚地说明这两个数字的来路的，也不会很多。而让全中国十几亿人都明白这两个数字里面的血和泪，并不是可做可不做的事情。否则，也对不起那些被屠戮的同胞。连这笔账都说不清楚，下次挨刀的，必定还是这个民族。

譬如说，民间索赔问题。据说国家索赔早就放弃了，不提也罢。但民间索赔不也是爱国主义教育的好机会吗？为什么不大张旗鼓地搞？让几个快要老掉渣的老矿工和老慰安妇去日本打与虎谋皮的官司，大家都远远地坐在家里看电视报道，这是不是国家和民族的耻辱？民间索赔的官司不光是矿工和慰安妇这么几件吧？

譬如说，全民对抗日战争的总结问题。抗战胜利后，国内很快就打响了解放战争。随后又是抗美援朝和各种运动。人们一直处于忙、闹、乱之中，根本无暇顾及抗日战争这笔巨大遗产的研究和消化。不要说全民对抗日战争认识的深化，就是有关专家的研究，成果也十分有限。重要的、转化成全民共识的成果，更是乏善可陈。随着“三八式”干部的陆续谢世，抗战这笔糊涂账在相当多的人的心里有日益淡化的趋势。这正是有些日本人所期望的。

譬如说，没有反映这样一场惨烈的战争的史诗作品。“文革”前的几个反映抗战题材的电影，过于粗糙，也过于小儿科，又刻意回避了战争的残酷，甚至把战争喜剧化、闹剧化，让不了解实情的孩子觉得那场战争十分好玩、有趣。新时期以来，才产生了一些比较好的影、视、剧，但影响也十分有限。近些时候，冯小宁拍的抗战题材的电影《紫日》，里面有鬼子把中国老百姓当活靶子刺杀的镜头，看得天津的小学生拍掌大笑。这笑声无情地展示了一些地方教育的严重失败。抗战结束快60年了，我们还没拿出来几部像样的、让孩子们认清敌人、认清自己的好作品（连像《这里的黎明静悄悄》这样的电影也没有），以至于小孩子在电影院里为敌人刺杀自己的爷爷奶奶鼓掌大笑。这种情况在俄罗斯或者韩国，是绝对不会出现的。

日军侵华铁证一个一个地被不断地发现着，上述的这些问题也一个一个纹丝不动地存在着。我建议把人们的注意力往该做的事情上转移一下。

考“碗”热暴露了谁的问题？

近年来，报考公务员的热潮一浪高过一浪。据说，最热门职位的竞争率超过4000∶1。原来说高考是“千军万马过独木桥”，但比起如今挤入公务员的“天下第一考”，真是小巫见大巫，甚至连小巫也算不上了。从中央到省市县，不同位置的公务员分别被比喻为金、银、铜、铁四种“饭碗”。参加这种“抢饭碗”考试的，被称为“考碗族”。这种考试热，自然也就是考“碗”热了。

为什么考“碗”热近年来愈演愈烈呢？我们不要绝对排除有人牢记“天下兴亡，匹夫有责”的古训，或者怀着较高的共产主义觉悟，决心当好人民的公仆。不过，大多考“碗”族自己一点儿也不回避讲实惠的目的：公务员工作稳定，福利待遇好，收入逐年升高，医疗、养老都有保障，没有失业压力。这也无可厚非，连“薄非”也用不着，谁找职业专门挑一个又苦又累、收入又低的活儿？脑袋有病呀？古书上说的唐虞之世，时兴“禅让”。一个王位，大家客客气气推让好久，也没有人愿意干。听说一个叫许由的，人家来请他去就位，他不干且不说，还赶紧跑到河边去洗耳朵，说是听了这话也很不环保，耳朵受到污染。其实，这都是后世人瞎掰，后世人不怎么清楚，当时的部落酋长特权不太大，没有什么油水，工作又太辛苦，犯不上冒这种傻气。私有制大行其道之后，你再看，还有谁真心禅让吗？相反，有多少你死我活的战争就是为了争夺那个位子？人往高处走，水往低处流嘛。争当公务员，不是抢皇位，没有什么不好意思的。依靠自己的实力，抓取力所能及的各种利益，合理合法，正大光明。

值得研究的，是考“碗”热所暴露的问题。世上三百六十行，或者三千六百行，名更大、利更多的职业肯定还有不少，为什么没有形成如此壮观的考试洪流？哪里的市场热闹，哪里就有热闹的原因。我们不妨试着罗列几个方面，探讨一下。首先，公务员进门好像不太难。各行各业都有招考，但专业要求比较明确而具体，位子越高，要求也就越苛刻，被录用的几率比较小；而公务员的要求，给人的印象，专业性不怎么强，似乎谁都可以上去试巴一下子。在党风不正的地方，把考试当成幌子，背后做点手脚，玩点猫腻，成功的可能性就更大。“公务员好当”这个误区是怎么形成的，本身就很值得研究。其次，公务员安逸轻松，待遇又高，是个没有多少竞争的世外桃源。几乎所有的职业中，责权利都是成正比的，收入高，风险也高，比方说做生意，买卖赚了，就发大财，亏了，就可能跳楼。公务员好像有点例外，除了犯罪又偏偏倒霉被抓起来，一般情况下，风平浪静的，都能太太平平地混到退休，机会好，或者会来事儿，还能往上升几级。在这个竞争激烈的世界上，居然还能找到这样一个避风港，人们焉能不趋之若鹜？再次，一般的职业，利益局限于自己在岗位上的劳动所得，有时候，连这个应该得到的也难以保证；公务员手里大大小小地都有点“公权力”，利用这玩意儿，不显山、不露水地谋点好处，易于探囊取物。这样的好地方，怎么可能不挤得打破头呢？加之某些地方反腐倡廉的工作并不是十分得力，利用公权力揩点油、打个擦边球什么的，已经是很稀松平常的事了。有的国企负责人，占着“垄断”的便宜，能理不直气却很壮地拿上数以千万元计的年薪，这不是叫人馋涎欲滴吗？一些胡作非为的官员迟迟得不到处理，数以千计的腐败分子能从容不迫地把家人和赃款都弄到国外，然后自己全身而退，到国外当寓公，谁都拿他没办法。官员腐败犯罪的成本如此之低，难怪那么多人愿意铤而走险。既然公务员这么肥，又没有什么风险，大家干吗不挤进来抓一把？

一个社会，各行各业都很重要，但最重要的，还是国家的管理。也就是说，党政部门的公务员是最重要的岗位。全国人民都想当公务员，人们不能不捉摸，是不是什么地方出了毛病。现在人人嘴上都在批判官本位，主张淡化官本位，可个个心里都在拥抱官本位，强化官本位，这个滑稽的现象是谁造成的呢？反正不是报考者的过错。近日看到报上有人把板子打到了大学的屁股上，心中十分不平。有的文章说：“如果我们的大学既不能鼓舞起大学生足够的创业勇气，也不能提供给他们创业所必需的基本技能，波澜不兴的机关生活实际上就已经成为了他们最佳的生存选择。”这是大学的责任吗？如果一个大学生既没有足够的创业勇气，也没有创业所必需的基本技能，却能够当上公务员，享受其他职业得不到的种种好处，这岂不是他们的“最佳生存选择”吗？既然有这等好事，大学又有什么必要教学生学习“必需的基本技能”呢？

“人大代表不在乎缺席”的背后

广州的人大干了一件有点创意的事情：他们把缺席人大会议的人大代表的名单晒出来了。按道理说，人大的权力比政府大，但实际上，敢跟政府叫板的，也不多。至于把包括两位副市长在内的会议缺席者晒出来，胆儿就显得挺肥。这场戏越演越有看头了：你不是晒缺席者的名单吗？我还真就不尿你，不去就是不去！事后看报道，缺席的代表不是少了，而是更多了。

诸位看官都知道，这人大和政协的会议，在中国的位置可是至高无上、神圣无比的，能跻身这里面的人物也都不是等闲之辈。这种会，每年一次，由下而上，地方开罢中央开，是当年的头等大事。各路精英，济济一堂，一切活动都要为此让路。会上代表和委员拿出不少提案，政府的大政方针也要在会上切磋研究。政府和政府官员在这种地方一般说来处于被考察、被审议、被评价、弄不好还要被弹劾的位置。这么伟大严肃的地方，这样重要的会议，那么多人或者请假或者没请假，就不去了。有的说有公务。还有比这个公务更重要的公务吗？据说还有两位副市长也没来。人们就不知道这戏往下怎么演了。

其实这戏不难演。事物还是按照自己的规律在运行。不想来的，还是没来；来了的，还有离开的。有人解释说，没来的，有的是请假来开会，其实利用这段时间干私活去了。广州人大晒缺席者名单的大举措，闹了个“大窝脖”。媒体还说，广州人大不仅缺席的不少，即便是出席的，也有不少在会上打瞌睡。这里出现了极大反差：一些与会者，根本没把这个会当成一回事；而广州人大又太把自己的会当一回事了。

人大在中国无疑是个神圣的事物，这是一个立法机构啊。人大的代表和政协的委员，也都是精挑细选的各界精英。也有一点草根，但毫无疑问也是草根中的精英。不管是谁，一旦戴上了代表和委员的牌牌，身价猛涨，荣耀万分。体面和待遇就不要说了，连犯罪了抓不抓，也得事先商量一下、请示一番再动手。但中国的议员，也就是代表，在产生的过程中，跟选民的关系比较微妙。选民一般不大认识，更谈不上熟悉代表。代表呢，对选民的期望也不是很在意。因为说到底，你能不能当上代表和委员，关键还是你的本职工作干得好不好，而不是你参政、议政的水平有多高。把话说透了，那就是：你是一位副市长，如果本职工作出了纰漏，有了问题，你可能就当不成这个副市长了，当然同时你也就当不成这个代表了。而只要副市长当得不错，参加“两会”不大积极，缺几天席，也没搞什么提案，并没有多大的关系。这个代表或者委员还是可以继续当下去。记得有一年刘翔因为比赛（或者治疗）耽误了“两会”的出席，被批评。刘翔会感到很委屈。因为他本来就不是搞政治的，训练比赛已经十分紧张，哪有工夫研究政治？但你太出名了，不让你当代表或者委员，大家都不好意思了，所以你必须进来。至于参不参政，议不议政，倒不是很要紧。刘翔不能及时与会，可能确有难处。但如果在出席会议和疗伤、训练、比赛相比，智商再低的人也会做出明智的选择：我只要能拿冠军，出不出席“两会”，都没关系，还能当委员；我如果运动生涯结束了，我议政议得再好，可能也没人找我了。明乎此，我们对代表和委员对如此重要的会议不重视也就找到了根本性的答案。这些会议的缺席者知道自己干什么才是最重要的。广州人大的有关官员十分生气地说：“你既然那么忙，干脆就别当这个代表了！”缺席者要是不软不硬地回他一句：“你以为我当不当代表是你我能定的吗？”质问者又是一个“大窝脖”。

这件事会引发我们思考，“两会”代表和委员的产生如何做得更合理，更科学，更有利于政治体制和运行机制的健全和效率的提高。如果选择标准仍侧重于各界的先进工作者、做出杰出成就的人才，代表不是跟选民互相沟通了解之后选出来的，而是有关方面圈点名单，人们关心的就仍然是能决定他命运的人，对“两会”不当一回事的现象就不可能得到根本改变。议员怎样产生、如何发挥作用，各国都有许多经验可以借鉴，也不难学到。议员不把议会当一回事的怪现象，似乎应该尽快扭转了，否则会影响人大的声誉。

女足用不用向国人道歉？

我国的女足在雅典的奥运会上输得一塌糊涂，铩羽而归。在回国前夕，特意通过媒体向全国人民表达歉意。见到这条消息，首先想到的，是女足的姑娘们和她们的教练还是很有责任感的，她们把国人的期望看得很重，觉得有点愧对江东父老。球是输了，但道歉之举却表现出了她们的可爱之处。中国的足球、篮球，输球的多了，有几个道歉啦？

再往深里想，又觉得女足的道歉大可不必。从人的道德层面来说，不管是自然人还是社会角色，其责任和义务都有“必须做到”和“争取做到”的区别。“必须做到”的没有做到，损害了人家的利益，就有道歉的必要；“争取做到”的没有做到，就不一定道歉。举例说，《北京青年报》上有一条消息，说的是北京平谷县某邮局把一个女大学生的信给寄丢了，泄露了人家的隐私。这就必须道歉。一个小区的物业，把小区搞得乌七八糟，业主每天像生活在地狱里，这种物业也必须道歉，何止道歉，还应该尽快“炒掉”。一个养狗的，没照管好自己的狗，到处拉屎，还咬伤小孩，也必须道歉，不仅道歉，还要赔偿。这是说“必须做到”的。至于体育比赛，恐怕应该列人“争取做到”之列。如果各国派往雅典的运动员一律必须拿回金牌才能回家，那么大部分运动员先就不敢动身了；胆大去了的，赛完了也多半只有踏上流浪之途，不敢回家，因为拿到奖牌的毕竟还是少数。如果对“争取做到”的没有做到都要道歉，那么，现在全世界没拿到奖牌的大多数运动员和运动队每次大赛过后都会掀起一个轰轰烈烈的“道歉高潮”，充斥各媒体版面的，都是些道歉声明。现在我们没有见到这壮观的场面，可见多数人觉得不必道歉。

可天下的事情就怪了。不必道歉的，道歉了，社会上许多应该道歉的，却死皮赖脸，硬是不肯道歉。一个地区的某种行销全国的产品，绝大部分都是伪劣假冒的，甚至是加进了有毒物质的食品，这个地区的管理者却没有向全国消费者道歉；一个派出所居然能想出“让受害者再被强奸一次，以便逮住作案者”这样的“高招”，四个警察守在旁边，让坏人强奸完毕潇洒离开，愣是没有抓到。就这样的派出所所长，不仅没有道歉，还在电视镜头前振振有词，满嘴是理。这样的例子，不胜枚举。

中国人是个好面子的民族，叫他承认错误和道歉，比较困难。一个普通人死不认错，不肯向自己伤害过的人道歉，影响还不是很大，充其量，日后大家都躲远一点就是了。可一个社会的管理者，执掌着一个地方大权的官员，怎么能躲得开呢？他如果不懂得廉耻，不懂得认错，不懂得道歉，给当地百姓造成了巨大的伤害，仍然不思悔改，这比女足输球严重一百倍的事情，我们就只能干看着无能为力吗？现在对官员的“问责制”说得十分热闹，由“问责制”又扯到“引咎辞职”，也许胡作非为的一些官员逐渐地也能学会道歉和引咎辞职了。

看看我们的记性

今年（2003年）12月13日是南京大屠杀遇难同胞的66周年祭日。66年前的这一天，侵华日军攻占南京，在一个月内残杀了30余万中国人，制造了骇人听闻的南京大屠杀。

66年后的今天，这场大屠杀人们还记得吗？

日本人是不记得了，有些日本人是想赖账，想否认这段历史。还有些日本人，根本就不知道。日本政府把这个惨案和其他战争罪恶都从教科书中淡化或者删除了，他们十分成功地欺骗和蒙蔽了本国的广大民众。到南京参观了侵华日军南京大屠杀纪念馆的日本人，大多都震惊不已，面临一个闻所未闻的史实合不拢惊愕的下巴。日本人的做法虽然令人气愤，却不难理解。日本军国主义的阴魂从来就没有散过，它的势力也比我们所估计的强大得多。试想，如果把上次侵略战争的诸种罪行都摆出来搞臭，弄得万人痛恨，下次再搞侵略，谁还去当炮灰？这也就是首相们总在冒天下之大不韪，死活要参拜靖国神社的原因。

令人气愤却又难以理解的，是一些中国人的态度。12月14日上午，

《北京晨报》的记者在北京市的一家快餐店里搞了一次随机调查。在被问到的15名年轻人中，只有一个人知道南京大屠杀发生在哪一天。有6个人正确回答出了30万人被杀害。在15名受访者中，对南京大屠杀纪念活动表示关注的仅有4人。其余11个人表示“不关注”。理由呢？7个人认为“与我没有关系，我只关心身边的事”。瓜田先生确信这个调查结果是真实的。在小学生都学会作秀、说假话的中国，人们在话筒和摄像机前讲话，不用任何人临时导演，都知道说点便于发表、播放的“闪光语言”。在这种集体无意识的操纵下，仍然只有4个人“表示关注”，这结果肯定比较真实，唯其真实，才更值得悲哀。一个没有记性的民族，继续挨打也不稀奇，甚至挨打也不大值得同情。

我们能责备北京的快餐店里的这几个年轻人吗？恐怕不能。如果《北京晨报》的记者再找几个年纪大的行人，再列出几个范围宽的问题，譬如说，在侵华战争中日本鬼子到底占领了多少个省份？杀了多少中国人？中国到底蒙受了多大的损失？我看调查结果也乐观不到哪里去。如果再问问“九一八”何以在沈阳发生，“七七”何以在卢沟桥打起来，而不是在黄海或者日本海上开战，恐怕就连80岁的老爷爷也难说清楚了。我们的各种爱国主义教育基地遍布全国，教育材料一批接着一批，宣传活动一浪高过一浪，可为什么事关民族命运、国家生存这样的大事情做不到“入心入脑”呢？12月13日，南京全城拉响了“勿忘国耻”的警报，难道9月18日和7月7日就不应该在全国拉响警报吗？南京大屠杀幸存者还活着的今天，我们就把这场灾难淡忘了，这种遗忘无疑是对企图实行第二次屠杀、第N次屠杀的军国主义的鼓励。

大连曾经是沙皇俄国跟日本人厮杀的战场（你道怪也不怪？两个

强盗打架的战场竟是第三个国家)。大连人对日本帝国主义怀有刻骨的仇恨。瓜田先生建议大连的记者朋友设计几个题目，到马路上问几个年轻人，看他们知不知道旅顺口的屠城发生在哪一年的哪一天？万忠墓里究竟埋了多少死难同胞？不妨也问问：日本和俄国打仗怎么打到我们家里来了？大家不妨从这次调查结果来审视一下我们大连人的记性。

女运动员能不能裸体上杂志封面？

近几年，西方一些国家的女运动员裸着上杂志的封面，似乎已然蔚成时尚。某西方杂志感慨道："现在的女运动员已经很适应在达到她们职业的巅峰之后把运动特长与性方面结合起来。1984年和1988年冬季奥运会花样滑冰的金牌得主卡塔琳娜·维特，曾因为在成为世界级滑冰运动员很久之后的1998年，在《花花公子》的封面上裸体出现而引起轩然大波。现如今，女运动员们在非运动杂志上展示她们的裸体而不必表示任何歉意。"现任妇女运动基金会主席多米尼克·戴维斯说，女运动员有权决定在什么地方以及怎样出现在媒体上。她还说，杂志上的描写不该是削弱妇女在奥林匹克运动中取得的进步，而应该是庆祝她们获得的独立。27岁的戴维斯曾经是1996年体操冠军队的成员。她说："我不会这么做，但是运动和性永远都是卖点。我认为，妇女有权利作出这样的决定。"

这风气，四年前还会受到非议。悉尼奥运会的时候，游泳运动员珍妮·汤姆逊双手交叉挡在胸前的照片出现在《运动展示》杂志上，引起了很大争论。当时，妇女运动基金会的执行主席丹娜·罗琶雅偌大光其火，她对记者说："在体育杂志上任何削弱运动员成就和技巧、夸大女运动员为性偶像的暴露行为，都是污辱性和不体面的。”现在不同了，现在大多数运动员模特都说他们喜欢裸露自己并把它看成是职业生涯的一种结束方式。一位叫阿卡芙的女运动员毫不掩饰她的直接经济动机，她说：“我是出于经济方面的考虑。在现实生活中真的很难能挣到这样一笔钱。”这姑娘也并非一头钻进钱眼儿里，对什么都不管不顾，她要求图片的制作有品位，而且不能正面全裸。

面对女运动员们开辟财源或者自谋生路的做法，用“世风日下，人心不古”之类的九斤老太式的议论来概括，未免过于简单。这应该引发人们的理性思索。女裸能不能上杂志封面，这本来不成其问题的。艺术大师们那些以女人裸体为题材的油画，本来就经常出现在艺术刊物的封面上；摄影艺术家们精心策划的人体艺术摄影，也常常发表在杂志的封面上，电影三级片的“脱星”稳稳地盘踞着低俗色情杂志封面，这些，鹰击长空，鱼翔浅底，各有各的位置，从来也没有引起争议。那么，女运动员为什么不行呢？答曰：社会角色的定位不同。运动员既不是供人鉴赏的艺术品，也不是出卖色相的青楼女子，他们是健美和力量的象征，是鼓舞人类蓬勃向上的精气神儿。人们对他们是喜爱、敬仰的，有些运动员甚至还吸引着一些狂热的追星族。享有这样的社会定位的体育明星，一些人心中的偶像，突然一丝不挂地上了娱乐杂志的封面，人们接受起来难免有点儿尴尬。

我们不妨再摆出一个有趣的参照系。近日的西班牙出了个小小的风波。该国的八位女部长身穿套装或休闲服，摆出不同的姿势，上了最新一期的《时尚》杂志的封面。就是这么一张个个都裹得严严实实的照片，还是招来了激烈的批评。女权组织声称，这些照片损害了政府的政策，是在拿职业妇女的性别做文章。西班牙的一家权威报纸也批评说，八位女部长登上《时尚》封面与她们此前所鼓吹的思想格格不入。瓜田先生特意从网上找到这张封面照片看了看，认为这是一张极普通的照片，色情是根本扯不上了，距离时尚其实也有相当的距离。西班牙人实在有点小题大做。但这个现象很说明问题，那就是女部长的“社会角色定位”是官员，是社会管理者。官员大体还是应该严肃一点，稳当一点，甚至稍微保守一点。你不好好地当你的部长，跑到“时尚”这里来当“票友”，岂不是严重“越位”？

女运动员的裸照上封面之所以惹起议论，也是人们的“越位”观念在起作用。其实，依瓜田先生之见，对这个问题不宜一概而论，应该具体情况具体分析。首先，她们不是女部长，没有那么沉重的角色负担，客串几次模特，不应该遭到反对。其次，女运动员的照片，美不美，健康不健康，并不在于是不是裸体。就女性照片而论，把身体裹严实了，不一定就美丽、就崇高；浑身一丝不挂，也不一定就色情，就低俗。这与被拍摄的运动员的气质、精神境界有关，也与摄影家的艺术观念和处理方式有关，当然，与欣赏者的趣味水准也不无关系。一幅照片是健康、美丽、高雅，还是淫荡、下流、低俗，在正常情况下，对正常的审美者来说，并不难判断。瓜田先生见过一本日本体育杂志的封面，一位肤色黝黑的女运动员穿得极少，背着观众站在那里，力与美的汇合，对读者很有冲击力。还见到一幅澳大利亚女足的裸体合影，就有些惨不忍睹。一群姑娘挤在一起，侧着身子，躬着腰，捂着胸部，双眼惊恐不安地望着镜头。色情是谈不上了，但女足的强悍、健美也看不出来。真想不明白，照这种照片所为何来？

总而言之，作为女运动员，多少还是应该有些社会角色意识，不要让爱戴你们的“粉丝”们失望，即便是为了挣钱拍点裸照，也要处理得美一些，健康一些，与你的竞技状态和体育成绩一样，给人以力量的鼓舞和高雅的艺术享受。

抗日军民就有“辜”吗？

前一阵子纪念抗战胜利60周年的一些文章中，在表现日本鬼子如何残忍的时候，常常能见到这样的句子：“他们连无辜的妇女和儿童都不放过，一律杀光。”这话，粗粗地看，没什么毛病，妇女和儿童本来就“无辜”嘛，鬼子连这样的弱者都杀掉，确实像野兽一样残忍（其实，用“野兽”形容侵略者也是出于多年来的习惯，并没有多少道理，请问，哪有杀害了几千万中国人的野兽？野兽有知也会对这个比喻提出抗议的）。但仔细地琢磨一番，问题就来了：妇幼是无辜的，那么，抗日的军民就有“辜”吗？就该杀吗？

这个问题的提出，颇有点像王蒙先生讽刺过的诡辩家。那诡辩家的逻辑是：你不是说喝茶对健康十分重要吗？那你就是说吃饭不重要了，那你就别吃饭光喝茶好了。其实这两个论题不大一样。最起码，喝茶和吃饭的矛盾和对立，是诡辩家自己制造的，除了诡辩家，没有人会认为这是一个问题。而抗战中的是非，则是客观存在的。就这个句式本身看，也有些问题：“连无辜的……也杀”，很容易令人联想到“连……”之前杀的那些人，似乎有“辜”。

在当年的鬼子们看来，中国抗日军民肯定是有“辜”的：我们侵略中国，你们中国人像绵羊一样任我们宰割就是了，偏偏还要抵抗，这还不是有“辜”吗？但这是侵略者的逻辑。人类毕竟还有公理在。公理就是你不能侵略别人的家园，你侵略了，就犯了罪，就应该受到惩罚。被侵略的一方的人民，拿起武器消灭侵略者，是天经地义的事情，不仅于本民族有功，对于维护全人类的正义和和平也是一种贡献。国际上如果没有这样的章法，那就世无宁日了。

中国人本来是在自己的家园里，正常地生活着。用北京人常说的话表述，就是“没招谁、没惹谁”。你日本鬼子打进中国来，破坏了我们的生活，烧我们的房子，杀我们的人，抢我们的财产，而不是我们跑到你们大阪或者名古屋侵略你们。我们不打你们行吗？窃以为，为了表述得更严谨一些，也为了防止日本人钻空子，在提到日本人杀害中国妇孺时，就不要用“无辜”来标识他们同参加抗战的军民的不同了。

说到妇孺等没有在前线作战的弱者，恐怕也不能一概以“无辜”论之。被侵略国家的妇孺，在全民抗战的斗争中，也并没有当旁观者，做军鞋、送军粮、站岗放哨，贡献也是不小的。在鬼子看来，也很难说“无辜”。那么侵略者本国妇孺呢？譬如像日本这样举国上下实行军国主义体制的国家，妇女种稻子，为的是支援侵略，小孩子进兵工厂，也是为侵略者造武器。这种体制下的妇孺，难道也和被杀戮的中国妇孺一样无辜吗？这些妇孺是主动地还是被迫地支援侵略并不重要，客观上他们都是战争机器的一部分，这才是问题的核心。这也正是美国人想结束战争就往日本本土丢几颗原子弹的伦理支点，人们正是出于这种分析，才对美国人的做法予以理解。

现在日本人把广岛和长崎的原子弹造成的危害在宣传中无休止地强

化着，留给世人的印象，似乎他们的遭遇比谁都悲惨，似乎侵略者和被侵略者都一样的可怜，谁也别说谁啦，大家都扯平了。广岛、长崎的受害者是值得同情的，但他们的遭遇不能拿来简单地同南京大屠杀的中国死难者类比。他们要讨还血债，对象也不是美国人，而是日本军国主义政府。日本有些人总想赖账，不承认制造了惨案，或者把二战中的是非这潭水搅浑，他们以为中国人还停留在七八十年前吧？

这当然不会是蓄意配合……

记得几年前，瓜田先生曾经写过一篇题为《可怕的配套》的杂文，说的是在日本右翼分子在教科书上篡改日本侵略史的丑行激起世人公愤的当口，一群天津市的小学生在看到电影《紫日》中日本兵把中国人当成靶子练刺杀的镜头时，竟然开怀大笑起来。瓜田先生由此又联想到国人一系列与东洋人“遥相呼应”的种种表现，不觉悲从中来。譬如，大卖日本人制造的二战游戏软件的有之，大卖“皇军帽”的有之，在旅游景区穿日本鬼子军装、挎鬼子军刀照相的有之。人见人爱的影视明星“小燕子”赵薇，因为不明底里，披了一块日本海军旗搞时装秀，惹起一场轩然大波。

瓜田先生旧话重提，是因为遥相呼应的“配套工程”又有了新的进展：就在日本人篡改侵略史的教科书正式出笼、文部省已经批准使用的今天，听说我们自己的教科书也正在修改，《狼牙山五壮士》从上海、湖南出版的小学教科书中被删掉了，人民教育出版社的教材，据说也从五年级的课堂用书贬至“自读课本”。据说，有的教育界人士，包括教师的解释是，这种课文“不能引起共鸣了”。瓜田先生认为，不能共鸣的人不能勉强人家“共鸣”，但编教材的人和教书的人，必须能跟“五壮士”共鸣才堪聘用。还有一位作者提出高论，说让“五壮士”之凄美故事淡出语文课本是“完善生命教育的需要”。据这位作者说，这“生命教育”能培养学生“珍惜、尊重、热爱生命，有利于对自己生命的自我保护，更有利于形成对他人生命的尊重和敬畏”。如果我理解得不错的话，那就是“五壮士”的精神显然同“生命教育”发生了抵触，“不利于学生对自己生命的自我保护”。那么，“五壮士”当时应该怎么办才能符合“生命教育”的要求呢？只有缴枪投降之一途了。他们还可以说服日本鬼子“形成对他人生命的尊重和敬畏”，这样鬼子也受了“生命教育”的启蒙，羞愧难当，肯定都纷纷丢下武器跑回日本去了。生命教育使我们的民族传统产生了极大的危机。仔细盘点下来，中华民族的英雄们，如岳飞、文天祥、黄继光、董存瑞、刘胡兰……都不大懂得对自己生命的“自我保护”。我不知道这种抽掉了具体时代背景，抛开了民族气节和精神操守，背弃了人民的根本利益，不分敌我、不论是非的“保护自我”和“善待他人”会出现一种什么样的可笑复可悲的场景。中华民族以后再遇到外敌入侵，还有什么人到前线作战？没有英雄主义精神的中国，还有能力立足于世界民族之林吗？

东洋人改教科书，掩盖他们侵略中国和亚洲其他许多国家的罪恶，对此，我们也只能发发抗议，有点无可奈何。照说，东洋人我们管不了，就应该针锋相对地把我们的教科书编好，起码也应该加大抗日战争的比重，让我们的后代不忘这段悲惨、耻辱的历史，还要防范不逞之徒重温“大东亚共荣圈”的旧梦。谁也不会想到，教科书我们倒是在改，只是不知怎么闹的，乌龙球踢到自家的球门里去了。这当然不会是蓄意配合，只是叫人想不明白。

这两年，听说有人在倡导“对日新思维”，可能是“咸与维新”啦，“相逢一笑泯恩仇”啦。可是，你“泯”了，他根本不想“泯”，他经常祭拜东条英机等战争罪犯，试图东山再起，你的热脸贴在人家的冷屁股上，你贱不贱？这思维有什么“新”的？汪精卫、周作人早就有这种思维了，你比人家晚了六七十年！

在今年（2005年）4月7日的《参考消息》上，登载了一篇谈日本新历史教科书编撰会的文章，颇能清醒我们的头脑。文中说，编撰会的外围组织教科书改善联络协议会会长三浦朱门说：“如果自卫队在伊拉克死上两三个人就好了，将能够为改宪增加势头。”编撰会的支持者、筑波大学教授中川八洋说得就更为露骨，简直这仗不打都不行了：“不进行战争的民族将会退化，宪法第九条不改是不行的。”这样的一伙人在那里磨刀霍霍，一点也不讲究“完善生命教育”。我们是不是也应该多长点精神，多留点心眼，多提高点警惕？

世界上有许多事情是怪到了离谱的地步的。就说这二战中的中国和日本吧：中国人叫人家杀了3500多万，血流成河。仅一个南京城就被杀了30多万。我们满嘴都是理，却偏偏说不清楚，今天这里挖出一个“日本侵华铁证”，明天那里挖出一个“日本侵华铁证”，不知道想“证”给谁看，也不知道日本人是不是因为“铁证”看少了才不认账的。而日本人掩盖侵略罪行的宣传，虽然句句是假话，却做得扎实而有效。他们掩盖历史罪行是一个全社会、全方位运作的“系统工程”（有良心的正义人士也有，但声音过于微弱）。一位叫舒曼的中国留日学生说，在日本到处都有否定“南京大屠杀”的书，还十分畅销。在一套为日本侵略战争翻案的漫画书中，南京大屠杀被说成是美、英、苏、中等国在东京审判中捏造的谎言。这套书在日本卖出一百多万套。舒曼说：“最可怕的是，当你看完这些书，你会觉得他们说的跟真的一样。”参观过南京大屠杀纪念馆的日本青年，都表示从来不知道这些史实，这也有力地证明，日本人的欺骗是十分成功的。面对日本人的欺骗宣传，我们对抗日战争的真相的宣传都做了哪些工作呢？我们有没有能卖一百万套的漫画书？有没有真实地反映这场战争中中华民族惨烈创痛的影视巨片？我们的青少年乃至中老年，对那段历史到底了解多少？你能说清楚抗战是从1931年9月18日开始还是1937年7月7日开始吗？你能说清楚这两个国家的战争怎么不是在边界上或者海洋上，而是在沈阳和卢沟桥开打吗？日本人怎么早早就进来了？如果这么简单的几个问题你都回答不出来，你还要把中学课本中有限的一点抗战的内容删掉，你对中华民族的命运还有点责任感吗？

杨震这样的好干部已经难得

近日，从媒体上见到一篇文章，是谈东汉的“四知太守”杨震的。杨震的“四知”故事，载于正史，在后世流传得也颇为广远。这一向是当作可贵的正面廉洁典型被传颂的。眼下见到的这篇文章，对杨震这个人物做了一次彻底的颠覆，对杨震的灵魂进行了严厉的拷问，结论是：杨震拒贿之后，自己四处张扬，沽名钓誉，以此标榜品德的高尚，为的是满足更大的权欲。这样一来，杨震的拒贿之举不仅说不上清廉，反倒成了向上爬的晋身之阶，显得十分丑陋。文章的结尾问道：“像杨震这样的‘高尚者’，生活中我们见得还少吗？”

这篇翻案文章，初看起来，有点道理。被杨震推荐上去做了官的王密，晚上偷偷地给杨震送来重礼，说：谁也不知道，您就悄悄收下吧。杨震则说：“怎么能说谁也不知道？天知、神知、你知、我知。”弄得王密羞愧而归。作者推论道，这事儿王密自己不会说出去，那么，杨震自我吹嘘的嫌疑就相当大。瓜田先生认为，这个结论未免武断了些。这事儿到底是谁捅出去的呢？王密肯定就不会往外说？不见得。王密受到感动，对身边的知心朋友发个感慨，对杨震的品行发出由衷的赞叹，并不是不可能。再把王密揣测得猥琐一点儿，他送物质之礼老师不收，替他扬名，送点儿“精神贿赂”，他总是没法儿回绝吧？还有，王密之外，并不能保证别人一点不知道。这是一位“地市级”官员和一位“县处级”官员的会见。官员都有自己的随从，许多事情官员是不回避随从的。只要看看今天的某些县级领导带着秘书和司机把土特产扛到上级的家里，就能猜测到，王密带来的那10斤“黄货”也不会是自己动手提来。至于王密说“没人知道”，那是没把随从当成外人。可是，随从就都能守口如瓶吗？所以，一旦仔细推敲起来，这个案不一定能翻得成。

瓜田先生无意在这里查清此案，他想说的是，对一个人的评价，毕竟是一件十分严肃的事情，应该掌握他一生的行止才算全面、准确。论及一位古人，我们就更不能满足于从一个人所共知的小段子里推演出很严重的结论。譬如说杨震，从史书上看，这确实是一个道德高尚、作风廉洁且坚持原则，甚至不惜献出生命的好官、清官。杨震祖上背景相当厚实。八世祖杨喜跟刘邦打仗，因追杀项羽有功，封了侯。高祖杨敞也是封侯拜相，地位显赫。如果杨震想当官，说当就能当，用不着在家里清高地钻研学问，待到五十来岁才出山（在没当官的时候，杨震的人品和学问，已经有了不小的影响力，人们已经称他为“关西的孔夫子”了）。“四知”的故事，发生在他当官没几年的时候，他前往山东当东莱太守的路上。后来进入朝廷，成了重臣，威望也相当高。可惜他生不逢时，遇到一个昏庸混账的汉安帝，这家伙刮裙带风，重用小人，把朝廷和后宫搞得一塌糊涂。杨震屡屡提意见，汉安帝根本不听。杨震不仅自己提意见，还同情其他提意见的人。河间一个叫赵腾的人跑到京城向皇上递意见书，把皇上气得要死，非杀他不可。杨震据理力争，说这跟杀人之类的刑事犯罪不同，保他一条命，可以鼓励乡下人大胆反映情况。

但皇上哪里明白这么深奥的道理，到底还是把赵腾杀了。后来，在群小的谗言包围中，汉安帝把杨震赶出了京城。杨震见大势已去，服毒自杀。直到汉顺帝即位，杨震才被恢复了名誉。

杨震喜欢“赢得良好的名声”，是个事实。史书上说，他的子孙伙食简单，出行也不坐车。朋友们劝他置办些产业，杨震不肯，说：“使后世称为清白吏子孙，以此遗之，不亦厚乎！”看来，他将“清白”二字看得比物质财富重得多。纵观杨震的一生行状，他追求的是自我道德的完善，人格的完美，为官对社稷的责任感。因此，他是不屑于把“四知”这样的事迹四处张扬的。这样的干部，不要说在当时，就是在现在也是难得的。我想不明白，冠在杨震前面的“高尚者”三个字为什么要加上引号？如果一个人追求高尚的人格，要当一个好官、清官，也必须批判，那么一个仰慕圣贤的人将无所适从。当然，当一个完全、彻底的好官，彻底到连自我欣赏一下的念头也没有，那是极好的啦。但我不知道世界上有没有这样的人物。

人的精神境界是千差万别的。抛开杨震这样的清官不说，官场上某些人确实善于作秀，善于自我表扬，譬如常常向媒体表白，他今年又拒贿多少次、拒贿的钱物折合人民币若干元，借此标榜自己的清正廉洁，目的是赢得好名声，为高升一级大造舆论。照文章作者的意思，是要把这些人用道德之鞭痛打一顿的。瓜田先生则认为应该手下留情，不但不能打，还要鼓励他们继续坚持下去，因为这毕竟是在干好事呀，只要他不说假话，是真的在拒贿，我们就不要太在乎他热衷于自我表扬。我们当然希望有很多的干部，操守更加高洁，对自己要求更加严格，默默地做大量的好事，却不事张扬，不图回报，但这种人毕竟有限。那么，不得已而求其次，有些人做点好事，喜欢咋呼，想听点赞美的话，这虽说比前一种俗了点，但也算不得什么大毛病，只要他不干坏事，对他的“好（hào）名”，也就不宜厚非。他不就是“好名”嘛，满足他一下又有何妨？这对国家和老百姓造成不了太大的损失，这比那些疯狂受贿的贪官们不是好得多了吗！当然，如果他说的一套做的是另一套，“图穷而匕首见”了，我们再动手收拾他也不晚。如果他好事做了一辈子，也咋呼了一辈子，没有什么劣迹，那就还是一个好干部，不必过于苛求。有点自我表扬，风气会因此就坏了吗？我看不至于。

有人会问：瓜田先生，你的标准也太低了，连这种人你也替他辩护？瓜田先生答曰：一定要保护，因为就连这样的，也越来越显得宝贵了。

说“尊严”

一提“尊严”这个词儿，瓜田先生的脑袋就大，就犯糊涂，因为形形色色的人对待这个词儿的态度，总是叫人看不懂。有时候，似乎人人都有自己的尊严。您看，在电视上，经常会见到警察查抄某些色情场所的镜头。这时候镜头上人们的反应很有趣，都是不约而同的一致：小姐们都是低着头，一头秀发形成了一圈儿瀑布，把自己那张美丽的小脸遮了个严严实实，嫖客自然是男人，头发短，就没有这个天然的优势了，只好就地取材，找一张报纸或者一件衣服，把尊容挡一挡，以免被熟人看了去。这说明什么呢？说明就连嫖娼卖淫的人也是没有忘记自己的“尊严”的。这种性交易，在陌生人之间进行，就不存在什么丢不丢人的问题，但是不能叫熟人看见，否则，就没有“面子”（或者叫“尊严”）了。小偷们奉行“兔子不吃窝边草”的游戏规则，不偷近邻的东西。这自然是出于对自己“窝”安全的考虑，还有一点也不是不重要的：在熟人面前做这种丑事，一旦败露，太没有面子。有的时候，人们又常常把“尊严”塞到屁股底下，不当一回事。某些掌握了一定权力的贪官，他们就不用顾忌什么生人、熟人，究其实，跑来行贿的，多数恰恰是熟人。

七搞八搞，把自己搞进了局子，很不“尊严”地戴上了铁手镯。如果当初有了很“尊严”的拒绝，就不至于落到这个地步。俗话说：露多大的脸，现多大的眼。小偷和三陪小姐有几个人认识？官员就不一样了，他经常在电视上抛头露面，发表廉政的重要讲话，所以一旦因不廉政被抓了起来，全县、全市或者全省的观众都会大跌眼镜。这很像看电视剧，看到后来人们才发现，原来那个负责破案的公安局长才是凶手哇！

照理说，世上活着的人，每个人都应该有自己的尊严。可活着活着，人们之间享有的尊严就像手里的财富，穷的和富的就有了差别。有的人赢得了越来越多的尊严，有的人则像败家子一样，逐渐地把自己的尊严丧失殆尽。前者不管是从事什么职业的，也不管在不在位，总能受到人们的爱戴；后者常常会抱怨什么“人一走，茶就凉”之类，其实，人没走茶就凉了，只是慑于你的权势，逗你玩而已。瓜田先生见过几次数万人为一个普通的警察或者医生送葬的新闻，心中感慨不已，老百姓心中的那杆秤，最是公平。

赢得尊严是有诀窍的，那就是时时都有“自尊”在控制着自己，严于律己，造福大家。俄国的大批评家别林斯基说：“自尊心是一个人灵魂中的伟大杠杆！”法国的大作家福楼拜说得更彻底：“与其说是为了爱别人而行善，不如说是为了尊敬自己。”什么叫“自尊”？就是别把自己不当人。这话似乎有点粗，不过，话糙理不糙，每个人都把自己当人看，当一个有教养、有操守的人看，我们的社会就会美好得多，有秩序得多。如果说起道德教化的宣传，古今中外，宣传队伍之大，手中真理之多，宣传经验之丰富，恐怕没有谁敢跟我们相比。但宣传效果却常常令人惭愧。究其原因，就是高台讲章太多，与普通百姓道德水准能接上火的朴素道理太少。瓜田常想，宣传的时候，不管对官员还是对老百姓，就强调“每个人都像一个人一样活着，有尊严地活着，善良一些，别坑害别人”，也许效果反倒更实在。

一个人一旦有了自尊，他过马路的时候，就不会闯红灯，不管当时有没有警察在那里监督；一个人一旦有了自尊，他就不会往地上吐痰、扔烟头，不管当时有没有市容管理人员在那里罚款；一个人一旦有了自尊，他就不会往猪肉里掺水、往羊毛里塞砖头，更不会拐卖人口、图财害命，而不管有没有人发现和惩罚。自尊是自己内心对灵魂的拷问，是内心的崇高的操守对卑下的欲望的围剿。有了自尊，一个握有权力的干部，就能抛开一大堆冠冕堂皇的理由，舍弃掉那些往自己脸上搽粉的政绩工程，专心给老百姓干点实事；在有人前来行贿的时候，脸上发烧，有尊严地把来人赶出去。

人人讲求自尊本来应该是一个社会的常识、常态，但在社会风气不良的时候，自尊却成了一个境界、一种奢望。这不知是谁的悲哀。

心理残疾的外化

日前，从《艺术世界》上读到一篇沙叶新和奚美娟的对话。一个是成就卓然的戏剧家，一个是深受观众喜爱的表演艺术家，都是全国排在前头的“大腕”，他们的对话自然会有别人所没有的东西。翻开一看，果然有趣。

沙叶新先生有个感慨：“一句好台词，你要想出来，不容易呀，是可遇不可求的，这是灵感的突发呀，是编剧的心头肉，结果让导演删掉了，怎么能不心痛？”作为这个感慨的支撑物，沙叶新举了一个小例子。

在话剧《寻找男子汉》中，女主角个子高，爱上了一个矮男子。这矮男子有一句台词，说：“我非常自豪，我自豪我高度和中央高度保持一致。”当时的中央领导人是邓小平和胡耀邦。这句台词写绝了，有对大人物的善意调侃，也有小人物硬拉大人物比肩的滑稽，还有名词“高度”同副词“高度”的胡搅蛮缠，其幽默效果是可以想见的。然而，导演把它删掉了，说：“呦，你怎么跟中央领导开玩笑？”心头肉被挖了，沙叶新当然伤心至极。他是太欣赏这句台词了，他说：“这个词儿是天才的语言呀，你拚命想都想不出来的！”他的感慨便是由此而发。还好，这台戏演了一百多场后，反响不错，导演心里有了底，心态就从容多了，沙叶新要恢复这句台词的建议就被采纳了。这一恢复，不得了啦，满场的笑声都爆出来了。

这个例子强烈地震撼了我。我设身处地地想过，如果我是导演，会怎样对待这句台词？结论是：删掉。是我不知道这句台词精彩吗？不是。我也很欣赏这个台词，但是我怕，怕闯祸，怕得罪上头。为了一两句台词，枪毙了一台戏，甚至处分几个人，不值。小不忍则乱大谋，为了大局，牺牲点局部，是很理智的选择。然而，现实却让忧心忡忡的我们十分尴尬：这句台词恢复了之后，天没有塌下来，话剧是越发好看了，观众是越发喜爱了，邓小平和胡耀邦并没有怪罪下来，说这话剧对他们有什么唐突和不敬，连最喜欢找机会维持伦理纲常的好事者也没有跑出来做文章，一切是白担心了。但是，这样处处担心的人却到处都有。我敢说，我周围的朋友们，绝大多数会主张删掉这句台词，因为这“太不严肃了”，“太不尊重国家领导人了”，“太……了”。还好，谢天谢地，多亏我们没当导演，更没当节目审查官，使这个话剧有幸免遭厄运。那么，进一步追问一下，有没有想出了这样天才的台词的剧作家，而终于没敢写到戏里，使一个好戏流于平淡？有没有剧作家写倒是写出来了，但是被审查者给阉割了，或者干脆把整个剧本枪毙了？我相信，剧作家们都会有自己的切身经历。实话实说，我如果管这件事，也难免会做刀斧手。多亏我没有这个机会，少造了不少的孽。使艺术品落下残疾的原因，是因为我们自身心理有残疾。我们落下残疾的时间太长，伤势又太重，所以尽管改革开放为我们动过一些“手术”，“功能”的恢复还是极其有限。心理的残疾总要找机会外化出来，外化的结果就是把经手的作品搞残疾。

忧心忡忡的创作者和审查者，都有自己行事的理由。前有高度的社会责任感的大旗做支撑，后有难以计数的血的教训为警策，生存毕竟比发展更为重要。都说要为艺术献身，容易吗？问题的可悲之处还在于，我们的许多担心，事后证明是多余的，甚至是可笑的。沙叶新这句台词便是一例。多年前，我的一位漫画家朋友告诉我，他画了一幅邓小平的漫画像，自己觉得不错，可是哪里也不敢发表。人家说，这样伟大的领导人，怎么能用漫画表现呢？事有凑巧，突然有了一个机会，有人把这幅漫画给邓小平看了，据说，邓小平一看就笑了。这一笑，就把这幅画解放了。邓小平这一笑，有着划时代的意义，这是人物漫画像禁区大解放的一个标志。

我又想起了《梁祝》小提琴协奏曲诞生的往事。在“大跃进”的年代里，能产生这样表现爱情的音乐作品，不能不承认是个奇迹。这个奇迹的产生，有赖于上海音乐学院系、院两级领导者的努力。系里上报创作计划的时候，前面几个题目是“大办民兵师”或者“大炼钢铁”之类的东西，后边作为点缀或者试探，加上了“梁祝”。管拍板的党委书记孟波是一位音乐家，他居然就能在那种火热的革命形势下，在“梁祝”两个字上打了一个勾。这个“勾”太值钱了，它催生了一个中国名曲。为了这个勾，为了《梁祝》，更为了人的心理的健全，上海音乐学院应该为孟波立一座雕像。我们不妨设想一下，在当时，如果你当院长，敢不敢在“梁祝”两个字上打钩？不说当时吧，就说现在，你作为艺术创作的管理者，在宣传中心任务和爱情题材之间怎么打钩，不会不感到踌躇吧？

看来，在最不健全的社会里，也有心理健全、心灵自由的人存在；反过来，在最健全的社会里，也不能阻止心理不健全、心灵不自由的残疾者满街走来走去，这残疾的心理还要外化，不断地制造残疾的艺术品。

把硬币的两面都给人看看

真面目难见。真面目，也就是本质。“本质”一般是不在前台露面的，前台是“现象”的天下。所以才有哲人说，如果本质能看见，科学就没什么用处了。古今中外的科学家，忙得团团转。忙什么？忙着从现象中找本质。成功了，没准儿得个诺贝尔大奖；一辈子不成功饮恨而死的，也许更多。若是人们的偏见在里面作祟呢？那就更没谱儿了。硬币的两面都有图案，这根本扯不上“本质”还是“现象”，但把这两面图案都看看，让别人也看看，做到也不容易。

引出瓜田先生这番话的，是一小段电视片。二战期间，美国“飞虎队”帮助中国抗战，损失了不少飞机，也牺牲了一些飞机驾驶员。一个名叫福克斯的飞行员，同他的战友一起，坠落在云南的崇山峻岭中。那里地形实在是太复杂了，连当地人也很少上去，所以飞机的残骸保存得还比较“完整”。这段电视片，说的是福克斯当年的战友克服千难万险，跑到飞机残骸的所在地来“探望”福克斯的情景。这老人创造了一个奇迹：他居然跑到了这险峻的高山上，找到了这架飞机的残骸。一见到飞机，他就激动极了。他坐在破烂的驾驶舱里，从残存的仪表上，分析着飞机坠落时福克斯所采取的应急措施。他又从山野中采来一大捧野花，放在飞机上。陪他上山的中国小伙子开始向天空鸣枪，向为中国人民而牺牲的福克斯致敬。在枪声里，瓜田的两行泪水流了下来。

“飞虎队”，这个如雷贯耳的响亮名字，当时为多少中国人增加了抗战胜利的信心！实实在在地说，它在阻挡日本鬼子的进攻方面，是功不可没的。然而，因为美国人随后又帮助国民党同共产党打内战，在朝鲜又跟中国人对阵数年，形象大大地坏了。“飞虎队”之类的“壮举”，就不便再称颂了。对“飞虎队”的杰出表现，就可以解释为捍卫美国在华利益的需要。这话并非没有道理，只是显得有些没良心。试想一下，如果有一个朝鲜人说，中国的志愿军在朝鲜牺牲了那么多人，没啥了不得，那是中国人为了自己“保家卫国”，我们听了会作何感想？

十多年前，从报纸上看到这样一则消息：一群昔日的“飞虎队员”来中国故地重游，当十分自豪地介绍自己是“飞虎队”时，听者邈邈，反应冷淡，大多数中国人不知道“飞虎队”为何物。令“飞虎队”更伤心的，还在后头：他们刚刚在宾馆住下，就被勒令搬家，据说好房间要让出来，给前来做生意的日本人住。日本人当然可以住，他们早已不是当年“飞虎队”打击的日本鬼子。只是，这些老兵，或者说这些有恩于中国人的老英雄，被中国人赶来赶去，为的是腾出房子给日本人住，这事无论如何不像是中国人干的。这事能怪宾馆的管理人员吗？也不怪。中年以下的中国人，多数人不知道“飞虎队”，因为没有人告诉他们，当初还有美国人在帮助中国人抗战。为什么不告诉？大概是因为美国人在帮助国民党抗战吧？

说起国民党抗战，就不由得想起了台儿庄战役。台儿庄战役和“飞虎队”的命运差不多，中年以下的中国人也是不甚了了。直到忽然有一天，有人拍出了《血战台儿庄》的电影，才令青少年们大开眼界：原来国民党也抗战过，有些官兵打得也相当英勇。在一些大学里，反映“文革”的电影《芙蓉镇》碰巧同《血战台儿庄》“联袂”播映，于是大学生们大惊失色，好像一切都颠倒过来了。如果我们当初在宣传时就向人们指出，国民党有些人在有些时候对人民还是有贡献的，是不是就更好一些？对“文革”，把它最丑陋的一面都揭示出来，把祸根找到，青年们也就不很奇怪了。你不讲，从其他渠道也能获得种种的材料，这些材料没准儿充满了另一种偏见，影响更不利。实事求是，永远也不吃亏。除非你害怕真理，只好骗一天算一天。然而，共产党什么时候怕过真理？

对伟人的评价，也是一个理儿。好的时候，一好百好，吹到了天上。一旦走下了神坛，哪里都是毛病，简直是千疮百孔。如果从一开始就实事求是，人们见到的是一个立体的真实的人，就是有人想丑化，怕也难以得逞。

近日，有一件事令瓜田赞佩不已。在《郭小川全集》出版之际，郭的亲属坚持“尽可能全面地提供一个历史个案的全真文本”，就是说，连郭小川当时违心写下的检查交代等也都公之于众，将郭小川毫无保留、真实可信地展现在世人面前。这是多么果敢、睿智的决定啊！郭小川会因此被“矮化”、“丑化”吗？肯定不会。相反，只能更可爱、更可亲、更可敬！看来，郭小川的亲属更了解读者，也更相信读者的判断能力。

彻底的唯物主义，彻底的实事求是，说起来容易，做起来不易。你敢把硬币的两面都给人看，就不简单。在这一点上，我们见的尴尬事太多了。如果胆量还不够，谁也别先吹大牛，以免打嘴现世，落得被世人耻笑！

“花果”和“枝叶”

生活内容中，有重要的，有不重要的。有的地方需要多投入时间和精力，有的地方就要节制投入。人的生命就是这么长的一段儿，干了这个，就不能干那个，什么都干，雨过地皮湿，啥也留不下。这是指生活中目的性很强的“建功立业”部分说的。

可生活中毕竟不光是事关前途、命运之类的大事，在生活链条中更多的是一些鸡毛蒜皮。这些维持我们正常生活必需的内容，往往被视为额外的负担，这就把我们的生活弄得寡淡无味，有时候甚至还焦灼不安。

一位友人乐呵呵地从外地赶来。你当然也很高兴，你要陪他玩玩，吃点，喝点。最后，像买火车票啦，送站啦，一应事情也责无旁贷。你正在兴头上的写作构思，被冲到不知哪个爪哇国里去了。你可能暗自抱怨他来得不是时候。那么，他什么时候来合适呢？如果你是一个忙人，那么他什么时候来可能都不是时候，他只能不来。他有他的运行轨道和行事计划，他不大可能照你的生活轨道运转。他当然也可以避开你，找别的朋友，但如果朋友们都知道你忙得邪乎，都避开了你，你活得还有什么意思？你就可以问问自己了：你到底忙什么，生活的目的是什么？

难道没有朋友的生活还能叫生活吗？

你到外地开会、办事、旅游，当地的朋友们为你两肋插刀，怎么到了你的地面上，你就掉了链子？往浅里说，在礼尚往来上，你不够意思；往深里说，你不是扯旗放炮号称愿意为老百姓服务吗？如果连朋友、亲戚求助你的一件琐事都没办好，不肯牺牲点时间和精力，你还吹什么大牛？

我并不认为摘菜、做饭或者拖地板、洗衣服，乃至往脚上抹脚气灵药膏本身有多大的乐趣，但这也是生活的一个必需的部分。这些琐务保证了我们能健康地生存，不至于走到哪里都臭烘烘的，招人烦，或者脚烂得走不了路。

我想说的是，如果我们把生活中的方方面面都估计进去了，均视为不可省略之事，心气也就容易平和了，不至于被突如其来的各种冲击搞得气急败坏，因为一个人的生活必须包括他的全部内容，甚至于包括计划外的生病。生病多半不是计划内的勾当，如果你想到你也吃五谷杂粮，不是神仙，生病也就在所难免。许多人显然不情愿把生病也“安排”在计划内，即思想准备之内。这样，一旦疾病袭来，就手足无措，精神上也格外的沮丧，好像天底下你最倒霉，好好的计划全都破产了。其实，“意外”何尝不是人生的一个组成部分？一个人一生的生活内容全是计划好了的，根本不可能，即便可能，那也够乏味的，一点憧憬、想象和刺激都没有了。

说到生病和体味“鸡毛蒜皮”，不由得想起了鲁迅先生。鲁迅先生在大病的间歇中写过一篇《这也是生活……》，细致入微地道出了他在生病中的感悟。他的意思是，重新有了生机的病人，对生活会有全新的发现，会产生更细腻、更深沉的热爱。一度，鲁迅的病极重。他说：“我的确什么欲望也没有，似乎一切都和我不相干，所有举动都是多事，我没有想到死，但也没有觉得生，这就是所谓‘无欲望状态’，是死亡的第一步。”后来，就有了转机，半夜里要喝水，要打开电灯，看看周围。他半夜三更唤醒许广平，说：“给我喝一点水，并且去开开电灯，给我看来看去的看一下。”“为什么？……”许广平的声音有些惊慌，大约是以为鲁迅在讲昏话。鲁迅先生说：“因为我要过活。你懂得么？这也是生活呀。我要看来看去的看一下。”水倒是喝了，但电灯死活没给开。鲁迅先生只好摸黑“看来看去”。他说：“街灯的光穿窗而入，屋子里显出微明，我大略一看，熟识的墙壁，壁端的棱线，熟识的书堆，堆边的未订的画集，外面的进行着的夜，无穷的远方，无数的人们，都和我有关。我存在着，我在生活，我将生活下去，我开始觉得自己更切实了，我有动作的欲望……”“这些，在平时，我也是常看它们的，其实是算作一种休息。但我们一向轻视这等事，纵使也是生活中的一片，却排在喝茶搔痒之下，或者简直不算一回事。我们所注意的是特别的精华，毫不在枝叶。给名人作传的人，也大抵一味铺张其特点，李白怎样做诗，怎样耍颠，拿破仑怎样打仗，怎样不睡觉，却不说他们怎样不耍颠，要睡觉。其实，一生中专门耍颠或者不睡觉，是一定活不下去的，人之有时能耍颠和不睡觉，就因为倒是有时不耍颠和也睡觉的缘故。然而人们以为这些平凡的都是生活的渣滓，一看也不看。……删夷枝叶的人，决定得不到花果。”

鲁迅先生一生写了那么多的“花果”，他是最有资格分清“花果”和“枝叶”的，然而就在离他去世一个多月之前的思想中，却是如此深刻地肯定了“枝叶”的作用。我常想，如果他老人家早些年就看到“枝叶”的作用，或许会劳逸得当，多活些时候。

我们平时是不是太注意“花果”，而忽视了“枝叶”？我们是不是太在意赶路，而漠视了路边的美景？还有一个有趣的现象：只要稍稍注意，你就会发现，抛开“花果”谈“枝叶”，抛开“目的”谈“过程”的人，大多是过来人，有点儿像只有当了爷爷奶奶，才有闲情逸致来“含饴弄孙”，人到了这时候才能有点从容不迫的心态。这就有点亏了。我们能不能在青壮年奋斗前行的间隙中，就学会体味“鸡毛蒜皮”的乐趣，不时地“看来看去的看一下”？

交流的心态

国际之间的交流越来越频繁了，人人都在说“全球化”和“地球村”。但“交流”上存在的问题却不见少，不要说交流的方式和内容，就连交流所需要的心态，也不是谁都清楚的。日前从报纸上看到两个在美国工作过的年轻外交官的谈话，这种感触更加强烈。

交流需要一种如饥似渴的学习心态。虽说是交流，恐怕还是中国人需要跟人家外国人学习的更多一些。如果没有一种强烈的需求，只满足于看西洋景，你就是走遍了全世界，也不会有什么大收获。一位外交官说，到美国去考察，省长或者什么领导人带队，人家总裁、副总裁百忙之中出来介绍情况，刚谈了两句，中国人就都困了，开始睡觉。据说是时差问题。可是也有不睡觉的，代表团的头儿不能睡，这涉及外交礼仪或者说面子问题，要硬撑着。还有不睡的，就是私营企业的老板。他能克制住，因为事关自己的利益：出国的钱是自己掏的腰包，出来的目的是要多学几招，以便赚更多的钱，跑到外国公司的接待室里睡觉算怎么回事？这睡觉的成本不是太高了吗？

交流还需要一种与时俱进的心态。既要“交”，还要“流”起来，保持一种经常性的跟踪，争取相对稳定地对某个事物的发展有比较完整的了解。我们有的部门不大讲“流”，采取的是“现用现交”的办法。今年要干甲事，一帮子对甲事的来龙去脉毫不知情的人匆匆忙忙地赶到了外国，考察完了，也就完了。明年可能还是这帮子人出去，但那已经是考察乙事或者丙、丁等事了。外国人对中国的了解，也不是都做到了“与时俱进”，有的甚至相当滞后。一个外国人参加了纽约的企业家代表团，背着干粮和帐篷，还有许多野营用的东西到中国。因为他听说从北京到上海要骑骡子，还要露宿，所以妻子把行囊弄得很大。到了中国才发现，中国比马可·波罗来的那时候，还是有了些变化，到上海可以坐飞机，不用骑骡子。外交官说：对中国认识还是这种状态的，在美国不在少数。

交流还要有一个双方认可的平台，在观念上有一种共同的语言。某市长带着一个代表团到纽约去招商引资，使领馆收到一个传真，说要“安排少年儿童到机场迎接，并安排女青年献花”。介绍这个例子的外交官说：“我当时觉得这帮人没睡醒，这都什么时代了？这是什么状态？这说明对美国文化不懂。在东方文化里面，老美来了我们也是少年儿童迎机，我们是表达心意了，但老美不欢迎，他感觉少年儿童不上学，还要在这儿晒着太阳。”这种文化上的差异和观念上的抵牾，使交流的双方不可能进入同一平台，这种交流貌似热闹，其实是聋子之间互相打岔。前些年，米卢在中国当足球教头，人们送给米卢一套翡翠国际象棋，象棋中的国王，雕的是米卢。据说，米卢为此很不高兴。“国王”和“皇帝”，这在中国几乎是人人想当的，可这个欧洲人跟咱们没有“共同语言”，愣是不领情。据说，米卢跟中国足球官员之间的交流和磨合，几年来也很是费了点劲，分歧恐怕主要不是足球战术，而是文化。

前些年听说，日本人到外国考察之前，先要集训个把星期，熟悉要去的地方，明确注意事项，梳理考察对象的资料，这样交流起来，能保证效率，花点钱也值。其实，这种准备工作我们比日本人更需要。光是调整心态，用两天时间都不算多。遗憾的是，现在出国考察比哥几个凑齐了上一趟颐和园都便利，哪里还顾得上什么集训！

礼让也有必要“量化”

礼让是需要大力提倡的，因为我们这个号称“礼仪之邦”的国度其实礼仪已经十分淡薄、稀罕了。我甚至怀疑从前是不是真的有过礼仪“稠密”、“过剩”的时代。因为照管子的说法，只有“仓廪实”、“衣食足”才能“知荣辱”、“知礼节”。鉴于中国人很少有吃饱穿暖的时候，所以礼仪到底什么时候在国人心目中变得重要，以至于中国被世界公认为“礼仪之邦”，实在也是一笔糊涂账。凭经验推断，国人自我吹嘘的可能性似乎更大一些。如果不服气，请您上街走一圈，坐几次公共汽车，到商店紧俏商品柜台前挤一挤。如果可能，最好再出国旅游一次，看看国人“礼仪”同其他没有“礼仪之邦”封号的国家的差距，您就会跟我一样，决心先把这块“礼仪之邦”的牌子扔到茅厕里，等有了较大的进步再重新命名不迟。

不过，令人欣喜的是，这些年由于“衣食足”、“仓廪实”了，“礼仪”在一些国人中也在普及或者叫“复苏”。前天在一家大宾馆里等电梯，就见到“礼仪”被充分发挥到极致的感人情景。电梯下到一楼，两个西装革履的人开始谦让，都坚持对方先上。诚意是不容怀疑的，你能看得出来，他们之中的哪一个都宁肯再等上一个世纪，也不会抢在对方前头走入电梯。这气氛感染着每一个站在旁边的人，这时候，任何一个还有一点人味儿的人，哪怕他刚刚在公共汽车门口挤坏了一个老太太，在火车站没排队买了一张火车票，他也会乖乖地站在后面，不忍心破坏了这谦谦君子之风。这谦让持续的时间太长了一点儿，就是说，如果大家鱼贯而入，鱼贯而出，恐怕从一楼到八楼两个来回都走完了。最后，终于后面有人等不及了，吼道："你们到底是走还是不走？我们迟到可都是要扣钱的呀！"这话很管用，谦让被终止了，人们像潮水一样很不谦让地涌进了电梯，挤得满满当当，以致引起了电梯的抗议。

原来，礼仪同效益和效率之间存在着一定的矛盾。不怕扣钱的人不妨多谦让一会儿，而怕扣钱的，只能意思到为止，不能在谦让上搞得过于奢侈。在商品经济社会里，忙人是大多数，谦让又不能不做，最后只好想出一种折中的办法，把谦让的程序尽可能地简化，时间缩短，频率降低。比方说，不管是上车还是进门，大家简单地谦让一下，男女之间，女士就先走一步，老少之间，老人就先走一步，双方差别不明显，也就不要过于较真儿，尽早把事情办了是正经。否则，大家必须都拿出身份证来，严肃表明谁大谁小，然后确定谁先走、谁后走，这就需要点工夫了。谦让过分了，和不客气地一齐冲上去，可能花费同样的时间。我建议彼此的客气不要超过三次。把谦让"量化"了是不是会大煞风景？我看不会，这也符合"三个有利于"呀，是不是？

乐于充当配角是一种大智慧

前些时候，《北京青年报》上连载方蕤女士写王蒙的一本书，陆陆续续地读了几次，生发出一点感想来。

1979年6月，王蒙夫妇从新疆回到北京。方蕤女士的一位同学问她："你到新疆，一去就是十六年，怎么样，有什么收获？"方蕤女士兴致勃勃地介绍起来："收获可大了：第一，王蒙学会了维吾尔语；第二，深入了基层，和维吾尔族农民打成一片，交了许多朋友，写作有了深厚的生活底子；第三，'文革'期间我们处于少数民族地区，又是边陲，那里简直是一座避风港，在关键时刻，被善良的维吾尔族农民保护起来了……"孰料这滔滔不绝的回答，并不能令问者满意，这位同学还是穷追不舍："我问的是你自己过得怎么样？"方蕤愣住了，她写道："蓦地，我哑口无言，窘迫得无地自容。"

于是，方蕤开始寻找自己。是啊，她在哪里呢？她终于找到了：她在王蒙的生活中，在王蒙的梦中，在王蒙的写作中，在王蒙的一切活动领域中，在王蒙多变的时空中……她说："与其说我消融在岁月中，不如说是我消融在王蒙的魂灵里。……自我和王蒙结婚以来，不由己地，我的心是想着他的，我的目光是看着他的，我做的事是为着他……但我愿意这样做，只要对他的写作有益，我绝不吝惜付出一切代价。其实这也不值得一提，而且我和王蒙从来没讨论过什么谁付出多寡或谁得到什么。那本是我的意愿。”

应该说，方蕤的同学的问话，没有什么大毛病。方蕤是他们的老同学，老同学有理由对方蕤（而不是她的丈夫王蒙）的生活和工作寄予更多的关注。把话再往长里延伸一下，想当初，好朋友们也是热血一腔，豪情万丈，信誓旦旦地立下不小的志向。16年后重逢中的询问，也不排除互相审视一下各自的志向实现的情况的意思。然而，这里显然暴露了一个小小的认识误区，这就是：在一个家庭中，夫妻二人必须忙好自己的工作，干出杰出的成绩。协助对方工作乃至把大部分精力融入了对方的事业，也不能成为自己没有在工作中出色当行的借口。也就是说，“你自己”的业绩（就方蕤而言可能就是中学物理教师的工作了）要有个像样的交代。难怪方蕤用自己习惯了的方式，把自己的事和王蒙的事裹在一起说，很不能令老同学满意。

夫妻在事业上存在的关系及其得失利弊，恐怕写几本大部头的书籍也难以说清楚。非要从中找到一种放之四海而皆准的“模式”，则肯定是一种愚蠢的想法。两口子各干各的，各有所成的，并不罕见；一方为主，另一方倾力协助的，也所在多有。因此，离开具体的个案来判断孰对孰错，就很荒唐，费力不讨好。但就方蕤女士和她的丈夫王蒙的生活模式而言，则必须承认，这是一个最佳组合，是一个值得研究和效法的科学家庭结构。

世上的每一个人，不管是多大的天才，他的精力和时间都是一个常数，是能够准确计算出来的。如果他什么领域都想染指，势必就会“样样通，样样松”，当时可能挺热闹，过后看，多半是一事无成。钱锺书和陈寅恪都是大才，但他们的聪明之处就在于，不旁骛自己陌生的领域。他们俩都有“怠慢”当时的政治人物、政治活动的有趣故事。近日读报，又见到一则趣闻：“杂交水稻之父”袁隆平一头钻进杂交水稻的科研之中，“不知有汉，无论魏晋”，竟然在“文革”中说出“‘八字宪法’中缺了一个‘时’字”这样的话来。有人提醒他：这是毛主席说的。他冒出了一句更加大逆不道、惊世骇俗的话来：“毛主席不是学农的！”真不知他的运气为什么这么好，逃过了那场浩劫。这些人因为过于专注，所以才搞出了大成就。如果他们在政治活动中也八面玲珑、如鱼得水，学术成果就要大打折扣了。这是一个人研究领域的局限性。作家也罢，学者也罢，琐务缠身是一大忌。很难设想，王蒙既要生炉子又要买菜做饭，还要洗衣服打扫房间，也许还要去找修理工通通下水道，或者到宠物医院去给猫狗看看病，而他的写作丝毫不受影响。而方蕤女士把这些琐务都揽到自己身上，这就为王蒙的创作营造了一个好的客观环境，从而也给他形成了一个良好的创作心态。老王家有两种选择：一是王蒙、方蕤二人各干各的，各自都在本领域干出成绩，方蕤成为中学物理课的特级教师，王蒙因为分担了洗尿布、买菜、买牛奶等任务，作品的数量和质量都受到影响，成为二流乃至三流作家；二是现在的局面，即方蕤牺牲了一部分自己的事业，成全了王蒙的创作活动，使王蒙成为今日之王蒙。从社会的角度来考察，恐怕还是后者对社会更为有利。当然，如果王蒙根本写不出什么东西，他把各种家务全部包揽过来，做好后勤工作，使方蕤成为一个杰出的教育家也是很合理的安排。总之，是谁能干就保证谁施展才能的条件。

有了这样清醒的认识，方蕤就大可不必为自己的物理教学成绩不如期望的那样显赫而尴尬，她完全可以理直气壮地表示：她的奉献或曰牺牲是一种最明智的做法，没有什么好后悔的。在事业的拼搏中，许多人都喜欢当主角，不喜欢当配角。其实，你仔细看看就会发现，社会的各个领域、各个专业、各个摊摊，主角总是少数，大部分人是配角。所谓“团队精神”，其中重要的一条就是看你会不会审时度势，陈力而就列。有勇气承认自己是配角，并积极地做好配角，其实是大智慧。在现代社会，一个人能搞成个事业的可能性，越来越小了，事业越大，越是要许多人通力合作，懂得当配角的学问也就越来越重要了。

对“空壳旅游”的思考

由于生活水平的提高，国人参加旅游活动越来越多了，国内外的旅游业也火得不得了。

然而，目前的国外游，依我的看法，大都可称之为“空壳旅游”，说得难听一点，就是“死旅游”或者“半死不活旅游”——游客见到的只是物，基本见不到人。游客乘坐飞机、火车，最后是大客车一拉到底，看的主要是风景，或者名胜古迹，高山大川啦，海水沙滩啦，古刹名寺啦，古老教堂啦，等等，总之，全是一些数百年前就存在的东西。这些东西是值得看的，毫无疑问。但现在，此时此刻，这些地方的民风民俗呢？惭愧了，几乎是看不到。就是说，我们看到的是这些地方的古人留下来的痕迹，瞻仰古人的丰功伟绩，望古兴叹。教堂是老的，街道是老的，雕塑是老的，油画也是老的。有的地方会为你表演古代制造木鞋的技艺，吹玻璃的绝活。这些玩意儿，也是老的。我们见到的，基本上是一个没有多少生命活气儿的空壳子。

路上有车，车在疾驰，车主人的情况，无从知晓。街上有人，但大多是外来的游客，同我们一样，是来这里观光的。你能不能到宝马车或者法拉利车的车间里看看他们如何生产？不能。有安全问题，有影响生产效率问题。你能不能到外国人家里看看，看他是如何赚钱、如何消费、如何做饭吃饭？也不能，这是个人的隐私，不要说外国人，本国人也休想随便打听。

可人们是多么想知道“活人”们的动态呀。北京的胡同游、京郊的农家饭深受外国游客的欢迎，还不是因为能见到中国人的“活气儿”，能看到即时的中国人的生存状态、民族生活习惯中深层的不同之处！记得台湾的龙应台写过一篇游览宏村或者西递村的感受。白天看的是古村落的布局和古建筑的特色，这已经是美不胜收了。但令她震惊的还是在晚上。由于遗落了什么东西的偶然原因，需要在晚上折返回去找找。这次她又有了意外的发现。发现什么了呢？发现了这个村子的生命！晚上，游客走了，从事生产活动的人回来了，受不了旅游喧闹而躲避出去的人，也回来了。大家开始洗菜做饭，开始交流一天的见闻，小孩子开始哭闹，大人开始叫嚷，村子的生活恢复了正常的运转。这个生活场景令龙应台兴奋不已。我们的一些外国游，像喝了没有放盐的汤，像看了一场只有舞台和布景却没有演员的话剧，其原因就是没有接触到外国人现实生活的活气儿。

这个问题的解决，也有难度。人的生产活动也罢，生活活动也罢，都不愿意别人干扰。谁愿意长期住在玻璃房子里，让别人像看猴子一样地看你的吃喝拉撒？就算有人为了某种利益愿意住在里面，一旦游人观看，他的生活就有了作秀的成分，掺了假，不足为凭了，就像专门为了给别人看才写的日记。到京郊老大妈的家里一起包饺子，本来是个不错的民俗活动，但一旦成了旅游点的一个固定项目，老大妈成了教外国游客包饺子的专业户，天天包饺子陪外国游客玩，成了营生，也叫人觉得无趣。南方某些地方的少数民族婚礼十分好看，于是一些景点便天天安排一些小姑娘跟游客不断地“结婚”，婚礼也煞有介事。热闹固然是热闹了，可这种滑稽戏能说是原汁原味的民俗吗？这种假婚礼的游戏总令人觉得是亵渎了一种庄严美好的事物。

“空壳游”当然也是需要的。匆匆忙忙地在十几天内就游览十来个国家，可不就只能看看“空壳”？你想看内瓤，就请你住下来。住上三五个月，自然什么都看到了。我们看外国，走马观花看的是空壳，外国人来中国，看的也是空壳。较之其他国家，我们的“空壳”硬件设施差距很大。旧东西保存得太少，破坏得太多。国外游也罢，国内游也罢，都有改进“空壳旅游”的空间，就是时间再仓促，也应该尽可能地安排点两地民众接触的活动，增进彼此的了解，增进彼此的友谊。提高旅游产品的质量，改进“空壳游”，不断丰富其内容，应该成为一个突破点。

读《蒋经国自述》片断有感

近日读报，见到《报刊文摘》上有《蒋经国自述》的摘录文字，是回忆他参与同斯大林谈判外蒙古归属的一段。读罢，受到一种平时感受不到的震撼，说是“醍醐灌顶”或者“茅塞顿开”都可以。有记下来品味一下的必要。

先说蒋经国介绍的时代背景。民国三十四年二月，也就是1945年2月，美国因为要苏联参加对日作战，提早结束对日战争，罗斯福同斯大林签订了《雅尔塔协定》。国民政府为了打日本，只好委曲求全，跟苏联谈判、签约。蒋经国参与了这个谈判。

据蒋经国说，有两点争执非常激烈：一、《雅尔塔协定》中有“租借”两个字眼。蒋介石认为这是帝国主义侵略他人的一贯用语，不能用。对此，斯大林同意不用这个词。二、在苏联吞并外蒙古的问题上，斯大林坚持决不退让。在陷入僵局的时候，蒋介石电话指示，不要正式同斯大林谈判，要求蒋经国以私人身份去见斯大林，转告他为什么不能让外蒙古独立的道理。

蒋经国遂以私人身份去见斯大林。蒋解释说，中国抗战，为的就是收复失地。而今日本没赶走，东北、台湾没收回，又要失去外蒙古，国民不会原谅这“出卖国土”的行为。国民起来反对，我们就无法支持抗战了。

斯大林说：“你这段话很有道理，我不是不知道。不过，你要晓得，今天并不是我要你来帮忙，而是你要我来帮忙。倘使你们有力量，自己可以打日本，我自然不会提出要求。今天你没有这个力量，还要讲这些话，就等于废话！”据蒋经国描述，当时斯大林的态度“非常倨傲”。

蒋经国开始陈述外蒙古“人口少，交通不便，又没有什么出产”之类，不值得苏联要。斯大林则干脆地说：“我老实告诉你，我之所以要外蒙古，完全是站在军事的战略观点而要这块地方的。”他用地图向蒋经国解释：“倘使有一个军事力量，从外蒙古向苏联进攻，西伯利亚铁路一被切断，苏联就完了。”蒋经国说：你参战打败了日本，日本不会来打你，中国跟你有“友好条约”，况且也没有这个力量，也不能打你，因此在军事上没有必要忧虑。

斯大林批评道：“你这话说得不对。第一，你说日本打败后，就不会再来占领外蒙古打俄国；一时可能如此，但非永久如此。如果日本打败了，日本这个民族还是要起来的。……天下什么力量都可以消灭，唯有‘民族’的力量是不会消灭的，尤其像日本这个民族，更不会消灭。”斯大林还进一步预言，倘使将日本交给美国人管，五年就会起来；他（斯大林）来管，最多也不过多管五年。说着，不耐烦了，直接表示：“非要把外蒙古拿过来不可。”

接着，斯大林又很正经地对蒋经国说：“我不把你当作一个外交人员来谈话，我可以告诉你：条约是靠不住的。再者，你还有一个错误，你说，中国没有力量侵略苏联。今天可以讲这话。但是只要你们中国能够统一，比任何国家的进步都要快。”斯大林还进一步指出，即便是日本和中国都没有力量打苏联，还有第三个力量，他指的是美国。

这真是一篇难得的妙文。蒋经国的回忆，使我们有机会近距离地观察了一下斯大林。我们没有理由怀疑蒋经国回忆的真实性，因为他没有造假的理由。我们也没有理由认为斯大林说的是假话。第一，假话是堂皇的，是要骗人的，在这里斯大林把自己的小九九和盘托出，是原形毕露的，惊人的真实；第二，蒋经国在苏联混了那么多年，斯大林是把他当成晚辈看待的，他自己也说，不把蒋当作一个外交人员、一个谈判对象来看待的，所以，说话口无遮拦，没有任何包装，比较赤裸，是老师傅授徒的口吻。这样，我们就有幸见到了斯大林的真面目。

斯大林的谈话打破了人们长时间给他装扮成的偶像。这个偶像就是全世界无产阶级革命的领袖、共产国际的领袖、全世界无产者的灯塔和旗帜。“因为是你请我帮助打日本，所以，你必须把外蒙古给我。”这是一场交易。如果我们面对的是一个唯利是图的商人，这要求并没有什么不合理之处。但由于我们是以一个全人类的希望的标准来衡量的，这事儿就不免令人大吃一惊。不过，说实话，破除了全世界无产阶级革命领袖的神话之后，斯大林仍不愧为一个头脑清醒的民族主义的国家领导人。他敢于趁火打劫，从邻国的苦难和混乱中谋取好处，稳准狠地攫取国家利益，甚至也能预见到日本和德国复兴，以及中国统一后的发展前景。这眼光不是一个平庸的国家领导者所具备的。斯大林关于“条约是靠不住的”精彩论断，更是让人开窍，让人警醒，甚至让人浑身发冷。世界史可不就是一而再、再而三地证明了这个论断吗？

我又想到了中国人一直猜不透的一个千古之谜：列宁当初宣布放弃沙皇同中国订立的一切不平等条约，到底是真心诚意的严肃决定，还是一种寻求支持的宣传姿态？日前看凤凰卫视上四川一位“民间思想家”的演说，他倒是坚信，列宁是真心要把占领中国的一百多万平方公里土地退还给我们。在从俄罗斯的档案材料中找到充分证据之前，我们都用不着言之凿凿地为谁打保票。按常理说，古今中外，在国家和民族利益的争夺上，没见谁下手客气过。把到手的利益拱手让出去，更是举世罕见。具体到列宁的当时，如果是决定攻占一个国家的领土，可能力所不逮，而从一片占领的领土上撤出来，大大减轻了守卫边境的负担，应该说是比较容易落实的。也不排除当时俄国国内比较混乱，列宁还顾不上落实这件事。当然也不排除这样一种可能：莫斯科的命令还不大可能迅速而有效地传递到边境上去。更可能的一种情况是，列宁的一片好心得不到那些像斯大林一样舍不得吐出那么多领土的部下的支持，以至于政令还没有传出克里姆林宫，就被锁到保险柜里了。从斯大林的谈话中，我们不难觉察到，他怎么可能把那么一大片土地还给中国人呢？

我坚信这个谜早晚会揭开。斯大林跟蒋经国的谈话，有助于我们揭开这个谜底。说斯大林是一位“革命导师”也并没有错，他言传身教地向我们证明：“弱国没有外交”，“条约是靠不住的”。仅此一点，我们就有理由感谢他。

欲望的多寡与烦恼成正比

叫个人，就有欲望。一点欲望没有的，肯定不是活人。

欲望有合理的，有不合理的。合理的要保护，不合理的要压制，要疏导，要化解。

欲望有恰到好处的，有贪婪无餍的。譬如吃饭，以维护健康的生命需要为目的，离开了这个目的，就堕落成饕餮之徒，就会撑出一身的毛病来。眼下最时尚的高血压、高血脂、心脑血管疾病、糖尿病，多半是吃多了撑出来的。食色性也。色欲也是如此，社会规范为此留出了空间，这就是合法的爱情和婚姻。你偏要把天下的美女都归为己有，就很麻烦。不要说这么贪婪的欲望了，就是西门庆这样的放任、纵欲也值得忧虑，想善终都难。

正当的欲望，能激发人们为满足这些欲望而奋斗，搞出成绩，造福社会，自己的要求也会得到满足，皆大欢喜；不正当的欲望，点的是邪火，调动的是邪劲，没实现倒还好，实现了这种追求，就可能坑害了别人和社会。

欲望多，欲焰烈，多半是不合理不合法的，难以实现的，这种人烦恼比常人要多许多倍。他们大部分时间生活在焦灼和痛苦之中，不能自拔。他们怨天，他们尤人，他们觉得全社会都对不起他们，他们是世界上最不幸的人。

清心寡欲，烦恼就少。寡欲是一种境界，一种智慧，一种操守。这是智者大彻大悟的表现，而不是简单的一种理性的节制。寡欲本身既利己又利人。香烟能给你带来快感，但长远地看，有百害而无一利，它对健康的损害是根本性的，不可逆转的。以俄顷之乐换一生之痛，显然不是明智之举。好逸恶劳，是人的根性所定，多数人是因为没有这个条件才四处为生存奔波。一旦有了安逸的可能，便立马懒惰起来，全然看不到安逸乃伐命之斧。

你如果远离了香烟，对香烟的价格高低便毫不关心，对何种烟好抽、何种烟不好抽，便根本不予考虑，更不会因为口袋里没有烟了而抓心挠肝，六神无主。

如果你喜欢爬楼梯，就不会因为等电梯迟迟不来而恼火，不会因为电梯里经常出现的狗生气，不会因为电梯里过于拥挤而抱怨。

人欲望少，烦恼就少，但如果少到连正当的、积极的、健康的、有趣的欲望也没有了，生命也就了无乐趣，生命的存在也失去了意义。抽烟不好，但喝点酒就很有意思；赌博不好，但朋友们聚在一起玩玩牌、聊聊天，就颇有味道；成天玩网络游戏，可能把一个年轻人搞残了，搞废了，但有计划、有目的地在网络上获取新知识，有可能造就一个出色的人才。总之，欲望总会有，就看合理不合理。能在合理与不合理的欲望中间找到一条界线，牢牢地把握一个“度”，就有可能成为有出息、有作为的人。

那匹可怜的老马是我

《三套车》是一首很有代表性的俄罗斯民歌，那苍凉，那悲愤，那深沉，那无奈，能很快地攫住人们的情绪。万万没想到，对这首我深深喜爱、唱了几十年的歌，突然出现了带有颠覆性的新发现：歌词中“这匹可怜的老马”，原来不是马，而是一个心爱的姑娘。这真有点滑天下之大稽了。有句俗话说那些会变“魔术”的：眼睛一眨，老母鸡变鸭。这回可不是鸡鸭互变，是人畜的置换。

据报上介绍，这首原来叫做《瞧啊，驿站三套车在奔驰》的俄罗斯民歌，共有四段歌词。译者翻译了一、二、四这三段歌词，而这没译的第三段歌词恰恰又十分关键。歌词在这一段里交代：“我恋爱快一年了，那恶霸村长欺压我，而我只能忍气吞声。”有了这样一个背景交代，下文就很容易理解了：“圣诞节快到了，她不再属于我；那可恶的财主选中了她，她再也见不到欢乐的日子。”无疑，这是俄国版的《白毛女》了，是俄国的大春失去了喜儿的痛苦。由于译者不知为什么跳过了第三段，甚至也没研究一下第三段的意思，就率尔操觚，把一个阴性人称代词“她”的变格安到了一匹莫须有的老母马的身上。就这样，我们一群可怜的中国人，为这匹并不存在的老马伤了几十年的心。幸好，有一位懂俄语、见过歌词原文又喜欢较真的人，有机会同俄国人切磋这个问题了。他问俄国人："《三套车》里的'她'，是指姑娘还是指老马？"俄国人莫名其妙，连忙问："什么'老马'？《三套车》里哪来的老马？"问题至此真相大白。

这件事令我感慨不已。有的学者认为翻译工作是"小道"、"小技"，我认为是个"大道"。没有翻译，中国的佛教文化便无从谈起，马克思主义对中国的影响和作用也就无法想象。这"道"还能说小吗？翻译家对世界各国之间的文化交流贡献实在是太大了。

贡献大，责任也就重。翻译家就对自己的事业提出了较高的要求。18世纪的英国翻译家泰勒提出了翻译三原则：一、译文应完全复写出原作的思想；二、译文的风格和笔调与原文的性质相同；三、译文和原文同样流畅。其后，我国清代的著名学者严复，不知是受了泰勒的启发，还是出于自己翻译实践的体会，也许是二者兼而有之，他第一个提出了"信、达、雅"的标准。这个清晰、简要、全面、准确的概括，至今还被翻译家们奉为圭臬。日前，也曾见到反对"信、达、雅"三字标准的文章，仔细一读方知，论者自己理解有误，他是在同假想敌开战，不予理会也罢。

老翻译家们的工作都是极其严肃认真的。严复虽说采取意译，也是一丝不苟，用他自己的话来说，是"一名之立，旬月踟蹰"。翻译家的工作保证不出错误，谁也办不到（其他工作又有谁敢打这个保票？）。外国人翻译我们的作品，也是笑话连篇：有人把"烟笼寒水月笼沙"中的"笼"翻译成了"篮子"，有人把"黄洋界上炮声隆"翻成了"在黄色海洋的边界上，响起了隆隆的炮声"。这显然是一场海战的前奏，同井冈山的保卫战已毫无关系了。有些情况是对某种语言的规律认识不够，对一词多义的义项选择搞得不够准确，这只能在深入研究的过程中不断提高，力求使翻译的东西更信、更达、更雅。《列宁全集》中有一篇著作，1926年在上海的一家杂志上被译为《党的文学与党的出版物》。在新中国成立后出版的《列宁全集》中被译为《党的组织与党的文学》。后来翻译家们认为，还是译为《党的组织与党的出版物》更妥帖，于是便在新出版的《列宁全集》中改正过来。这种改动恰恰证明了翻译家们严肃、郑重的负责态度。

把话再扯回到《三套车》上来，就觉得译者虚构出一匹跟马车夫“走遍天涯”的“老马”，未免过于随意。好在这只是一首歌，在歌厅里“卡拉”一番，管它是“老马”还是“姑娘”，造不成什么损失，那个青年马车夫和他的女友也不大可能跑来抗议。如果是在翻译马克思主义经典作家的一个重要观点时虚构了一点什么，那就会产生不堪设想的后果。在因翻译不准确而造成麻烦方面，我们其实并不缺少教训。平心而论，我们几乎永远也摆脱不了被翻译家们有意或无意地愚弄的命运。我们大部分人不懂外语，懂外语的人也不过懂上一种或几种，你总不可能懂得所有的外语吧？所以我们注定要听人家的，受益就算是占了便宜，上当也是无可奈何。我们只能恳求翻译家们更加认真地从事这份重要的事业。

岂止是在翻译界？都是中国话，“夔一足”和“穿井得一人”就都传出了喜剧性的效果。现在的一些中央精神，由于对某些人的利益有所损害而被曲解的还少吗？也有的是水平和素质不高的问题。“文化大革命”期间，我在辽南某地工作。当时那里正在预防地震，一家工厂的厂长在传达上级的精神时，把“我们立足于早震、大震”理解错了。他对工人们说：“上边说了，我们希望它早震、大震！”工人们听了十分生气，说：“这是什么指示精神？这不是反革命言论吗？”

在许多情况下，我们不得不承认，我们自己才是那匹可怜的、懵懵懂懂的被人牵来牵去的老马。

文化考察

活见鬼的人和活见鬼的事

如果不是权威的《文艺报》刊登的，如果不是严肃的评论家陈履生写的，我一定以为这文章又是谁在策划什么搞笑的噱头。然而不是，活见鬼的事情还是让我们这些幸运的人碰上了。

据说，深圳某报去年（2003年）年底登出一条消息：深圳某处举行的“中国书画艺术品专场拍卖会”有了一件特殊的拍品，这就是傅抱石先生画的《仕女图》。捐献这幅画的，是深圳某研究所的所长。据这位所长说，这是1990年他孤身一人驾驶汽车环游全国时，傅抱石先生赠送给他的。

傅抱石是全国一流的国画家，他1965年就死于脑溢血，享年62岁。这人，这事，美术界不能不知道，文化界也不应该不知道。那么，这位慷慨捐画的研究所所长，1990年在驾车全国游的途中见到了早已故去25年之久的老画家，是不是活见鬼？说鬼，对傅先生有点不敬，以傅先生的贡献和人品，他登天堂成仙的可能性更大。只是因为“活见仙”的说法太生硬，大家听起来不习惯，还是说成“活见鬼”顺口，希望傅先生委屈一下，在五彩祥云之上不和我们这些凡夫俗子一般见识。总之，所长先生是见到傅先生了，而且颇得厚爱，有画作见赠为证。这不能不令我们这些见不到鬼（或仙）的人心生嫉妒。人一旦妒火中烧，就难免会干出些失控的事情来。譬如说我，几个星期以来，就吃不香、睡不着，一心想找到这位所长，请他引见我去找傅抱石，我不一定非要他的画不可，只是好奇，想问一问，他送给所长的画，是在阴间现画的，还是动用了生前的存货。如果所长不能满足我的要求，我希望他以当天酒喝多了为由，当众抽自己12个大嘴巴，然后把画一把火烧了。这当然是小可的一厢情愿。所长并没有喝多，他不仅不会烧画，还指望卖上50万的好价钱呢！

令陈履生先生纳闷，也令小可和大家都想不明白的是，这么一个信口开河、胡说八道的“所长”弄出来的一张画，怎么就能说什么是什么？刊登这条消息的报纸的记者、编辑、编辑部主任、总编辑，就没有一个人知道傅抱石早已作古了？举办这次书画拍卖会的“中国美术家协会深圳创作中心”和“广东华士德（深圳）拍卖有限公司”也不知道？如果这两个专业性极强的单位对傅抱石是何许人也一无所知，这两家的资质和存在的理由也就相当可疑了。看来，事情只能有两种可能性：一种是这两家单位全部由一些外行组成，轻而易举地就会上当受骗。这幅傅抱石的《仕女图》便是受了某“所长”的骗；另一种可能则是这两家单位都很内行，谁也骗不了的，这次是和“所长”合作，一起骗别人。我希望深圳的美术家和拍卖家选其中一种。

拍卖行里活见鬼的事情，不止一端。十多年前，曾从报上读到，某拍卖行要拍卖某名画家的画。该画家本人严正宣布，这画不是他画的，希望不要拍卖，以免损害他的声誉，也损害收藏者的利益。然而拍卖行却表示，这就是他画的，非拍卖不可。那是小可第一次感到拍卖行的霸道和可怕，连画家本人也靠边呆着去！我说是你画的，就是你画的，你自己就没有老糊涂的时候？或者出于某种考虑，死不承认自己当初并不出色的习作？总之，我拍卖行的意见比你自己更可靠，更权威。无独有偶，近日又听说一场类似的官司：某拍卖行要拍卖一批“启功的书法”。启功老人看了，说全是赝品，不能拍卖。拍卖行根本不予理睬，于是启功老人被气病了，他委托自己的学生写文章说清楚这件事情，希望能有人出来主持一下正义。启功是全国政协的常委，全国最著名的书法家和学者，如果连他也奈何拍卖行不得，别人还想跟拍卖行叫板吗？

各行各业都有自己的游戏规则，这规则只要与法律不相冲突，都应得到尊重，如果规则离了谱，违背了法律和道德，也应该有人出来干预。有人会说，有人愿意卖，有人愿意买，有人愿意拍，都不在乎拍品是真是假，毫无干系的瓜田先生，你跟着较什么真儿？不不不，不可能毫无干系的。道德的堤防一旦崩溃，没有谁是幸存者。覆巢之下，焉有完卵？一旦到了那时候，我们吃的大米，全是色拉油伪装过的十年陈米；我们吃的土豆和松花蛋，全是水泥做的；我们喝的酒全是甲醇勾兑的；我们娶的老婆，都是人贩子的同谋，随时准备逃之夭夭，我们住的房子，是房地产开发商用劣质建筑材料建成的，随时都可能倒塌。这种地狱般的日子还能过吗？道德堤坝出现了这样严重的“管涌”，全社会不都应该来管管吗？

年后说“年”

过了正月十五，辛卯年的春节，就算正式落幕。国人过年，是从腊月二十三算起，到正月十五结束，22天左右。中国年俗时间之长、内容之丰富多彩，在世界各民族的节日中罕有其匹。中国的“年文化”，是一本相当厚重的大书。

中国民俗（包括年俗在内）的轨迹，在近百年来的时间里，走了一个“之”字。从20世纪50年代起，许多民俗是被当作封建糟粕批判的。作为极致，“四人帮”时期的“革命化”春节，已经闻不到什么年味儿了。年夜饭没荤腥，买新衣服，钱和布票都很紧张。拜年活动被“大干、苦干”所代替。北方一些农村，偏是要在大年三十和大年初一往地里送粪。地里红旗招展，挑着粪担子的农民来回走动，作忙碌状。等上面来视察的吉普车一开走，大家放下担子，回家过年。春节变成一场做给官员看的“苦干”表演秀。

改革开放以后，政府对民俗的管理明显宽松起来，拜祖宗、请财神也不批判了，春节的年味儿也越来越足。民俗这东西，不是一天两天形成的，贸然地一刀切下去，否定这，取缔那，一是不妥，二是难以办到。

祭祀祖先，我以为是个好的文化传统，这里有对家族和民族的“根”的缅怀和尊敬。担心农村宗法观念和制度复活的忧虑，已毫无根据。请财神的仪式，也不过是一种对美好生活的希冀，谁也没有因为请了财神，就不出去干活，躺在家里等财神送钱。

但民俗毕竟是流动不居的，随着时代的变迁和民族自身的发展变化，民俗也必然要不断淘汰陈旧的形式和内容，补充进新的有益的东西，尽管有时候改进很艰难，还要别人督促。比方说，西方有几个国家热衷于斗牛。时至今日，不光是动物保护组织，就是一般人，对用许多标枪欺负一头老实巴交的牛，也早看不过眼了。斗牛士以为他是因自己勇武而得胜，殊不知是牛对饲养它们的人类有些客气，不大好意思动真格的。如果牛真急眼了，斗牛士活不了几个。对数千年来为人类作出重大贡献的牛类，我们还欠了太多的报答，而不应恩将仇报。道理虽然明白，但斗牛还是照样举行。日本人每年坚持捕鲸，世人反对激烈，他们也拿民俗说事、遮丑。像这些违背文明的东西，迟早要被禁止，但免不了多年的扯皮。

近些年来，困扰我们最大、亟须改进的年俗，是放鞭炮和礼花。本来，贴春联和放鞭炮，是年味儿中最为显著的两项，尽管“年”这种怪物已经用不着鞭炮来吓唬了，但人们还是享受着这种有惊无险的爆炸乐趣。到了当代，鞭炮的弊端越来越令人难以容忍。鞭炮造成的噪音、垃圾和空气的全方位污染，还有频频引发火灾和造成人员伤亡，常为人们所诟病。但由于一些人觉得闻不到鞭炮的味道、听不到鞭炮的声音，就没有年味儿，所以，鞭炮和礼花的放与禁、禁与限，在不少地方政府纠结多年。据报载，今年全国因鞭炮引发火灾 3079 起。北京因放鞭炮 2 人致死，501 人受伤。沈阳一座五星级饭店因放鞭炮彻底烧毁。我就纳闷，挺聪明的中国人，怎么就被几个鞭炮给难住了？说放鞭炮是“陋习”，似乎还不大好接受，彻底禁放，一时也行不通。不得已而求其次，大中城市规定几个广场，集中施放鞭炮和礼花，少数人戴上防护服去放，多数人远远地看。救火车、救护车跟随左右，随时准备抢救。这样安全就有了保障。还有一个好处，你买一挂鞭，可能听到几百挂、上千挂鞭的响声，你就是不买也可以跑去白听、白看。这不是大赚了吗？不想听鞭炮声的人呢，在家里也能有个耳根清净的环境。还有，鞭炮的制造业，也要加强监督。质量差的，不许出厂；药量太大的，禁止制造。现在不少人富裕了，放几个二踢脚、几挂小鞭，很不过瘾。总想买炸得最响、冲得最高的炮仗，而且一买就是一大批，一放就是半天，以展现自己的非同一般。我估计，如果导弹好买，他也会买来过年的。其实，只要百姓与政府都能理性地面对这个问题，彼此商量着办，以安全、祥和为出发点，鞭炮和礼花的负面效果完全可以降到最低。

有人说，央视的“春晚”也该列入国人的年俗。我以为，现在讨论这个问题为时尚早。民俗家说，进入民俗体系的东西，至少要经过三代以上的人的认可和传承。“春晚”只有短短几十年的历史，时间不够。更重要的是，现在就有相当多的人不大认可。南方人很少看，北方人倒是年年看，但年年不满意。更为根本的是，民俗活动必须是民众自己参与进来，在其中自得其乐。看春晚，人数不少，但缺乏互动性，人们无法参与，都在那里傻乎乎地跟电视机较劲。把这也说成民俗，差点意思。

新时代有许多新事物，真希望能有新玩意儿不断丰富进我们的年俗，使我们的春节过得更和谐、更文明。但这东西还是自然形成、和平长入为好。历史一再证明，人为地增加什么或者减少什么，挺费劲，到头来还都巩固不住。咱们能做的，就是把像鸣放鞭炮这样带来一些危害的活动，做点调整、修补、改进。其他的，还是顺其自然吧。

叫人头疼的节目审查

几年前，曾听到一位颇受欢迎的喜剧演员说："我天不怕，地不怕，就怕节目审查。"我听后表示有点怀疑，因为不相信这样红遍全国的笑星也会遇到被"枪毙"的窘境。这位朋友说，这你就不了解了，对审查工作，人家都是一视同仁、铁面无私的。"经常通不过吗？""反正挺费劲的。""是节目本身的质量问题吗？""节目质量当然也有个提高和打磨的过程，更重要的是，一站在审查节目的人的对面，我就不是我了，手脚都不知道搁哪儿。同一个节目，头一天晚上在剧场演出，还逗得大家嘎嘎直乐，前仰后合，可今儿个接受审查，就一点动静都没有。要是一连三个包袱都没响，你还能信心十足地演下去吗？那时候，浑身是汗哪，台词也结巴了。"

我明白了，这位笑星朋友说的全是实话。节目审查者看节目的心态，怎么可能跟台下的普通观众一样呢？这场面、这阵势，我们一般人难得一见，但可以想象。我们假设这是一位局长，他是要对部长和更高的领导者负责的，如果节目的"问题"从他的手上滑了过去，而在上一级的领导者审查时被发现，你这个局长还能算称职吗？如果这个"问题"层层被忽略，以至于暴露于全国观众之前，这还了得？这个祸闯得有多大？如果节目的审查者怀着这样高度的责任感和使命感，哪怕是最可笑的喜剧小品，他还能有心思笑吗？他还笑得出来吗？既然他不笑，他带来的那两位副局长、三位处长和四位科长，也都不可能笑。领导没笑，下面的人笑错了，损失也很大。起码没有和领导在思想上、行动上保持一致。你对这种不值得笑的台词也笑，说明审美情趣不高，鉴别能力不强，审查的态度也不够严肃。如果一个笑星遇到的是这样一群审查者，那他哪怕是卓别林、侯宝林，也一样没电，一样地掉链子。笑星的尴尬能够理解，审查官的表现呢，也无可挑剔。审查官就是要尽职，如果他跟一般观众一样坐在那里傻乐，他还有存在的价值吗？以今观之，审查者似乎也不必把架子端得太足，如果能放下身段，以支持者和合作者的态度，跟节目的创作者和表演者一起切磋，即便是“枪毙”，也让“受刑人”高高兴兴地被淘汰，岂不更好？这要求也许太高，审查者心态的调整，是要随着社会总体上气氛的宽松而宽松。如果上上下下都像前些年那样绷紧了阶级斗争那根弦，你就是命令他尽可能地轻松一点，也是白搭。我们已经看到，现在比以前已经是好得太多了。

需要公演的节目要不要审查？当然需要。以央视春晚的节目为例，不审查就无法进行下去。第一，涌上来的节目，潮水一般，时间是有限的，只能上最好的，不审查怎么往下淘汰？如果不淘汰，全国人民从初一看到十五，从十五看到月底，不吃饭不睡觉也看不完。第二，艺术上好看或者挺逗乐，不一定就是好节目，如果你格调不高，亵渎了崇高，或者无意中嘲笑了某个民族的风俗习惯，或者传播了一个不正确的价值观或错误的知识，都需要修改、调整。如果节目的骨架就歪了，不好改，或者水平太低，当然只好枪毙。

问题是谁有资格来充任这个审查者。也就是说，审查官的眼光能不能代表或者代替更高的领导者的眼光，进一步说，能不能代表全国观众的眼光？这话问得有点不太讲道理。因为如果这样问，就谁也不敢前去审查节目了，谁敢说自己的眼光绝对正确？每个人都只能力争体现马列主义、毛泽东思想、邓小平理论、“三个代表”的精神，做出接近于正确的结论。由于个人素质、教养、思想水准高下不一，作判断的尺度也就大相径庭。现在，“解放思想”是个褒义词，人人希望挂有这样的奖章。你对一个人，骂他祖宗八代他可能不恼，可你要是说他“思想不解放”，他可能就会跟你玩命。其实，思想真正解放，谈何容易。

数年前，我写文章曾经用过一个例子，这例子是跟上海的沙叶新那里偷来的。著名剧作家沙叶新曾经写过一个叫做《寻找男子汉》的话剧。这是一个高个子女子爱上一个矮个子男子的故事。这位矮男有一句精彩的台词：“我高度和中央保持一致。”当时的中央领导，一位姓邓，一位姓胡，描绘起来，都宜于用“精干”等词，而不宜于用“魁梧”或者“伟岸”。这台词写得大胆，它用“高度”这个名词有时候能在动词前面充当状语的特点，还有“和”字的连词与介词的兼类，故意搞一点胡搅蛮缠，善意地调侃了大人物，巧妙地嘲笑了硬要拉大人物比肩的小人物，简直是妙趣横生！然而，导演作为第一位审查官，把这句台词无情地删掉了：“你怎么敢跟中央领导开玩笑？”这样一句天才的台词被扼杀了，沙叶新十分伤心，一直耿耿于怀。等到此剧演满了100多场，他又试探着请导演恢复这句台词。100多场的成功，使导演底气很足，他慷慨地同意了沙叶新的要求。于是，他见到了最为强烈的剧场效果：观众立马就笑翻了。一个话剧中的小人物，拿中央领导开了一个玩笑，天并没有塌下来，演员和导演也没有被追究刑事责任，编剧仍然笑嘻嘻地生活在自己家里。一切都显得似乎是导演多虑了。但我们如果设想一下，把类似这样的节目拿上春晚，恐怕还是不可能通过。理由呢，不妨这样解释："话剧嘛，毕竟是小众欣赏的东西，影响面有限。春晚不一样啊，几亿观众在看，有了闪失不得了呀。美国的漫画家可以随便画布什，我们这里行吗？"是啊，思想解放总得一步一步地来，不能操之过急。谁太急了，就剥夺他"操"的权力。为了能多"操"上几年，谁都宁肯把事情办得稳重一些，节目里稍有点拿不准的，就不要上了。

这种层层的瞻前顾后，确实避免了许多可能发生的"风险"，却也可能扼杀一些精彩的艺术作品。因为一遍一遍地"加工"或曰"戕害"，很可能把一个很有创意的新鲜作品搞得面目全非。记得有一个小品，经过大家共同努力，本着现在各种各样政策的精神要求，加上外行的胡乱指导，终于把一个描写杨家将、佘太君的戏改得什么也不像了。这个小品本来是讽刺"文化局长"的，而文化局长岂是可以随便讽刺的？于是，小品被包装成了一种"假设"，一种演员们庸人自扰、杞人忧天的假设，结局自然是皆大欢喜了，但批判的锋芒也丧失了。这个小品的内容和其本身演变的命运，就具有极强的象征意义。

一位著名相声演员曾给我讲了一个向皇上敬献茶壶的故事，这个寓言不知道是谁创作的，我怀疑作者就是在审查节目时屡屡受挫的天才演员。这个寓言说的是一个烧制茶壶的瓷器专家经过多年的研究和创作实践，终于烧出来一把绝无仅有的茶壶，他想敬献给皇上。他当然见不到皇上，只能见到皇宫的守门人。一阵复杂的盘问之后，人被卡在门外，茶壶被送进去了。这个茶壶在被小太监送给大一点的太监之前，小太监已经根据他所了解的皇上对茶壶做了"加工"。他说："皇上是个急性子，想喝茶马上就得喝。茶壶根本用不着盖子，扔了吧！"于是，茶壶盖子没有了。大一点的太监也不是等闲之辈，他更了解皇上，皇上好像不喜欢带把儿、带嘴儿的东西，于是他动手砸去壶把儿、壶嘴儿。再大一点的太监是皇上身边的服务人员，他估计皇上不喜欢茶壶上画些花呀朵的，于是他找来砂纸，彻底打磨去壶上的彩绘。谢天谢地，经过太监加工过的茶壶终于到了皇上的手里。皇上听说这是全国最著名的工匠的作品，看得格外用心，他翻来覆去地看了半天，向人们问道："这到底是个什么鸡巴玩意儿？"

把故事放到今天，皇上就是广大老百姓、广大电视观众。观众眼中的节目，有没有可能变成这种惨不忍睹的茶壶？一般地说，不会，但由于瞎指挥而把作品改得不伦不类的情况，也并非没有。作为节目的审查者，岂可不慎也欤！

相声大赛观后

第二届相声大赛在一片赞扬声中落下了大幕。操办者说，此举是为了“三推”：推新人、推新作、推动相声的发展。那应该说目的已基本达到，这次大赛的笑声比去年（2002 年）多，新人也比去年显眼，尤其是 4 个少年的表现，令人们眼睛一亮，似乎接班人问题前景光明。据说，收视率之高也颇令中央电视台兴奋。看来是皆大欢喜了，难怪马季和姜昆都不约而同地给这次大赛打了 80 分。

然而，较真地说，许多观众还是不太满意的。首先是段子的质量，一般化的多，堪称精品的少；肤浅的多，深刻的少；当场热闹的多，意味隽永、蕴藉丰富的少。用观众的话说，是“作品包袱挺多，但是深层次内容欠缺，很少有令人特别难忘的精品”。个中的原因是多方面的，但“相声内容没有深入火热的现实生活，没有抓住社会的热点，没有充分发挥相声讽刺和针砭时弊的特长”，却是人们的共识。段子质量不高，源于作者队伍不给劲。多年来，相声的专业作者屈指可数，几个散兵游勇，很难称得上是队伍。就这么有限的几个人，因事业艰难，待遇菲薄，后继乏人。因此，大多数段子都是相声演员自己创作。演员受到自身文化素质的局限，终日又忙于演出、走穴，创作跃上新台阶也并非易事。像新中国成立初期那样，有老舍和罗常培等大师亲自动笔帮助侯宝林搞相声改革的局面，再也不要想了。且不说精于此道的文化人可遇不可求，即便是有能力助一臂之力的人，也都宁可加盟小品和电视剧，求的是有个高效益。看来，搞活机制，用好经济杠杆是个关键。如果每一个好的相声段子能得到相当于两集电视剧的稿酬（这要求并不算高，不信让写电视剧的写手拿出几个相声试试），我认为还是可以吸引到好作家和好作品的。

关于讽刺和歌颂的比重问题，是个老掉牙的问题，但还是常说常新。马季先生在一次答记者问中说，他不同意“现在相声不景气同失去了讽刺这一重要功能有关”的说法。其实，关系还是很大的。凡是喜剧类的艺术，喜剧也罢，漫画也罢，小品也罢，相声也罢，它们的艺术效果的检验标准就是笑声。笑声哪里来？当然是笑生活中的不和谐，笑人性中的各种弱点和缺点，笑假恶丑的事物。喜剧中的笑基本都是否定的，不管否定的内容是大是小，是一个恶贯满盈的坏蛋，还是一个好人的善良而蠢笨的误会。在歌颂性题材的作品中，也要靠一系列的误会和小毛病来引出笑声。这类作品虽然也有笑声，但震撼人心的力度是无法与批判性作品相比的。这次大赛中得奖的大多是讽刺性作品这一事实，也有力地证明了这一点。

这次大赛中像《卖枕头》这样抓住了社会热点问题的有分量的好作品还不多。多数作品表面热闹，内容肤浅，靠两个人一阵声嘶力竭的忙乎，折腾出一点笑声。有的人说，这次参赛的作品，子母哏的占了大多数，“一头沉”的很少。这看起来是个形式问题，其实倒是很准确地反映了内容的没分量。业中人都很熟悉，要表现比较完整的故事情节，集中地展开人物的戏剧冲突，展示人物的喜剧性格，有深度地反映现实生活，自然会借助于“一头沉”的段子，而这种段子的创作难度又是人所共知的，比赛中这类东西少，也就不奇怪了。

人们常说“功夫在诗外”，这是对诗歌创作规律的一个层面的揭示。这次大赛有一个现象是“功夫在相声外”，这就不能说是一件好事了。在参赛的演出中，一些演员的吹拉弹唱、琴棋书画，都反映出了一定的水准，受到了观众的欢迎，但是，由于没有把说、学、唱诸种艺术手段明确地、有机地服务于“逗”这一终极目的，精彩的瞬间便无所附丽，成为无本之木，无皮之毛，突兀，尴尬，很不和谐。须知，相声段子中的任何一种手段，都是为笑声服务的，你的模仿，你的学唱，你的演奏，必须落脚于“逗”字。侯宝林的京戏唱得好，但他在段子里学唱京戏，每次都是作为一个工具，来说明事理或展览世相，最终引来笑声。相声演员的流行歌曲演唱如果博得了“再来一个”的喊声，那肯定不是成功，而是失败，因为观众和你都已经忘记了你在干什么。正如姜昆所说，“不管是架上大鼓，还是拿起了葫芦丝，不管是背起手风琴，还是戴上老太太的帽子，终究它还是相声”。现在之所以有许多演员疏于语言基本功的锤炼，“功夫在相声外”，热衷于演唱、演奏、模仿，是因为基本功太难，见效又不快，而这些才艺展示的大杂烩，不费太大的力气，就能博得观众的掌声，难免就乐此不疲。这种浮躁的心态得不到有效的抑制和克服，相声的质量不要说提高，还可能日渐同杂耍混同起来。相声演员每个人转动着12个瓷盘子走出来的精彩场景，不久就会看到。“相声是一门语言的艺术”的说法，从演员到观众会越来越陌生。

演员素质方面的薄弱环节在参赛作品和展演作品中也有所暴露。像互相拿辈分占对方的便宜、拿对方的形象开涮、拿对方的亲属开涮之类的恶俗，较之以往虽有所收敛，但还是顽固地表现出来。演出中不仅常常能听到“你再来劲我抽你”之类粗鲁的威胁性语言，动手动脚，互相敲打几下的情况也间或有之。至于潘长江跟李琦的手撕脚踹的闹剧表演，因为是圈外人客串，不说也罢。这些俗得令人极不舒服的东西之所以还会显露出来，一是积习难改，二是在内容上没有好东西，技巧上没有好玩意儿，因而缺乏应有的自信，只好靠作践自己或者互相作践取乐。

因为见报纸上是一片叫好声，笔者不揣浅陋，谈点问题，愿望还是一样的，盼相声能早点振兴起来。

盘点张艺谋

一顿爆炒之后，《十面埋伏》终于出笼了。然而，从影院里出来的人们的感觉和媒体的宣传却有着天壤之别。听说，制作者曾拍着胸脯信誓旦旦地保证：看了《十面埋伏》不哭的来找我！而从影院出来的人们把这句话给改了：看了《十面埋伏》不笑的来找我！《十面埋伏》强烈的喜剧效果，不知道是否有违张导演的初衷。

听说，《十面埋伏》的票房还相当不错，这也很好解释：有上了媒体炒作的当的，有听说可笑而前去找乐的，更有好事者，听说这电影有争议，他要亲自看一看来做个终审判决的。总之，从商业运作上来说，《十面埋伏》还是成功的。但是，对一个有作为、有成就的名导演来说，一部片子仅仅是赚了钱，这成功太有限，大手笔对成功的追求是在艺术上。恰恰是在艺术上，《十面埋伏》乏善可陈。评论家解玺璋说得更不客气："从艺术的角度上讲，《十面埋伏》根本称不上是一部电影。它连根本的叙事都没有完成。"

毫不夸张地说，张艺谋在《英雄》里就已经露出了败相。那样大的架势，那样大的场面，那样华美的色彩，却没有与之配套的有分量的内容，把电影拍成了一个空壳。然而，栽这样大的一个跟头，并没有摔疼张艺谋，他根本没有总结《英雄》的沉痛教训，继续心气浮躁地向前冲去，又搞出一个与《英雄》有着同样征候的《十面埋伏》来。

张艺谋这个昔日的英雄，为什么也像项羽一样走上了末路？实乃文化功力不足之故也。有人会问，倘真是他文化功力不足，那以前出的那些好东西又怎么说？这好说。以前的张艺谋，心尚不浮，气尚未躁，能够虚心向作家们请教，认真研究名作家的好作品，站在作家的肩膀头上向高处攀登。《红高粱》是抄了莫言的近道，《大红灯笼高高挂》是借了苏童的思想，《秋菊打官司》是分享了陈源斌的智慧……总之，是各有所本。这个“本”让张艺谋占了大便宜，使他的电影在内容上先天就充实饱满，耐人咀嚼，再加上张艺谋特有的镜头语言，自然是如虎添翼。

改编、拍摄名作家的好作品，本来是张艺谋成功的一条重要经验，然而张艺谋却没有珍视这个经验。在他名气越来越大的时候，自觉羽翼已经丰满，可以随心所欲地“放单飞”了，于是，便自己下手搞起剧本的策划来。导演自己搞剧本也并不是什么新鲜事，世界上许多著名的导演，都是自编自导，不少经典性的电影都是名导演一手搞出来的。但这样做，有一个苛刻的条件，那就是导演自身具有深厚的文化修养，肚子里有干货。而张艺谋这些年越走越快，越干越忙，根本没有思索问题、充电提高的时间。如果继续沿着改编作家作品的路子走下去，也许还不至于露大怯，一旦自己率而操觚，就难免露馅。有人会问：你怎么就知道张艺谋肚子里没有货？这很简单，你看张艺谋居然能满意《英雄》这样糟糕到无以复加的本子，还一本正经地把它当好玩意儿拍出来，这个举动本身就能证明张艺谋的水准和眼力。而《十面埋伏》的出笼，让我们再一次看到，张艺谋不思悔改，还在原来的轨道上滑行，如果再不对他当头棒喝，这个“英雄”的下场就不仅仅是迟暮那么简单了。

人们都说李保田的戏演得好，却不记得他的一句精彩的话：“搞艺术最后拼的是什么？是文化！”就冲这一句话，我们就知道，李保田这个中戏的老师不是白当的。我们希望张艺谋大导演赶快开始补习文化，给我们拍几部和他的盛名相副的片子。如何？

谁叫你是张艺谋

前天一打开电视，就看见张艺谋在里面笑。那是从最底层奋斗出来的成功人士的典型笑容：三分厚道，三分谦恭，两分狡黠，还有两分得意。张艺谋有资格流露出得意，他的片子又要大把大把地赚钱了。有人为张艺谋计算过，说他光靠《十面埋伏》和《印象·刘三姐》这两个项目，就有可能制造10个亿人民币的销售额。听听，10个亿！谁也不会忘，去年（2003年）的《英雄》，票房加上音像制品和相关产品，据说老谋子划拉了6个亿。鼓捣钱玩，习惯以“亿”为计量单位，不知道还有几个大陆导演有这魄力，有这本事。原来张艺谋的绰号是“得奖专业户”，现在再提这个，就太旧了，太俗了。现在的流行说法是“聪明的文化商人”、“张艺谋牌印钞机”，等等等等。

您瞧，一提张艺谋，我就来了这么一个开头，您是什么感觉？是不是有点陌生的意思？对啦，陌生就对啦。在这里，“陌生”这个字眼，有两层意思，第一层，张艺谋与时俱进，出息越来越大，雅的，咱玩得比谁都好；俗的，咱闹得比谁都强。文化市场不就是讲究赚点钱吗？咱弄几个片子，赚它几个亿。赚人民币不算好汉，咱出去赚点儿美元回来。市场经济，合理合法地赚钱就是硬道理。张艺谋他就硬得起来。这还不是大好事吗？他一个人或者一个摄制组，抵得上几个大工厂的效益，咱不喜欢他喜欢谁？第二层，张艺谋越玩越娴熟，出手越来越大，场面越来越宏伟，心气儿也显得比以往浮躁了。原来的朴拙、执著、扎实、沉稳，都悄悄地发生了变化，这些变化恐怕就有值得张艺谋警惕的一面。作为张艺谋的一个老影迷——现在时兴叫“粉丝”或者“拥趸”了——我更喜欢他以前拍的《红高粱》、《秋菊打官司》和《大红灯笼高高挂》。为什么？那里面有味道，经得起琢磨，内容充实、厚重，内容与形式是般配的、和谐的、完美的。《英雄》就不然了。别看它赚了多少多少钱，它的场面有多大，色彩有多漂亮，但所有这一切也掩饰不住它的苍白。电影说到底是要讲出好看的故事，动人的感情，深刻的思索，而《英雄》除了空洞热闹的外壳，恰恰什么也没有。好的电影作品能长久地留存在人们的心底，留在电影艺术史上，《英雄》不能，它没有留住的理由。

电影导演在赚钱这个意义上，可以称为文化商人。但他如果仅仅是一个文化商人，就没有理由赢得广大观众由衷的敬重。导演首先应该是一个有艺术创作才华的艺术家，能给人们提供不可替代的优秀电影作品的人。如果你能搞出既能赚钱又能叫座还能进入人类文化宝库的精品，那是再好不过了。如果这是强人所难，你也可以两条腿走路，拍点有味道、能放住的（可能不赚钱），也拍点能赚钱的。最后，实在不行，你只能拍赚钱的片子，那也是好家伙，总比那些拍一些既不好看又不赚钱、拍完了就送进仓库的垃圾片子的二五眼导演好上几百倍。这是对一般导演而言。对你张艺谋，要求就不同了，你的玩意儿，就应该做到头一种，那就是社会效益、经济效益都很显著，内容形式和谐统一，不仅把外汇赚回来了，还把中国文化弘扬出去了。那是个什么劲头？这要求有点儿苛刻，但你能做到，谁叫你是张艺谋！

我深深地爱上了封建王朝

余生也晚，封建王朝没赶上，它到底是个什么样子，只能从书本上略知一二。书本上说，封建社会是个专制独裁的吃人社会，生灵涂炭，水深火热。有的书上还说，由于中国的封建社会太长，把近代化和现代化都耽误了。于是我暗自庆幸，一条有限的生命好歹避开了这个吃人的社会。可近几年由于看了数不清的反映封建王朝生活的电视剧（这可比书本直观形象多啦），我就忒为没赶上那美妙的封建社会而遗憾，而惆怅。

我爱上了皇帝。秦始皇、汉武帝、唐太宗、唐玄宗、武则天、朱元璋、康熙、雍正、乾隆，在电视剧里，不管是“戏说”还是“正说”，那是个顶个地精明强干。那经天纬地的韬略，那勤政爱民的作风，不能不令人产生相见恨晚的感慨。远的不说，就说最近播映的《天下粮仓》吧，那少年乾隆面对着赤地千里的灾情，忧心如焚，杀掉手下的贪官，决不手软，比现在的那些腐败干部强多了。连历史上人们诟病最甚的雍正，也在电视剧《雍正皇帝》中洗心革面，改弦更张，工作起来夜以继日，呕心沥血，成为难得的英主。这种优秀的领导干部，就是现在也不是谁都能碰上的。难怪现在老百姓在赞扬自己喜爱的领导干部时常说：

这位领导那股勤政廉政劲儿，真有点像雍正爷呀！电视剧对皇帝们能这样“化腐朽为神奇”，又教我如何不爱它？电视剧的主题歌希望皇上再活五百年，太保守了，干吗这么小里小气的，只让活五百年？本来就是应该“万岁万万岁”的嘛。皇帝这么好，有人如果居心不良，盼他早死，老百姓是不会答应的，起码像我这样爱上皇帝的观众不答应。

官吏我也喜爱。电视剧中，杰出的封建官吏实在是数不胜数。那高远的政治眼光，那清醒的大局意识，那明知道是皇帝为了搞平衡，使自己吃了大亏的一个权术，却仍然积极配合、引颈就戮也在所不惜的自我牺牲精神，都令人叹为观止。最近，我对《天下粮仓》中的刘统勋、米河、顾琮、卢焯就颇有好感。你看他们为了把皇帝的“江山坐在百姓心上”，有的一会儿河南，一会儿浙江，飞来飞去，挽狂澜于既倒，解灾民于倒悬，有的同灾民一起打井劳动，手上磨起了老茧。有的吃秕糠和河泥，拉不出屎来。这些，对现实中的干部作风建设都很有启发意义。

爱屋及乌，我现在对清朝的大辫子也生出了喜爱之心。武官发狠要动手时，把辫子一口咬在嘴里；文官义无反顾冒死进谏时，摘掉红缨帽，把辫子一甩，动作都十分潇洒好看。我还记得，《天下粮仓》中米河率领杭州城的文武官员出城接应灾民时的镜头。只见排列整齐的官员方阵浩浩荡荡开出城外时，视死如归的官员们手托官帽，把大辫子齐刷刷地往后这么一甩，嘿，那简直帅呆了，酷毙了！相比之下，现实生活中，或者反映现实生活的电视剧，如果表现一个干部或者一群干部要揪出一个腐败分子，下决心时，既没有官帽可摘，也没有大辫子可甩，派头怎么也表现不出来。你就是想甩，一个头发不多的脑袋瓜，能甩出什么名堂来？所以，你顶多也只能拍拍桌子，扯着嗓子喊几声：“舍得一身剐，也要把你拉下马！”那还能好看吗？我坚信，再搞上几年清宫戏，大辫子肯定能流行开来。原来我最看不上眼的，就是清朝的朝服。我认为这可能是全世界最丑陋、最窝囊、最拖泥带水的干部服。现在看惯了，也觉得好看，官员们走起路来，摇曳多姿，顿生一种飘逸之美。这种干部服还有一个好处，就是身份清晰，一望便知。你是文官还是武官，是七品还是二品，只要看看胸前的“补子”，立马了然于心。不像现在，你必须在名片的“总经理”后面加一个括弧，人们才知道你是享受副处级待遇。清朝的官袍由于面积大，能做你想象不到的文章。比方说，《天下粮仓》中的卢焯，拿起剪刀，用官袍制作灾民进城领粮的入场券，这大袍子就很管用。如果卢焯穿的是西服，这入场券就做不了几张了。

在电视剧的熏陶下，我现在对封建王朝，对皇帝，对官吏，对当时的生活，全都一往情深。晚上，如果关于封建王朝的戏没占上五个电视频道，我就睡不好觉。有几个中年作家，王乾荣、彭俐者流，要“质疑”皇帝剧，说“皇风”浸透我们的骨髓，说这是“奴性教育”，“舆论导向”有问题。这显然是故作耸人听闻之语，而且要得罪数量大得可怕的观众。如果说国人对资本主义还比较陌生的话，对封建主义可就熟悉多了。再加上电视剧多年的反复强化，像我这样的封建王朝的爱好者自然是越来越多。当然，光观众喜欢看还不行，还得有一大批编剧导演乐此不疲喜欢拍，一大批管钱的人愿意拨钱，一大批管电视台的人喜欢天天播出，这才能造成今天这样一种烈火烹油的空前繁荣局面。所以，吾道不孤。我准备把这些同道团结起来，搞一个“封建王朝爱好者基金会”，筹集款项，以备拍摄资金匮乏时（这可能是杞人忧天啦），王朝戏能继续运转，形成可持续发展的大好态势。

最后，我还要向同道者中的编导、策划（据说每年都有策划会议确保重大题材的比例）郑重提出建议。在保护环境和矿产森林等资源方面，我们批评了“吃祖宗饭，造子孙孽”的错误做法，强调给子孙后代留下点家底儿。在考古界，连皇帝的坟都不轻易刨。而对皇帝题材的使用上，现在却有些竭泽而渔的倾向。编导们把有戏的、好看的皇帝题材打捞净尽，甚至咏叹再三，这就很自私，很不为后代着想。毫无疑问，后代子孙肯定不乏封建王朝爱好者。中国总共也就几百个皇帝，你们都给写完了，就让后代的编导演们英雄无用武之地了。虽说江山代有才人出，各村都有自己的高招，但毕竟增加了人家的创作难度。因此，我向电视艺术家们大声疾呼：千万别拍光了，给子孙后代留几个皇帝吧！

你想高雅吗？请骂赵本山

一个社会里，总是俗人多，雅人少；穷人多，富人少。如何由穷变富，全世界都头疼；由俗变雅，难度就更大。有时候，人都富得不知道怎么活才好了，可还是俗得无药可医。

如今，喜讯传来，想变得高雅有了捷径，那就是快去骂骂赵本山！

干吗要骂人呢？人家又没招你没惹你。此言差矣。惹你的，你未必敢骂；没惹你的，只要有好处，又没有什么危险，不骂白不骂，骂了不白骂。赵本山虽说没惹你，但他太低俗，惹得雅人不高兴。你只要骂他几句，你的品位、情趣、文化修养、综合素质，“噌噌”地就上去了，你就是著名雅人。骂他“低俗”，不算人身攻击，赵本山想打官司也赢不了。还有，他太忙，顾不上扯闲篇；他血压又高，不敢动气。这个买卖，你只赚不赔，而且“投入产出比”就连比尔·盖茨也望尘莫及。

明告诉你吧，赵本山现已沦为低俗文艺的形象代言人啦！这是人们登上高雅殿堂的一块最好的垫脚石。你想高雅，发表多少篇论文，出版多少部著作，可能都不好使，而你一骂“赵本山低俗”，全国人民立马都知道，你是一大雅人！你想，还有比这更划算的买卖吗？

赵氏垫脚石，好处多多。首先，你踩他，他不恼，照样跟你开玩笑；其次，这块垫脚石任劳任怨，不挑不拣，谁都能踩，谁踩了都不白踩，都能迅速提升自己的文化艺术品位。你是卖煎饼豆腐脑的，你骂了赵本山低俗，一块儿卖早点的哥们儿顿时就会对你肃然起敬；你是刚出道的影视演员，一骂赵本山，导演登时另眼相看，给你安排重要角色。你是著名学者、批评家，乃至领袖群伦的文化界头领，本已雅得不行了，但雅无止境啊，你还想百尺竿头更雅一步，那你就得骂骂赵本山了。这能展示你知识分子的良知、社会责任感、文化忧患意识、精神文明建设的积极性，等等等等。赵氏垫脚石的奇妙之处，是有极大的弹性，有点像救火用的云梯。你想到三楼，他有用；你想到三十层楼，他还有用。两年前，我眼见全国曲协的一位副主席登梯亮相，最近又有一位全国文联的前副主席也在用这云梯，据说，一登梯就有掌声。老赵之用大矣哉！

我想安慰安慰赵本山，不要闹情绪。你的小品娱乐了全国底层大众，这很好，但这只是为俗人服务。现在，连雅人也拿你开涮，这就真正达到了雅俗共用的境界。年纪不饶人，你健康状况也不佳，总有演不动的时候。演不动咱不怕，咱还有做垫脚石的功用。这个活儿，不像演小品那么呕心沥血、反复折腾，你根本不用背一句台词，只要坐在那里挨骂就行了。让亿万人致富，你办不到，但让人高雅起来，却非你莫属。大家通过骂你，一下子就都高雅起来，这比你逗人哈哈一乐，贡献要大多了。

赵本山，你不要有什么想法，觉得剧本是别人写的，大家改的，又经过旷日持久的审查和调整，折腾了一百二十遍，最后是相当一级的电视台领导、文化宣传部门的重要官员拍板才上台的。当时雅人们看了也都鼓掌，叫好，哈哈大笑，可是一觉醒来，口气就变了，说你低俗（当然只有你俗，其他一大堆合作者和审查者还是雅的）。还有更想不通的：曲艺界乃至文化艺术界的头头脑脑，批你低俗，但不提他们多年没抓文艺工作者的思想、文化素质提高问题。他们不但有批评的话语权，还有拨款权、用人权，扶植高雅艺术权，让谁上台、不让谁上台权。可惜的是，他们最拿手的，还是使用批评权！他们原本应该先检讨一下自己的失职，之后再骂你不迟。但他们求雅心切，也就顾不上这些了。

大家都骂你低俗，却又离不开你，非让你年年支撑春晚。骂这么多年了，这么多雅人本可以搞出许许多多高雅的节目，把你和其他低俗的玩意儿从各个舞台和电视台挤下去，他们也可以花点工夫，让你们“低俗一族”高雅化（估计也会有不少人反对你们“高雅化”，你们雅了，他们骂谁去？）。总之，作为文化管理官员，不该毫无作为，年复一年只会说“赵本山低俗”，没有一点新的创意。你委屈，你郁闷，都可以理解。但既然历史选择了你，你也就别推辞了。你应该以“我不下地狱，谁下地狱”的牺牲精神，背好这个十字架。你要认识到，这是助人为乐、行善积德的好事。你现在确实是一个批判低俗文化的靶子，有点“破鼓万人捶”了。但当靶子也是革命工作的需要，也很光荣。你要看到，骂了你一个，高雅亿万人。这很值得呀！

忽然想起《圣经》上的一个故事。一次，众人将一个行淫的女子抓到耶稣面前，请示处置办法（瓜田一直纳闷：行淫是两个人合作的事，那男子怎么就没押来？）。众人无疑都是好人，都是法官。大家情绪激动、热烈，越是积极地定她的罪，越觉得自己正派；越是义正词严地批判她，越觉得自己形象光辉高大。耶稣说：“你们中间谁是没有罪的，谁就可以先拿石头打她。”话音未落，老老少少一个个都蔫蔫地走掉了。瓜田就想，这里肯定没有一个中国人，因为中国人哪能这样冒傻气。光是为了证明自己的清白和高尚，也要下毒手把这个可怜的女人砸死。

赵本山，恕我低估了你的胸怀，你哪里需要别人安慰！你一定知道这个故事，所以怀着大悲悯，倾听着热闹的叫骂，一声未吭。

也说“空巢”

近些年，“空巢”两个字屡见于报端。前几年，“空巢”的语境，是说农民工的家庭状况。青壮年外出打工，家里的老人没人照料，孩子的教育出现许多缺失，问题不少。这几年所说的“空巢”，视线转到城里，主要是指孩子们或出洋，或在外地成家，或分家另过，家里只剩下两位老人，于是，成了“空巢”。这“空巢”便滋生出诸如孤独、寂寞啦，生病没有人照顾啦，一系列的“空巢问题”。

我对“空巢”的说法一向不以为然。对一对老夫妻的生活算不算“空巢”，也认为值得商榷。“空巢”就是一个“空空的鸟窝”，如果现实中的某个鸟窝里，还有一只或者两只老鸟，没人会说这是“空巢”。把“空巢”拉回到人间来做比喻，“空巢”就应该是没有人居住的“空房子”才对。而我们现在说的“空巢”，都有老人在。这就怪了。老人不算人？这些老人算是家里的床铺？是衣柜？还是沙发？相当于鸟窝中的树枝，还是草棍？有人可能在笑我做文字游戏，不是的，这里的奥妙，恰恰是人们把老人这大活人存在的意义“忽略”了。

退休的老人们前半生是“工作本位”加上“孩子本位”，等孩子离开了，工作没有了，就被“空”掉了，似乎“没有存在意义”了。于是，两个大活人就被说成“空巢”。这个笑话的造成，不能光怪别人，老人自身也有责任，老人自己不懂得尽快地把生活状态转换成“自己本位”，或者干脆说“老人本位”，是自己把自己给边缘化、无意义化了。

我说“空巢”这个概念词不达意，真的不是一个文字游戏，这里反映了社会对老人生活能力潜能估计不足，还有老人对自身存在意义和自己能活好的信心的丧失。社会到处都在呼吁人们关心“空巢家庭”，关心无人关照的老人的生活。这无疑是很必要的。但我们如果冷静地指出：老年人枯寂的精神生活是可以通过自立自强、改变活法得到丰富的，老年人生活中的具体困难通过老年人之间的互助得到一定程度的缓解和克服，使社会和儿女的负担大为减少，这并不是完全不可能的。当然，物质的困难，还要用物质来解决，这就不是“精神能够战胜物质”的事情了。

在一篇谈到“空巢”老人处境的文章中，描述了这样一个场景：某职工楼，几个小板凳，一把旧藤椅，长久放在小区门口，退休的老人三五个坐在那儿，看人，说话，发呆。这情景是值得有心人认真琢磨的。一方面，许多老人的生活没有人照顾，另一方面，一些低龄、健康的老人却没有事干。如果把这些人组织起来，照顾年纪更大的老人，不是把两部分人的问题都解决了吗？坐在大门口看热闹的老年人，多半是文化程度有限、素质不高的工人，他们不会打发时间，自然也缺乏组织起来干点有益事情的能力，这就需要有一两个“领袖人物”。这领袖可以从伙伴中比较热情、以助人为乐的人里产生，也可以由社区管理人员中派出。总之，只要有人牵头，这些人的能量就会释放出来。

实事求是地说，老年人生活空虚不空虚，孤独不孤独，寂寞不寂寞，跟是不是“空巢”并非线性因果关系。我的一位作家朋友，其家庭是丁克一族，不要小孩。两个人虽然年过花甲，但整天忙碌得很，充实得很，从来没有什么“空巢”的哀叹。以此观之，生活有内容，有没有子女，子女在不在身边，都不孤寂；生活没有内容，就算你身边有一大堆孩子，还有孙子、外孙子，累你一个半死，精神生活照样不能算丰富。有些人没感到孤寂，是太忙太累，还顾不上考虑自己的精神需求。我想说的是，活法儿是自己选择的，乐趣是自己找的，是把自己弄得凄凄惨惨的，让别人可怜，还是乐呵呵地帮助他人、可怜他人，也是一种选择。主要在于自身的定位：你把自己定为“空巢”，连人的存在都忽略了，还有什么作为可言？

明乎此，我们这些所谓的“空巢老人”，也就不要总以“空巢”自居，自哀自叹，而是应该尽力做一些事情，不管是娱乐自己也好，还是献身公益事业也好，把自己运转起来。人一旦有了事情，就觉得自己有用了，甚至重要了，不仅自己不可怜，还能腾出精力去可怜别人。这个角色的转换并不复杂，就看你想不想干。要知道，生活乐趣不要指望别人给，那是自己找的！缺钱，有关部门可以救济，逢年过节也有发面粉和带鱼的，但不管福利待遇搞得多么好，都没有办法给每个老人发放三斤乐趣、五斤幸福。

最后要说的一句话是：我只不过想给老年朋友们提个建议，希望大家振奋精神，活好自己，帮助别人，不要让“空巢”两个字把自己的能量束缚住。这样，我们就能尽可能地少给儿女和社会找麻烦。但说到底，老人的具体困难（物质方面、养老设施、医疗条件方面等）主要地还是要靠社会和政府拿出健全的制度和得力的设施来解决。这该不会造成什么误读吧？

由罗纳尔多挂靴想到的

你知道2011年情人节全世界出现频率最高的一句话是什么吗？告诉你，不是“我爱你”。是什么呢？是“世上只有一个罗纳尔多”！这当然是罗纳尔多的铁杆粉丝提供的“统计”，可看成是对罗纳尔多热爱至极的表述，当不得真的。但今年（2011年）2月小罗正式宣布退役，所引起的震动和惋惜，确是一般人想象不到的。全世界各大媒体连篇累牍地报道一个球星挂靴，至今时过数周，仍是余音袅袅，这情况也不多见。罗纳尔多的影响力早已远远超过足球、体育范畴，他带给全世界数十亿民众的，不是多少场球赛，是难得的狂欢和酣畅淋漓的审美感受！

这个长着两颗小铲子一般兔牙的球星，虽然貌不惊人，但为人质朴诚实，他的连过五人把球打入球门的绝技，更是令人叹为观止。球迷们说：“很多球迷因为喜欢足球而喜欢某个球星，而罗纳尔多让很多孩子从喜欢他到喜欢上足球！”这绝非夸饰之词。他离开绿茵场，叫人一下子觉得好像留下了一个不好填补的真空。

瓜田本非球迷，但对这个“外星人”同样喜爱有加。大家对他离去很惋惜，对此，瓜田也心有戚戚。但又一转念，运动员、球员，都是吃

"青春饭"的，年纪大了，伤病多了，总是要让位的。是恰到好处地"见好就收"、急流勇退呢，还是咬牙坚持，跑到动不了了，躺在球场上被人抬下去呢？我是主张见好就收的。举目四顾，何止是体育界，演艺界也好，政界也罢，任何行当都有自己的要求，跟不上趟了，就不宜再在里面混了。全世界关注的头面人物，像罗纳尔多，就会更讲究脸面，更考虑尊严，不能不顾形象，自得其乐地踢下去，越踢越臭，直至大家难以将就，不能容忍，将其赶出球场。各行各业，恋栈的所在多有。有占着舞台唱个没完，说死不下来，最后被观众喊倒好轰下去的歌手，有赖在岗位上不肯离开的官员，甚至退休也不想走，说这个活儿呀，除了他谁也干不好哇。这都是没想明白"江山代有才人出，各领风骚没几年"的道理，不知道地球离了谁都转得很正常。恋栈者不但耽误了大家的事，也把自己弄得一脸油彩，成为笑柄。但往往是当局者迷，大家都难以忍受了，自己却浑然不觉。这类悲剧几乎天天都在各处上演。小罗的潇洒谢幕，对这些人应该有点触动才对。

罗纳尔多一身伤病退役了。他退役后打算干点什么，不知道。他叱咤风云多年，估计钱是够花的，用不着找个地方看大门。以他的巨大影响，办一个足球学校或者当一个体育产品的代言人，还能折腾若干年。但一旦离开体育，离开足球，他也就玩不转了。

一个运动员、一个球员退下来以后，到底怎么办，在全世界都是一个值得讨论的问题。运动员和球员退役之后，最美的事情是当教练，干的是老本行，驾轻就熟，经验丰富。蔡振华、郎平是走这个路子的。问题是教练的位置太少，不可能大家都挤在那里。于是大部分人只能转行。因为除了拿手的体育项目外，别无长技，只能任人摆布。于是就有拿了世界冠军奖牌却只能到浴池搓澡的情况。按照我们多年的宣传套路，职业只是分工不同，没有高低贵贱之别，但对国家体育事业作出卓越贡献的英雄们，这种结局肯定是大家都不愿意看到的。

由此，我想到了马克思当年设想的理想社会中“人的全面发展”。在共产主义社会，据说物质极大丰富，实行按需分配。人们不再为衣食忙碌，可以从兴趣出发，搞点有意思的活动。这时候，人的潜能也都得到了充分的发挥和施展。你可以今天种地，明天做工，后天写诗，大后天唱歌跳舞。总之，人们德智体得到全面均衡的发展，干啥都行，干啥都会。马克思的理想境界对我们可能还遥不可及，但这个思路对改善我们的活法，无疑具有重要的意义。比方说运动员、球员，就不应该从小小的年纪只学一种运动项目，其他谋生手段一样不会。这种一切为了比赛，其他全不顾及的体育机制，是很不人性化的，是对人的全面发展的反动，是对人性的摧残。发达国家一些打国际比赛的球队，是在赛前从大学或其他地方凑起来的，临时训练一下，就上场参战，赛后大家一哄而散，该干吗干吗。这就好多了，每个人自己安排人生道路。

我们这里，这个问题没解决好。运动员从小包下来，训练，参赛，再训练，再参赛，等打不动了，就算废了，啥也不会干。少数人送到大学深造，因为基础太差，学不进去，也只能是镀镀金而已。真正学出来的，不是太多。中国运动员能做到华丽转身的，当属李宁和邓亚萍。李宁退役后，成长为一个出色的体育服装制造商，干得有声有色。邓亚萍拿出打球的拼命劲儿，完成了高等教育，提高了自身的综合素质，成长为一个很受欢迎的公务员。体操运动员刘璇进了演艺界，据说演得不错，也值得祝贺。这几个人毕竟属于凤毛麟角，没有多大的代表性。但他们的示范意义不可小看。人应该设法掌握自己的命运。

中国网民到底有多大能耐？

前些时候，路透社记者发了一篇报道，对中国网民在反腐方面的作用赞扬有加。报道的由头，是网友上传了一段某地政府代表团公款游埃及的视频，随后一名领导干部被撤职。于是，这位英国记者便作出了“中国网民实际上成为一支反腐败力量”的结论。

中国网民近几年的确十分活跃，在打假方面打了几个漂亮仗。什么“周老虎”啦，过铁路桥的藏羚羊啦，画面上添一只鸟啦，都逃不出网友的火眼金睛。人肉搜索也很厉害，一个北京到深圳去撒野的姓林的“大官”，因为有猥亵女孩嫌疑，犯了众怒，其资料被展览示众。某公款出国游队伍的一个名单丢在汽车上，被拾到的人弄到了网上，也激起全国网民的声讨。前些时候，一个抽高级烟的家伙，被网民搞得万分狼狈，上面不得不把他给免了职。云南监狱的牢头狱霸把一个被关进去的年轻人活活给打死了，还说是自己“躲猫猫”撞的。网民穷追不舍，凶手受到惩治，有关警察也得到了处分。这样一路看下来，网民的力量似乎真的越来越“不得了”了。

不过，俗话说，外行看热闹，内行看门道。一看门道，就难免沮丧万分。就说“周老虎”吧，全国人都把这个事件的来龙去脉看得一清二楚，可最后呢？幕后造假的人一个也没有认真追究，更不要说撤职查办了，只有造假的“道具”农民周正龙一个人出来顶缸。一个省的有关部门竟然可以这样放肆地蔑视和嘲弄全国网民，网民有办法收拾他吗？没有。辽北某县委的一个书记，胆大包天，派人到北京抓记者，网上搞臭了，被撤了职。可没过多久，官就又当上了。听说因为网民闹得厉害，又撤下来了，但使用干部的权力显然不在这群乌合之众的网民手上，明天他可能又升官了，你奈他何？还有，元宵节中国最大的传媒因为胡闹腾，起了大火，烧掉老百姓的血汗十几个亿，网上只字不能提。这样稍微把“门道”掀开一角，那个天真的英国记者恐怕就没电了。

说完了网民的无奈，再说有关权力部门的本事。因为把官员的劣迹传到网上，举报者受到“法办”的消息，屡屡见诸报端和网络。前些时候的“彭水诗案”、“高唐网案”、“稷山文案”，近些时候的河南“王帅帖案”和内蒙古“吴保全案”，在在说明，网民揭发坏官、贪官常常遭到报复，动不动就被抓起来了。媒体披露的这些案子，陆续地得到了处理，被抓起来的揭发者也被放了出来。但我们注意到，不管是当时抓人，还是事后放人，都是当地党委和政府的权力在起作用，法制的影子几乎看不见。至于还有多少被报复而没有能力喊出求救声音的人，就更是无法得知了。

这样就可以看明白：网民那点能耐，还是在如来佛的手心里翻筋斗。网民披露的事情，当回事的地方，就处理一下，不当一回事的地方，你一点儿办法也没有。设想一下，如果陕西省林业厅和有关司法部门的政绩，连同他们的得失进退，由全省网友投票评议，你看他们老实不老实！说到底，我们缺少一个制度化的、健全周密的群众监督网络，公民决定官员进退的权力，基本上还是一个零。

频频发生的荒唐事件表明，某些地方权力失控的情况已经比较严重。譬如说，从上到下，国家干部公费旅游的问题，大家早已适应了。人们不是常说“村骗乡，乡骗县，一直骗到国务院”吗？连监察部副部长都说：“邀请函是假的，日程是假的，考察报告也是假的，都是网上抄来的，全套的弄虚作假，这种情况从省部级到县市级都有。”几个人到国外转悠一圈，多大一点儿事？上面怎么可能都了如指掌？眼下，有关部门又开始三令五申，不许公款旅游，我对这些文件的效力并没有乐观的期待，因为这种强调已有多年，禁令的效果很令人气馁。

我想，既然公费旅游免不了，你不妨稳妥、低调一些，尽量躲过群众的眼睛，不要让网民知道。这样，即便上面知道了，因为没有群众监督的压力，处理起来，也就好商量一些。这几次公款旅游被网民揭发，怪就怪当事者过于粗心大意。你怎么能随便把出国游玩的官员名单掉在汽车上呢？你怎么能把在埃及拍下的视频传给别人看呢？太不慎重！像你这样的干部，以后谁还敢用呢？谁还敢带你出去玩呢？一万个旅游团出去，都没有事，到你这儿就露了馅，给党和政府的形象造成了多么恶劣的影响！另外，在外国游玩也有些过于招摇，过于张扬。花国家的钱、百姓的钱，理本来就不大直，气也不大壮，偷偷摸摸，走走看看，悄悄回来也就算了。你回来又是写游记，又是发表摄影作品，又是显摆视频摄像，你这不是成心给别人添堵吗？

当然，如果你的本事足够大，手头足够阔绰，能把方方面面的关节都“搞掂”、“摆平”，甚至能把网络都滤干净，那你尽可以为所欲为，把全世界走个遍，扯旗放炮地走也没关系，说不定有关方面还能帮你把揭发你的网民“收拾”起来呢。

眼下，郑州一位叫逯军的副局长，一语惊倒全国人：“你们是准备替党说话，还是替老百姓说话？”老百姓花钱养这样一个副局长，实在是做了冤大头。逯副局长一直是这样想的，这不奇怪，这样想的也不止他一个人，但他今天一不留神，把真话说出来了，这就有了跟老百姓宣战的意思，让组织也很难堪，虽说“管不了”，但也不能不管。怎么管，不知道。郑州老百姓能伸手管管吗？恐怕不行，你没有这个权力。处理这种闯了祸的官员，套路大家早已熟悉：高高举起，轻轻放下，安排一个不显眼的地方，韬晦一阵子，等风头一过，再继续风光。为什么？在一些同事看来，逯副局长只不过得罪了媒体和老百姓，而不是决定他前程和财路的人，所以，没啥大不了的。当地组织部的人能用“中国有言论自由”和逯某的言论“只代表个人”这样荒腔走板的话出来替他辩解，就足以看清楚，逯副局长的结局肯定是有惊无险。

张纯如为什么令我们感到愧怍？

一年一度那个纪念南京大屠杀的日子，又离我们远去了。然而，有一个名字却时时响在耳边，欲罢不能。这个名字叫——张纯如。不少国人对这个人还不大熟悉，尽管她与篮球天才姚明和钢琴家郎朗一起被誉为“最引人瞩目的在美华人青年”。这位被媒体描绘为“明眸皓齿、长发披肩、身材高挑”的美女，是一位美籍华裔作家、历史学家。从照片上看，确实很美丽，也很阳光，是位人见人爱的姑娘。她写的《南京大屠杀：被遗忘的二战浩劫》一书，震惊了全世界，长期居于畅销书榜首，发行50多万册，并被译成多种文字。由于她的这本书，国际上关注南京大屠杀的人越来越多，近几年欧美多个国家的影人也不惜巨资纷纷前来拍摄有关南京大屠杀的影视作品。可就在她赢得了巨大荣誉的时候，却饮弹自尽了。

对张纯如的生平事迹了解得越多，就越是叫人觉得心里不安，觉得惭愧，觉得同样是中国人，差距咋就那么大呢?

据说，张纯如的书出来以前，欧美大众对南京大屠杀的了解基本上是一个空白。美国《新闻周刊》说，是这本书，对二战中最令人发指的一幕作了果敢的回顾，改变了所有英语国家都没有南京大屠杀这一历史事件详细记载的状况。如果这个评价属实的话，就足以引发出许多的疑问。

疑问一：张纯如是多年研究抗战的专家吗？她占有独家的资料？答案是否定的。张纯如几乎是从零开始研究，花了几年的时间，足迹远及亚洲、欧洲和北美，寻找历史资料，寻访当时的证人，走访大屠杀的遗址，与专家学者认真切磋。她还不辞劳苦地跑到德国，找到拉贝先生的外孙女，发现了尘封59年的《拉贝日记》，接着又发现了珍贵的《沃特林日记》，为控诉日军暴行找到了新的铁证。她的中文并不好，到中国搞调查，还要翻译帮忙。在南京调查的近一个月时间里，她带病坚持工作，每天要干10个多小时。这令人又发现了新的疑问。

疑问二：中国研究抗战的人手太少吗？资料匮乏吗？证据不足吗？好像不是。张纯如到中国调查，还需要中国的专家和受害当事人提供帮助。那么，让全世界知道南京大屠杀这么重要的工作，为什么一直没有人干，或者干了也没干出什么名堂来？让人家杀了几千万人，时过60多年了，也没有传播出去，还得靠一个出生在美国的女孩子来完成这项任务。多亏出了一个张纯如，否则，欧美大多数国家到今天还不知道南京大屠杀呢！每想到这件事，就觉得脸上发烫，怪挂不住的。这毛病出在哪儿，到底是谁的问题呢？

疑问三：是不是中国英语人才奇缺，研究成果很丰富，可就是翻译不出去？好像也不是。我们缺乏不少人才，但从来没听说缺乏英语翻译人才。

张纯如死了。死因是自杀。张纯如自己承认，每天都接触到大量日军暴行录，精神上受了很大的创伤，常患失眠和忧郁，掉了很多头发，体重也锐减。至今读她的书，面对着砍头、活焚、活埋、在粪池中溺淹、挖心、分尸、在肉体上浇硫酸、用军犬咬死、先奸后杀、剖腹取胎、割乳房、割生殖器、用刺刀捅入阴户、强迫儿子强奸母亲、父亲强奸女儿、兄长强奸妻妹、日军奸淫妻子逼令丈夫观看等惨状，常人神经确实难以承受。尽管如此，还是能引发我们的疑问。

疑问四：张纯如为中国人立了这么大的功劳，在她内受忧郁症的困扰、外受日本右翼分子的恫吓的危难时刻，我们为这位可爱可敬的同胞做点什么了没有？我们如果关怀备至，尽心尽力，她是不是就可能死不了啦？我们为什么不能让她感受到安全，感受到亲情，感受到道义上的支持，感受到中医中药的神效？我们都上哪儿去啦？是真的谁也帮不上忙吗？

为了纪念张纯如，南京人为她塑了一尊铜像。这让敬她、爱她的人心里好受了一点儿，但见了她的著作的中文译本，恐怕心里的疑问就更多了。媒体上说："这是一本翻译低劣、编辑粗糙的可怕次品，译文中的错漏曲解之处比比皆是，完全玷污了原作作为一本严肃史著的声望，也难以告慰为此书付出巨大心血甚至生命的张纯如女士的在天之灵。"有人举了几个例子，译者竟然把"满洲"翻译成"满洲里"，把"斯大林"翻译成"斯大林格勒"，把"乘飞机逃了出来"译成"乘飞机飞了出来"，把"恐怖恶行"译成"怪诞行为"，把"做出比强奸更甚的事"译成"超越强奸"，等等。

于是，我就有了疑问五：难道中国真的找不出一个像样的翻译，把张纯如的书文通字顺地翻译出来吗？

对张纯如的著作（英文原版），全世界好评如潮。《洛杉矶时报》形容她是"最好的历史学家和人权斗士"，是"在美国成长的华裔青年模范"。已故著名历史学家安布罗斯也曾说："张纯如可能是美国最优秀的年轻历史学家，因为她了解必须用引人兴趣的方式来传达历史意义。”而在日本，这本书的反应就不大一样了。日本右翼的表现是能够想象得到的，奇怪的是，几个待在日本的中国人也在网上对张纯如的书横挑鼻子竖挑眼。我联想到其他一些社会现象，对万一爆发了新的抗日战争，中国能涌现多少汉奸，心中十分没底。

文章该收尾了，我想摆出最后也是最重要的一串疑问：

国人的抗战史研究及成果的传播，是不是存在问题？

国人上上下下对张纯如的一腔热血如此冷漠，是不是有病？是不是应该感到愧怍？

张纯如这个个案，对一心想为祖国做点事情的海外华人的满腔热忱会有什么样的恶劣影响？

董存瑞死前到底说了什么？

一个人知道自己要死的时候，说的话肯定比较简洁，内容也比较重要，因为没有工夫啰嗦，只要稍微耽误一点时间，可能就说不成了。所以，古今中外都十分重视名人临死时说的话，也有专门辑录名人死前名言的书籍。中国也不例外，作家们往往会把一个人临死时的表现作为典型环境中的典型性格塑造的重要手段。人们熟悉的一个经典人物，是《儒林外史》里的严监生，这位老兄不肯咽下最后一口气，是因为当时身边的油灯里放了两棵灯芯，这实在是太浪费了，叫人死不瞑目。革命作家们表现革命战士的死，也很下工夫，但写得多了，也就难免有些公式化的倾向。革命战士千辛万苦把情报送到了组织手里，这才想起自己已经受了重伤，他咬着牙说的最后两句话，一是“交党费”，二是“有叛徒”。说罢，头一垂，咽了气。这场面，按说应该是十分悲壮的，但如果有十部电影中的革命者都是这个死法，观众就被逗乐了。因为模仿和重复都能产生很强的喜剧效果。这有点不敬，很对不住那些各具独特性格和语言的伟大烈士。更常见的，是细腻地推测英雄死前的心理活动。记得年轻时看过一本书，是写一位在火车冲过来的危急时刻把一匹战马从钢轨上拉开的士兵，用自己的生命避免了一场列车颠覆惨剧的发生的英雄事迹。在作家的笔下，这位英雄在冲上去的一刹那，想起了自己苦难的家史，头脑中又闪现出许多英雄的形象，好像有董存瑞，有黄继光，可能还有雷锋等不少英雄，总之人数不少，是一个大的英雄系列。在他冲上去之前，心理活动被许多排比句式铺陈开来，他平时崇拜的英雄一个一个地上场。作家的苦心可以揣摩，他是想为这位英雄的壮举做足铺垫，交代清楚这英雄是有着十分厚实的革命人生观基础的，绝不是心血来潮，头脑一热。但他忘了这个场景过于局促，这位士兵如果按照作家的安排，一个一个地把这些英雄回忆一遍，这列火车恐怕早就翻到了路基下面，他救火车的壮举也就无从发生了。看来，既真实又艺术地表现英雄们的死，并不是一件容易的事。

董存瑞烈士牺牲前的七秒钟，是一个十分值得我们研究的个案。在中国，上至九十九，下至刚会走，不知道董存瑞的，不多。他在电影里高举炸药包，口中喊着“为了新中国，前进”壮烈牺牲的镜头，也很少有人不知道，这恐怕已经成为整个民族的记忆。董存瑞死前说话没说话，说了什么话，事关新闻报道的真实性，还能看出文艺创作中艺术加工的空间应该有多大，所以一时成为人们的热门话题是有一定道理的，这种回顾，对记者和作家的日后工作大有益处。

董存瑞在牺牲前到底说了什么，在 2005 年的一段时间里成了媒体的热门话题。对英雄形象“恶搞”的不算，借董存瑞之口调侃某省人士的不算（这些都不难摒弃在真实历史之外），比较难对付的，大概是当年拍《董存瑞》的某位导演的言论。据那位导演讲，董存瑞的壮举整个都是后来推测的。战斗结束后，从爆炸的废墟里挖出了董存瑞媳妇给他绣的鞋垫，才知道这是董存瑞干的。参与拍电影的传记片的导演，对人物和故事的素材研究得是比较深入的，因此他的话有强烈的颠覆性。我们多年来听到的，是董存瑞战友郅顺义对当时的情况的介绍。严格说来，郅顺义的话没有旁证，算是孤证，对孤证是否采信，在法律上说，比较难办，但我们没有更确切的材料否认郅顺义的话，就像我们也没有根据驳斥导演的话一样，我们只能听着。

郅顺义说，隆化战斗，我是突击组长，董存瑞是爆破组长。（1948年）5月25日中午，我带着突击组给董存瑞开辟道路，一连炸掉了三个敌炮楼。在爆破第四个炮楼时，突然，桥形碉堡的疯狂火力阻止了我们前进。看到这个情况，我们找郭指导员和白副连长请战。连长不让我们去。董存瑞急了："隆化没解放，我的爆破任务就没完成！"董存瑞的决心改变了连首长的想法，郭指导员握着董存瑞的手说："好！再把这个爆破任务交给你，你一定要炸掉它，为部队扫清前进的障碍！"董存瑞扭过头，握着我的手说："老郅，如果我完不成任务，你要替我炸掉它！"我说："你放心，我就是死也要完成任务！"随后，董存瑞夹起炸药包就冲了出去。

董存瑞在距桥形碉堡十几米的地方，突然停了下来。原来，他的左腿负了伤，鲜血染红了军裤。他全然不顾这些，径直跑到了桥形碉堡下。我离他只有四五十米远，清清楚楚地看到他急得瞅瞅这，看看那。没有三脚架了，炸药没地方放，他团团转，真是急人啊！

突然间，董存瑞猛地托着炸药包，就手拉下了导火索。我见到这个情景，惊呆了，就奔着董存瑞跑去，边跑边喊："你放下，你放下！……"董存瑞瞪着我喊："卧倒！卧倒！快趴下！……"接着，一声巨响，桥是炸断了，敌人的机枪也哑巴了，可我们的战友，却壮烈地与敌人同归于尽了。我的心像刀绞一样，半晌说不出一句话。打完仗部队就撤走了。董存瑞牺牲后，在爆破现场没留下任何遗物。

这就是董存瑞牺牲前全部表现的最权威的描述。导演也好，郅顺义也好，他们介绍的情况，我都得听。出于感情的原因，我可能会向郅顺义这边倾斜。

董存瑞手托炸药包，炸毁敌人桥形暗堡的刹那，到底喊的啥，为什么一时竟成了人们关心的一个话题呢？除去恶搞造成的混乱之外，版本不同恐怕是引起人们的困惑的最主要原因。最开头的新闻报道中，根本没提董存瑞是不是说了什么，后来的电影和故事里，董存瑞开口说话了，可是说的又不一样。电影《董存瑞》的镜头中董存瑞高呼的是："为了新中国，前进！"小学课本以及《董存瑞的故事》等书籍里写的，又有了一点变化，这里董存瑞高喊的是："为了新中国，冲啊！"那么董存瑞到底喊的是什么呢？

第一个报道有关董存瑞舍身炸碉堡消息的人名叫齐肃。齐肃这篇报道，刊登在1948年7月11日《群众日报》1版上，题为《共产党员奋不顾身董存瑞自牺牲使隆化战斗胜利完成》。文中写道："……董存瑞为完成任务，置个人生死于度外，毫不踌躇地一手托着炸药箱，一手拉导火索，在强烈的轰声中敌碉毁灭，董同志也光荣牺牲了。"同日，程子华司令员在《群众日报》上发表了《董存瑞永垂不朽》一文。这篇文章中，也没有提董存瑞当时说了什么话。1952年八一电影制片厂为拍摄电影《董存瑞》，组织召开了董存瑞生前部队首长、战友座谈会，大家在座谈时也没有谈到英雄牺牲前说了什么，或者喊了什么。在讲到董存瑞手托炸药包时，会议记录是这样写的："……这时他毫不犹豫地用左手托起炸药包，右手拉开导火索，把头扭向自己的同志，面色坚定而刚毅，接着一声巨响，碉堡被炸毁了，英勇的董存瑞与敌人的碉堡同归于尽。"我们注意到，在离董存瑞牺牲最近的时间里的文章和座谈记录中，没有任何人提及董存瑞在拉响炸药包前说话的事，更不要说喊什么口号了。记者在这时候也没有任何拔高的虚构。我们无从得知，郅顺义是不是参加了这个座谈会，按理说，是应该参加的，因为他是最有发言权的人。可如果当时他没有提供董存瑞说话的证据，过了很久以后，才让董存瑞说出一些话来，这也是个问题。

存瑞陵园管理处原主任吕小山曾访问过《真正的战士——董存瑞的故事》作者、电影《董存瑞》的编剧丁洪、赵寰、董晓华，从他的口中，我们终于看到了“为了新中国，前进！”这个口号的出处。1977年1月8日，赵寰说：“1948年正是解放战争处于大反攻阶段，党中央发出‘五一’号召，提出了‘打倒蒋介石，解放全中国！’的口号，‘为了新中国，冲啊！’这句话就是在这样的背景下创作出来的。”到这里，我们总算弄明白了，“为了新中国……”这句话是作家“创作出来的”。其实，在我们的记忆中，电影里的董存瑞喊的是“为了新中国，前进！”而不是“为了新中国，冲啊！”在有关董存瑞的故事中变成了“冲啊”，可以认为是故事写作者的“艺术再加工”。他们一定是觉得一个不识字的年轻战士喊“前进”有点太文绉绉的了，远不如“冲啊”来得更口语化、更生动、也更真实。“前进”的意义比较虚泛，如果想让董存瑞只是号召战友们冲锋，当然还是用“冲啊”比较贴切，比较有针对性，也有现场感。遗憾的是，我们没有听到这几位作者自己解释一下，他们是如何从“前进”演化到“冲啊”的。

由于有了老英雄郅顺义的回忆，我们只好倾向于肯定董存瑞在炸碉堡瞬间喊的最后一句话是“卧倒！卧倒！快趴下！”了，因为郅顺义是当时唯一在近处观察的当事人。其他的，不管是“为了新中国，前进！”，还是“为了新中国，冲啊！”，都是作家们事后的艺术加工。故事影片，哪怕是人物传记影片，都是需要艺术加工的，这跟纪录片不同。但如何加工，确实有高下之别。以今观之，加上“为了新中国，前进！”的创作动机可以理解，但不能说是一个高明的主意。观众一般会提出三点疑问，一是董存瑞作为一个不识字的年轻战士，喊出这七个字显得有点生硬。二是在这样紧急的关头，董存瑞的思路一下子从炸药包上转移开来，提升起来，放眼到全国去了，向战友们乃至全国人民发出了“前进”的号召，在那样一个特殊的环境气氛中显得有些突兀，不太真实，同自己的身份也不大相符（董存瑞这位战士对自己身份的认定同后来作家们在他成为英雄以后的认定差距是很大的）。请原谅我唐突英雄，作一点想象。在当时，为了使董存瑞的牺牲显得更壮烈一些，如果有导演或者连长、营长建议他喊出这“为了新中国，前进！”七个字来，他也未必就能同意，因为这并不符合他的身份和性格，还有当时的心态。三是他拉开导火索后，离爆炸最多只有七秒钟的间隙。这七秒钟，他首先要发现远在四五十米开外的郅顺义向他跑动的情况，听到郅顺义“快放下，快放下”的喊声，然后制止郅顺义向他靠拢，说出“卧倒！卧倒！快趴下！”七个字（当时枪炮声震耳欲聋，他想听清四五十米外郅顺义的话，并且让郅顺义听见他的话，老实说，都不大容易，如果不说不可能的话）。这几个动作要完成，七秒钟并不富裕。而要喊完“为了新中国，前进”，再加上喊口号习惯上应有的较长拖腔，肯定也会把这七秒钟全都占用了，时间还不一定够用。总之，两个事情都办，在技术层面上恐怕忙不过来。如果拣重要的办，还是对郅顺义喊“卧倒！卧倒！快趴下！”比较合适。

在近五十年后的今天来看待这件事，最好的方案还是不要让董存瑞说话、喊口号。他什么也没有说，很好，并非什么缺陷；只说了“卧倒！卧倒！快趴下！”也很好，也足够了。他在那样的生死关头，把死亡留给了自己，把战友们的生命保护起来，郅顺义和其他等待冲锋的战士们免于牺牲在枪林弹雨之中，这还不伟大吗？干吗非要画蛇添足、狗尾续貂呢？他说没说话，喊没喊口号，也一点都不影响他为国捐躯的光辉形象。恰恰是因为让他说了话，喊了口号，口号的版本又不是一个，这才给人们的怀疑留下了宽阔的空间。这不能不对董存瑞这个英雄造成一定的伤害，起码是不敬。人们关心且追问董存瑞到底说了什么话，有维护英雄形象的动机，也有对假大空的文风声讨、鞭挞的意思。其实，我们的文艺工作者塑造英雄人物费力不讨好的遗憾，不止这一桩。

我不由得又想起了一件往事。鞍山有一位全国闻名的老劳模，名叫孟泰。老英雄孟泰去世后，我一次坐火车，遇到了他的工友。那大约是十年浩劫的尾声阶段了。这位工友对孟泰的事迹如数家珍，谈话间也是赞佩有加。但在说到孟泰去世时，神色顿时严峻起来，说孟泰几乎就是“晚节不保”。为什么呢？因为孟泰临死前想见见她的女儿！一个老人临死前要见见女儿，这算什么性质的错误呢？工友道：“这要看是谁。你是孟泰呀，你临死的时候怎么不说想看到伟大领袖毛主席呢？怎么能儿女情长，想见女儿呢？唉，一世的英名毁于一旦啊……”这位工友不是作家，如果由他来写孟泰的传记，他恐怕就要毅然决然地删掉孟泰想见见女儿的常人的感情诉求，添上想念伟人的生动细节。我不知道孟泰有没有传记，更不知道作者对这个细节是怎么处理的。这个普通工人对孟泰临死前这种没有“突出政治”的表现是如此痛心疾首，让我久久不能忘却。这非常有力地证明，“高大全”的思维定式已经深深地浸入了整个民族灵魂的深处，变成了一种集体无意识，以至于我们虽然一直在摆脱，效果却并不是很显著。

二十多年改革开放的暖风，吹融了不少思想禁锢的坚冰。作家们由于对“高大全”深恶痛绝，以至于出现了矫枉过正的另一个极端：写好人要写出他“坏”的一面，写坏人要写出他“好”的一面，据说这样才能反映人性的真实。这样一来，好人不香，坏人不臭，整个世界混沌一片，也很麻烦。好在这股风也没有刮上多久，还没有达到老庄设想的真善美和假恶丑煮成一锅粥的境地，所以又恢复了常人习惯的秩序。与文艺创作相比，新闻报道的变化就小多了。废话套话虽然人人口诛笔伐，但自己写起来还是爱不释手。也难说就是“爱”，主要还是省力气、图安全。说套话不用动脑筋，把现成的拿过来抄下来即可。套话被人说了几百遍，肯定没有毛病，即便是有毛病，有几百个人在前面等着打屁股，也轮不上自己。于是，我们就看到了这样的概括：“会议没有不隆重的，闭幕没有不胜利的；讲话没有不重要的，鼓掌没有不热烈的；决议没有不通过的，人心没有不振奋的；接见没有不亲自的，看望没有不亲切的；班子没有不团结的，群众没有不满意的；效率没有不显著的，成就没有不巨大的；抗洪没有不英勇的，抢救没有不及时的。美国人民没有不友好的，前总统没有不是老朋友的……”

我的一位写杂文的朋友，虽说官至副省级，却始终没有钝化写文章的锋芒。他针对“重要讲话”和“重要指示”这一套庸俗作风写了好几篇文章。他的一位同僚读了文章，十分赞赏，说写得好呀，许多人都这样想，可不敢这样写啊。时隔不久，这位同僚写了文章，上面赫然出现了“重要讲话”云云，我的朋友问他为何言行不一，这位同僚苦笑道：“平常说说还行，写文章不是开玩笑，我哪敢出这个头？”领导干部心态如此，记者还想比人家的境界更高、胆子更大？你还想不想干了？

由此看来，“思维定式”这个词还没有过时，记者们在采访英雄人物时，还是要问问：“你当时是怎么想的？你都说了些什么豪言壮语？”

谁敢说形式不重要？

——谈年节习俗形式的重要性

又一个情人节过去了。尽管报上说，今年的情人节不讲排场，欢庆气氛稍淡，玫瑰的销量也大为减少，但年轻人们还是有滋有味地忙活了一大阵子。

外国人说，中国已经越来越能够接受西方的生活习俗，过圣瓦伦丁节（情人节）就是一个证明。民族主义情结严重的中国人，则痛心疾首地指出，年轻人崇洋媚外思想严重，明明知道中国有自己的“情人节”——农历七月初七，却偏偏要过什么洋节。

我则以为，对这些民俗的流变，需以平常心待之，不必过分解读。就算是有些偏颇，也要做具体的分析，科学的引导。笼而统之地指责，不仅难以服众，且于事无补。

什么是节日？节日就是人类为漫长的岁月制造一些“节点”，找点乐子，使得日子有点盼头，更容易打发。每个节日，都有它形成的缘由，也有它必备的内容和形式。中国的“情人节”为什么没有人过？因为它差不多只是一种说法，没有多少可以操作的形式。民间有“到黄瓜架下偷听牛郎织女的悄悄话”之类的说法，这自然是鬼话，毫无好玩之处。

再说，偷听人家的悄悄话，是不是有点侵犯人家隐私之嫌？再进一步说，两个热恋中的年轻人能说什么，不听也能猜出个十之八九。就算是黄瓜架下能听到牛郎织女的隐私，可操作性也不强，这么多城里人，到哪里去找黄瓜架？

西方的“情人节”就不同了，可以买点玫瑰花呀、巧克力呀，送来送去，再一起喝点酒，吃个饭，就有意思多了。过生日也是一样，中国人的生日，无非是吃个煮鸡蛋，下一碗长寿面。如果是长辈过生日，不但捞不着什么好吃的，还要成群结队地趴下磕头祝寿，十分无趣。西方过生日，大家围坐在一起，一块儿吃蛋糕，还唱唱生日歌，这形式，是要气氛有气氛，要吃的有吃的，人人都参与，当然受欢迎。

中国最重要的节日——春节，由于多年来对传统文化的忽视和割裂，过大年的内容和形式一度弄得清汤寡水，难见真面了。正是近些年传统文化的回归，才使得春节有了浓郁的节日色彩，男男女女、老老少少越来越把春节当一个大事。圣诞节，西方人大过特过，也是有诸多的形式营造出气氛来。如果除去圣诞树，除去圣诞老人，除去种种小礼物，还有好玩的歌曲，你再看看，能有多大的意思？说到底，节日的受欢迎程度，与节日本身的形式大有关系。你弄得十分好玩、热闹，他干吗不过？

不管是土节还是洋节，只要有意思，不妨都过一过，只要没有意思，也不妨改造一下，增加有意思的内容和形式，改造不了，取消了也没有什么可惜。事实上，从古到今，节日也是在不断地变化中。人是活的，谁也没有必要把一个找乐子的活动，变成一个折磨自己的苦事。

说到对节日形式的改造，人们立刻会想到春节。央视的“春晚”就是新时期人们为春节增添的新形式。每年大年三十，绝大多数的中国人同看一台电视节目，连海外的中国人也不例外，这个节日现象实在是太奇妙了。不过，再仔细想想，一边是数以亿计的人每年都早早地就憋足了劲儿，等着看春晚；另一边是成千上万的人花费数月乃至更长的工夫，还有巨大的开销，在那里准备春晚，有点像穷人家过年时孩子眼巴巴地期盼着大人铆劲儿往里面放肉的那顿饺子。这是不是显得我们文化生活还不够丰富和多样？这是不是说，我们如何丰富春节的节日内容还大有文章可做？

跋

——说说“活人追悼会”

能给大活人开追悼会？

当然能。先说近的，就在数月之前，几位“国家级”的大亨，史玉柱、刘永好、马云、冯仑等人商定，举办一个集体追悼会，每人给自己致悼词。想法是：结束过去，开始未来。每活一天就净赚 24 小时，珍惜每一天，充实每一天，快乐每一天。消息传出，网友们很是激动了一阵子，很多人要围观，要参与，要效仿。台湾有位女作家，叫曹又方，1998 年也为自己举办过追悼会，听说各界名流好友都来参加，气氛很是热烈。

再说稍远一点的。多年前，启功、季羡林和梁从诚等几位老先生在一起开会。休息的时候，大家说起身后之事。有人说道：“如果有人致悼词，我们都听不见了，那多可惜。”有人建议趁大家都活着，就把追悼会集中开了吧。于是，几位老先生就轮流躺在桌上装死，其余的几位缓缓绕行，依次告别，并致悼词。轮到启功躺在那里听悼词时，还出现了抢戏的场面：他听着听着，突然“死而复生”，扑棱一下坐起来，说：“我太感动了，我要致答词！”令人乐不可支。大师未泯的童心，是常人永远都难以企及的。

还有更远一点的。明朝，昆山人张敉也给健在的朋友张孝资办过追悼会。一次，张孝资跟他说：“要是我死得早，就得麻烦你给我张罗丧事了。可是，我真没把握死得比你早。”张敉性子急，说：“干吗非得等死了？趁着咱俩活着就办了吧。”于是，把张孝资请来，是坐着还是躺着就不知道了，反正有人礼赞，有人朗诵祭文，乐队奏乐助兴，把个追悼会开得煞有介事。

以上诸公，无论是古人还是今人，都是智者，其特立独行之举，都是参透生死的表现。这些人活着开追悼会，表现的是对死的调侃和对生的珍惜，还有对亲情和友情的享受。概言之，都是属于以戏谑的方式，体味人生的庄重内容。而我在书中所批评的“活人追悼会”，则恰恰相反，是以庄重的形式，得戏谑之果。这喜剧效果肯定不是追悼者和被追悼者所希望的。一个官员明明是被罢免，上上下下一大帮人，热热闹闹地唱着赞歌把他送下台，搞一次体面的“软着陆”，很有点冷幽默的色彩。这种“追悼会”虽然也能娱乐大众，但毕竟对世风有较大的毒害作用，使人们香臭不分、是非不辨，因此有必要声讨它，搞臭它，让有关部门以后不好意思再用此法罢免官员。这就是杂文的苦心之所在了。

本书大部分篇什都在报刊上发表过，不少还被转载过，少数没有露过面。时间上，最早有七八年前写的，也有近几个月刚出炉的。这些文章是从近二百篇杂文中选出来的，还有十篇左右是自己偏爱的作品，怕有的读友没读过，特意从别的集子里拿过来的。笔者自以为还有点看头。

本书的出版，有赖于丁波博士、朱铁志先生的张罗，商务印书馆的支持，吾友刘齐先生又特意为之写了一篇妙趣横生的序，借写跋的机会，在此一并感谢。

瓜田

2011年11月15日写于正冠堂